정범철
희곡집
2

정범철
희곡집
2

둘이 모시는사람들

두 번째 희곡집을 출간하게 되었습니다. 2017년에 첫 번째 희곡집을 출간한 지 3년만입니다. 시간이 참 빠릅니다. 31세에 등단을 하며 연극인의 길로 들어섰는데 어느덧 45세가 되었습니다. 이제 더 이상 젊은 연극인은 아닌 듯합니다. 그래도 100세 시대라는데 젊은 걸까요? 반도 안 됐으니까? 마음먹기에 달렸다면 생각을 달리해야겠습니다. 하지만 여전히 두렵습니다. 벌써 중견 연극인이 된 건가? 난 고작 두 권의 희곡집을 내었을 뿐인데. 또 잠깐의 시간이 지나고 나면 지금을 그리워할 테지요. 인간이란 만족을 모르고 후회를 거듭하며 사는 족속이니까요. 만물의 이치를 깨닫진 못할지언정 겸손이란 미덕이라도 간직하며 살아야 할 텐데요. 맞습니다. 쓸데없이 대단한 목표를 이루겠노라고 헛고생하기보단 꾸준히 희곡 쓰고 연극만 하며 사는 인생도 꽤 괜찮을 것 같습니다.

2006년, 31세의 나이에 등단했던 때가 떠오릅니다. 등단 소감으로 이렇게 말했었죠. 먼 바다를 향해 이제 막 나아가는 초보 잠수부의 초심을 간직하겠노라. 열심히 자맥질을 거듭하여 광활한 바다 속에서 나만의 보물을 찾아보겠노라. 허허, 참으로 열정 가득한 과거의 제 모습입니다. 지금은 슬그머니 생각이 바뀌었습니다.

나만의 보물? 그냥 자맥질이나 신나게 즐기자!

　두 번째 희곡집을 저와 함께 자맥질을 즐기고픈 모든 이들에게 선사합니다. 이 작품들은 연습과 공연 과정을 통해 여러 배우와 스태프의 도움으로 다듬어진 공연 대본입니다. 함께 작업하며 좀 더 적합한 대사를 찾아준 연극 동지들에게 감사드립니다.

2020년 10월
서울 성북구 정릉동, 작업실에서

— 차례 —

정범철 희곡집 2

서문 — 4

로봇걸 — 7

여관별곡 — 91

다이나믹 영업 3팀 — 149

궁전의 여인들 — 199

분홍나비 프로젝트 — 267

작가론

극장 밖을 향한 활자들 _이주영 — 325

궁전의 여인들

다이나믹 영업 3팀

로봇걸

분홍나비 프로젝트

여관별곡

로봇걸

등장인물

유미리 : 로봇걸.

장태준 : 유미리의 연인.

강한나 : 장태준을 사랑하는 여배우.

강현석 : 유미리에게 인간 최초로 인공두뇌 칩을 이식한 박사.

최기원 : 강현석의 조수.

마광식 : 유미리의 소속사 대표.

박석재 : 국회의원.

그 외 : 아나운서, 기자1, 2, 3, 배우1, 2, 3, 의사, 연출자, 호스티스 1, 2,
　　　수행원들

때

현재

장소

대한민국, 서울

프롤로그

강한나, 등장한다.

강한나　저는 배우입니다. 그다지 유명하지 않은 그저 평범한 배우죠. 제겐 사랑하는 한 남자가 있었습니다. 그 사람도 배우였죠. 저는 그 사람에게 제 마음을 숨겨 왔습니다. 왜냐하면, 그 사람에겐 이미 다른 여자가 있기 때문이죠. 그가 사랑하는 그녀는 저와는 달리 평범하지 않은, 매우 뛰어난 배우였습니다. 배우로 새롭게 창조된 로봇, 바로 로봇걸이었습니다.

바람 소리.
아파트 옥상.
유미리가 난간 끝에 서 있다. 다급한 장태준.

장태준　미리야, 제발… 그러지 마. 도대체 이유가 뭐야!

유미리　난 날개를 갖고 싶었어. 단지 그것뿐이었어.

장태준　날개라니. 그게 무슨 소리야!

유미리　그런데 그게 잘 안 됐어. 내가 어리석었음을 깨달았을 땐 이미 너무 늦어 버린 거야.

장태준　잘 모르겠어. 네가 도대체 왜 그러는지! 그 어떤 이유라도 넌 늦지 않았어. 지금이라도 노력하면 돼!

유미리　아니, 돌이킬 수 없어. 너무 멀리 와 버렸어.

장태준	변한 건 없어. 지금도 난 여전히 널 사랑하고 있고, 앞으로도 영원히 너와 함께할 거야. 그러니까 제발….
유미리	가까이 오지 마! 오빠는 몰라. 아니, 몰라야 해.
장태준	도대체 뭘 말하는 거야? 무슨 일이 있었기에 그래!
유미리	내 날개에 상처가 생겼어. 그 지울 수 없는 상처가 내 날개를 갈기갈기 찢어서 더는 날 수 없게 돼 버렸어.
장태준	미리야, 그 상처가 뭔지 말 안 해도 돼. 어쨌든 중요한 건 내가 네 옆에 항상 있다는 거야.
유미리	그래서 이러는 거야. 오빠한테 너무 미안해서.
장태준	뭐?
유미리	안녕.
장태준	미리야!

유미리, 뛰어내린다. 앰불런스 사이렌 소리 들린다.

아나운서, 속보를 전한다.

아나운서	속보입니다. 배우 유미리 씨가 오늘 새벽 자신의 아파트 옥상에서 뛰어내려 투신자살을 기도했다고 합니다.

배우들, 등장한다.

강한나	당신이 사랑한 그녀는 당신을 알아보지도 기억하지도 못한다고요.
아나운서	다행히 그녀는 아파트 나무 위에 떨어진 후, 주차되어 있던 자동

차 위로 떨어져 기적적으로 목숨을 건졌다고 합니다.

강현석　내가 그녀를 살려보겠소. 내 연구가 그녀에게 새 삶을 줄 수 있을 거요.

아나운서　그러나 병원 측은 유미리 씨가 현재 의식을 잃고 중태에 빠져 있는 상태이며 회생 가능성은 매우 희박하다고 밝혔습니다.

최기원　강 박사님은 인공두뇌학 분야의 선구자이십니다. 믿어도 좋습니다.

아나운서　유미리 씨의 소속사 마광식 대표에 의하면, 최근 유미리 씨는 영화 및 TV 드라마 계약을 눈앞에 두고 있었다고 합니다.

마광식　미리는 모든 매스컴의 주목을 받게 될 거야. 두고 봐. 미리의 일거수일투족이 기사화되고 대중들은 환호하게 될 테니까!

아나운서　경찰은 현장에 그녀의 남자친구가 함께 있었으나, 그녀가 갑자기 뛰어내리는 바람에 막을 수 없었으며, 스스로 뛰어내린 것을 본 목격자들의 증언에 따라 자살미수 사건으로 종결될 가능성이 크다고 밝혔습니다.

박석재　수술을 집도한 집도의라고 해서 퇴원한 환자의 스케줄까지 간섭할 권리는 없다고 보는데요.

아나운서　개나리당의 박석재 국회의원은 무명 연극배우의 자살기도는 우리나라 공연예술계의 척박한 현실과 문제점을 여실히 노출시킨 것이며 예술 인력들의 생계 문제에 대한 체계적인 복지정책과 개선 방안이 시급하다고 주장하였습니다.

강한나　당신의 욕망이 바뀔 순 없나요? 당신은… 오직 한 사람뿐이 안 되나요?

아나운서　그녀는 정말 생계 문제 때문에 투신자살을 기도한 것일까요? 만약 그렇지 않다면, 그녀는 왜, 어떤 이유로 이런 극단적인 선택을 하게 되었을까요? 그녀가 의식을 회복하지 않는 한, 정확한 자살 동기는 풀리지 않는 미스터리로 남게 될 것입니다.

기자1 유미리? 자네 유미리란 배우 들어 봤어?

기자2 아니, 처음 듣는데?

기자3 자네들이 모를 만도 하지. 연극 몇 편 한다고 누가 알아주기나 해? 이름 없는 연극배우들이 대학로에 얼마나 많은데….

아나운서 다음 소식입니다. 로봇공학기술연구소의 강현석 박사팀이 원숭이의 뇌에 인공두뇌 칩을 이식하는 데 성공했다는 소식입니다.

기자1 그런데 왜 죽으려고 했대?

기자2 또 우울증에 빠진 비관 자살 아니겠어?

기자3 뻔하지. 이런 건 가십거리도 안 돼. 다른 기사나 찾자고.

기자1 아, 가수 박복만 성폭행으로 고소당했다며?

기자2 이번엔 박복만이야? 연예인 성폭행은 심심하면 터지네.

아나운서 이 인공두뇌 칩은 프로그램의 입력에 따라 원숭이의 행동과 사고를 제어할 수 있다는 것이 증명되어 세계 언론과 학계의 주목을 받고 있습니다.

기자1 참, 소식 들었어?

기자2 뭐? 그럼 이제 뇌를 통제할 수 있다 이거야?

기자3 인간의 뇌에 이식하는 것도 시간문제겠는데?

기자들 그래, 이거야말로 특종이야!

아나운서 이상 뉴스 속보였습니다.

암전.

1장

병실 앞. 장태준, 마광식이 검사 결과를 기다리고 있다. 강한나, 등장한다.

강한나	대표님!
마광식	한나 왔어?
강한나	미리는 좀 어때요?
마광식	지금 결과 기다리는 중이야.
강한나	이유가 뭐죠?
마광식	나도 몰라. 갑자기 왜 그런 건지 거참….
장태준	상처가 생겼다고 했어요. 미리한테 무슨 일이 있었던 게 분명해요.
마광식	상처는 무슨 상처? 너희 둘이 감정싸움하다가 홧김에 뛰어내린 거 아냐. 그러기에 내가 경고했지? 헤어지라고.
강한나	두 사람의 문제 때문인지, 다른 이유가 있는지 아직 모르잖아요. 단정 짓지 마세요.
마광식	뻔하지, 뭘! 그때 같이 있던 놈이 누구야? 응? 저놈이 그 순간에….
장태준	그만해요. 좀!
마광식	이 자식이 지금 누구한테 큰 소리를….

의사, 등장한다.

의사	보호자가 어느 분이시죠?
장태준	제가, 제가 보호잡니다.
의사	남편 되시나요?
장태준	아니오. 그건 아니지만…, 남자친굽니다.
의사	가족이나 친지 분은 안 계신가요?
장태준	미리는 가족이 없습니다.
마광식	고아예요. 제가 소속사 대표인데 제게 말씀하시죠.
의사	그럼 말씀드리죠. 우선 10층 높이에서 떨어져 살아 있다는 건 기적에 가깝다고 볼 수 있습니다. 나무와 자동차의 지붕이 충격을 완화시켜 준 것이죠. 외상은 다리가 부러진 것뿐입니다.
장태준	하느님, 감사합니다.
마광식	됐어. 됐어!
의사	그런데….
장태준	그런데 뭐죠?
의사	뇌를 다쳤습니다.
마광식	뇌를요?
의사	인간의 운동, 감각 등의 작용을 담당하는 대뇌피질이 손상을 입은 것으로 결과가 나왔습니다. 그래서 담당의인 저의 병리학적 소견에 의하면, 현재의 의식불명 상태가 계속 지속될 경우, 장기화될 가능성도 충분히 있다 뭐 이런 거죠.
장태준	그럼 지금… 못 깨어날 수도 있나 이겁니까?
마광식	식물인간?
의사	네, 그렇습니다. 뇌의 반쪽이 제 기능을 못하는 뇌사상태입니다.
마광식	오, 맙소사!

장태준	의식이 돌아오는 경우도 있잖아요. 그러니까….
의사	네, 뭐 식물인간 상태에서 의식을 회복하는 경우가 종종 있긴 한데 그게 저의 병리학적 소견에 의하면 확률적으로 매우 희박….
장태준	어쨌거나 가능성은 있는 거잖아요.
의사	그렇죠. 하지만 그게 제 병리학적 소견에 의하면….
장태준	(멱살을 잡고) 그따위 병리학적 소견은 집어치우고 말해 봐요. 가능성이 있다면 다시 일어날 수 있는 거잖아요!
마광식	(태준을 말리며) 이봐, 왜 이래?
장태준	대답해 봐요. 다시 일어날 수 있어 없어? 예?
마광식	야 인마! 이런다고 뭐가 달라져?
장태준	이럴 순 없어! 미리가 왜! 왜!

마광식과 강한나, 태준을 의사에게서 떼어 놓는다. 의사, 퇴장한다.
강현석, 최기원 등장한다.

강현석	저, 실례합니다.
마광식	아, 죄송하지만 인터뷰는 사양하겠습니다.
최기원	저희는 기자가 아닙니다.
마광식	예? 그럼 누구…?
강현석	(명함을 건네며) 강현석 박사라고 합니다.
마광식	(명함을 보고) 로봇공학기술연구소라면… 요즘 뉴스에서 떠들썩한… 아, 그 강현석 박사세요? 그런데 여긴 어떻게….
강현석	저희가 유미리 씨에게 도움을 주고 싶습니다.
마광식	도움이요?

강현석	제가 유미리 씨를 살려보겠습니다. 제 연구가 유미리 씨에게 새 삶을 줄 수 있을 겁니다.
최기원	강 박사님은 인공두뇌학 분야의 선구자이십니다. 믿어도 좋습니다.
장태준	당신들 뭡니까. 어떻게 돕는다는 거죠? 미리 머릿속에 컴퓨터 칩이라도 박겠다 이겁니까?

모두 정지한다.

강한나	원숭이의 뇌에 인공두뇌 칩을 이식하는 데 성공했다는 강현석 박사 팀. 그들이 미리를 찾아왔습니다. 처음엔 아무도 그들을 믿지 않았습니다. 현대의학이 포기한 한 식물인간을 현대과학의 힘으로 극복하겠다는 그들의 말은 다분히 미래지향적 망상에 불과한 꿈같은 이야기라고 여겨졌으니까요. 그러나 인간이 달에 두 발을 딛고 서리라는 꿈같은 이야기는 이미 현실이 되었으며, 인간은 또 다른 꿈을 꾸고 있었던 것입니다. 그들이 언제나 주장하는 논리를 바탕으로.

2장

뇌의 단면도와 복잡한 기계 부품 그림. 강현석과 최기원, 브리핑한다.

최기원 　인간 뇌의 표층을 이루는 두께 2~4mm 정도의 회백질을 대뇌피
　　　질이라고 하지요. 이곳에는 무수한 신경 세포가 모여 있어서 운
　　　동, 감각, 의식 등의 작용을 담당하는데, 유미리 씨의 경우 외부
　　　충격에 의한 두부 외상으로 이 대뇌피질에 손상이 생긴 것입니
　　　다. 그러므로 뇌간이 담당하는 호흡, 소화, 심장의 박동만 정상적
　　　으로 기능할 뿐 운동 기능이나 의식은 정지된 것이죠. 이제 여기
　　　서 우리가 하게 될 일은 유미리 씨의 대뇌피질 세포와 동일한 세
　　　포로 구성된 인공두뇌 칩을 손상 부위에 이식하는 것입니다.

마광식 　그럼 머릿속에 정말 컴퓨터 칩을 넣고 다닌다 이거요?

김현석 　우리가 개발한 인공두뇌 칩은 손톱 크기의 초소형 칩으로서 엄
　　　청난 양의 정보와 명령 체계를 구축하고 있으며, 그 질량 또한 초
　　　경량으로 외형상 어떠한 흔적도 찾아볼 수 없을 만큼 감쪽같다
　　　고 볼 수 있습니다.

강한나 　성공률은 어떻게 되죠? 아니, 성공한다 하더라도 부작용 같은 것
　　　은 없는 건가요?

최기원 　그 점에 대해서는 걱정할 필요 없습니다. 우리는 이미 원숭이를
　　　대상으로 수십 번의 테스트를 거쳐….

장태준 　인간을 대상으로 한 적은 없잖아요. 인간은 미리가 처음인 거 아
　　　닙니까?

최기원 　네, 그렇습니다. 하지만….

장태준 　하지만 뭐요. 꼭 성공할 거라고? 당신들을 어떻게 믿죠?

강한나 　선배, 이분들은 이식수술 비용도 일체 받지 않기로 했어요. 우리
　　　를 도우려는 거라구요.

장태준 　도와요? 자기들 실험에 미리를 이용하는 게 아니고?

최기원 　말씀이 지나치시군요.

장태준 　내 말이 틀렸어? 어느 누가 생명의 위험을 무릅쓰고 인간 모르모
　　　　트가 되길 바라겠어!

강한나 　식물인간보다 낫잖아요! 미리는 누군가의 도움 없이 단 하루도
　　　　살 수 없는 식물인간이에요. 언제 깨어날지 기약도 없는… 아니,
　　　　어쩌면 평생 저렇게 침대에 누워 있어야 할지도 모르죠. 그런데
　　　　미리에겐 가족이 없어요. 그럼 누가 그녀를 위해 옆에서 하루 종
　　　　일 간호하며 막대한 병원비를 부담할 수 있죠? 태준 선배가요?
　　　　그럴 자신 있어요?

장태준 　제가 합니다. 뭐든 해서 돈 벌 겁니다.

강한나 　둘이 아직 결혼도 안 한 사이잖아요. 그렇게 사랑해요? 선배가
　　　　평생을 바칠 만큼?

마광식 　이봐, 미리가 그걸 원할까? 자기 때문에 네가 배우를 포기했단 사
　　　　실을 알게 되면 과연 기뻐하겠냐고….

강한나 　미리가 진정으로 원하는 걸 생각해 봐요.

장태준 　미리가… 원하는 거?

마광식 　미리는 최고의 배우가 되길 원했지. 새로 태어난다면 다시 그 꿈
　　　　을 펼치게 해줄 수 있어.

강한나 　그리고 당신과 다시 사랑할 수 있겠죠.

강현석 　이해합니다. 두렵겠죠. 하지만 이식 수술이 끝나면 분명히 우리
　　　　가 옳았음을 알게 될 겁니다.

최기원 　현대과학의 신기원을 이룩하는 주인공이 되는 것입니다.

강한나 　선배, 결정하세요.

마광식 　그래. 결정해.

장태준 박사님, 하나만 묻겠습니다. 미리가 다시 연기를 할 수 있는 건가요?

강현석 물론이오.

장태준 알겠습니다. 박사님만 믿겠습니다.

3장

아나운서, 뉴스 속보를 알린다.

아나운서 속보입니다. 강현석 박사팀이 세계 최초로 인공두뇌 칩을 인간의 뇌에 이식하기로 했다는 소식입니다. 바로 그 주인공은 얼마전 10층에서 뛰어내려 식물인간이 된 배우, 유미리 씨입니다.

바퀴 달린 수술대를 밀고 들어오는 강현석 박사와 최기원 박사. 수술대엔 유미리가 누워 있다. 무대 중앙에 수술대를 놓고 수술을 하기 시작한다. 커다랗고 흰 천이 그들을 가린다. 빛이 번쩍거리기도 하며 혼잡스런 기계음이 마구 뒤섞인다. 무대 앞에서는 아나운서의 인터뷰가 시작된다.

아나운서 그럼 유미리 씨의 소속사 대표인 마광식 대표님과 인터뷰를 하도록 하겠습니다.

마광식, 기자들에게 둘러싸여 등장한다. 기자들, 플래시 터뜨린다.

아나운서   쉽지 않은 결정이었을 텐데요. 지금 심정은 어떠십니까?

마광식   제가 미리를 발탁한 건 그야말로 흙 속에 진주를 발견한 것과 같
        았습니다. 저는 생각했습니다. 아, 우리 공연예술계를 위해 미리
        를 살려야겠다!

아나운서   사람을 대상으로 한 인공두뇌 이식수술은 세계 최초인데요, 유미
        리 씨가 그 대상자로 선정된 까닭은 무엇입니까?

마광식   그거야 미리의 건강한 신체와 아름다운 외모 덕이 아닐까요? 강
        박사님이 저희를 먼저 찾아오셨죠. 강 박사님이 누구십니까? 우
        리나라 로봇공학의 선구자로서 차기 노벨상 후보로 손색이 없
        는….

        흰 천 사이로 강현석 박사가 앞으로 나온다.

기자1   강 박사다!

아나운서   아, 저기 강현석 박사님이 나왔습니다.

        기자들, 우르르 몰려간다.

강현석   아아, 한 사람씩 질문해 주십시오.

기자1   현재 상황은 어떻습니까?

강현석   현재 30% 정도 진행되었으며, 지금까지의 상황은 매우 긍정적이
        라고 할 수 있습니다. 그러나 인간의 뇌에서 가장 복잡한 뇌의 중

추신경계 이식이 남아 있기에 한시도 긴장을 늦출 수 없는 상태이며, 몇 가지 임상 실험을 거쳐야 공식적으로 발표를 할 수 있습니다.

기자2   그럼 원숭이의 인공두뇌 이식 때와 마찬가지로 프로그램 입력에 따라 유미리 씨의 행동과 사고를 제어할 수 있게 된다는 겁니까?

강현석   제어란 말은 옳지 않습니다. 스스로 판단하고 행동하게 될 것입니다. 우리는 그저 유미리 씨가 본인의 생각들을 표현하고 행동에 옮길 수 있도록 도울 뿐이죠.

기자3   언제쯤 수술이 끝나게 될까요?

강현석   그 시기는 곧 발표될 것입니다. 이 이식수술은 세계 최초이며 현대과학의 새로운 이정표가 될 것이라 확신합니다.

강박사, 다시 수술대로 들어가고, 불빛과 기계음이 반복된다.

강한나   그렇게 한 달이 흘렀습니다. 전 세계 외신들은 수술 결과에 모든 촉각을 곤두세우고 연일 뉴스를 내보냈죠. 대통령이 강 박사 팀을 격려차 방문했다는 소식도 들렸고, 종교계에서는 신의 영역 침범이라는 윤리성 문제로 반대성명을 발표하고 집회를 연다는 소식도 들려왔습니다. 그렇게 소란스럽던 한 달이 지나고 드디어 그날이 왔습니다.

아나운서   여러분, 드디어 공식 발표일이 다가왔습니다. 전 세계 언론과 학계가 주목하는 인류 역사 최초의 인공두뇌 칩 이식수술! 아, 저기 강 박사님이 모습을 드러냈습니다!

강박사와 최기원, 등장한다. 기자들, 강박사에게 몰린다.

최기원   모두 정숙해 주십시오! 지금부터 강현석 박사님의 공식 발표가
        있겠습니다.

강현석   인류는 태초 이래 문명의 발전에 발전을 거듭하여 상상할 수 없
        는 많은 것을 이룩하였습니다. 갈릴레이 갈릴레오의 지동설, 뉴
        턴의 만유인력의 법칙, 아인슈타인의 상대성 이론, 모두가 당시
        의 지론을 뒤엎는 혁명과도 같은 것이었죠. 그리고 이제 역사는
        우리를 그들의 후예로 평가할 것입니다. 소개합니다. 배우 로봇,
        유미리!

커다란 흰 천이 걷히며 유미리가 모습을 드러낸다. 기자들의 카메라
플래시가 사방에서 터진다. 모두 웅성거린다. 장태준, 마광식, 강한나
도 이를 지켜본다.

장태준   미리예요. 미리가 깨어났어요! (미리를 향해) 미리야! 미리야!

마광식   조용히 해!

강한나   기자회견이 끝나면 충분히 시간이 있을 거예요. 그러니까 잠시
        만 기다려요.

최기원   우리 연구진은 세계 최초로 인공두뇌 이식을 한 유미리 씨를 앞
        으로 미리내 1호로 부르기로 하였습니다. 미리내는 다들 아시다
        시피 은하수를 뜻하는 순우리말로 유미리 씨의 이름에서 착안하
        였음을 밝힙니다. 그럼 미리내 1호의 첫 가동을 시작하겠습니다.

강현석과 최기원, 미리의 등에 장착된 버튼을 누른다. 유미리 눈빛이 달라지며 주위를 둘러본다. 모두 조용히 유미리에게 주목한다.

유미리　안녕하세요. 만나서 반갑습니다.
기자들　오오!
아나운서　네. 미리내 1호가 말을 하고 있습니다!
유미리　내 이름은 미리내 1호. 나이 스물 아홉. 위험한 고난이도 액션부터 다양한 감정의 연기까지 모두 소화가 가능한 배우 전문 로봇입니다.

일동, 박수 친다.

강현석　자, 그럼 지금부터 질문을 받도록 하겠습니다. 먼저 양해를 구하는 점은 미리내 1호의 두뇌회로가 원활하게 작동하려면 시간이 좀 필요하다는 점입니다. 예를 들면 새로 구입한 자전거 페달에 기름칠이 덜 되어 있다고나 할까요? 수많은 단어와 상황에 따른 대처 방법이 경우의 수에 따라 입력되었지만 계속 꾸준히 업데이트를 하며 관리가 필요하다는 점입니다. 그러므로 이 점 유의하셔서 너무 복잡한 질문은 삼가 주시기 바랍니다.
기자1　입력하는 프로그램대로 행동하게 되는 건가요?
강현석　전에도 말했다시피 스스로 판단하고 생각하게 됩니다. 그러나 우리가 입력한 프로그램대로 행동에 도움을 받을 수는 있습니다.
기자2　한 번 직접 보여주시겠습니까?

강현석   네, 그러죠. 최 박사.

최박사, 미리의 등 뒤로 가서 뚜껑을 열고 뭔가를 입력한다.

강현석   우리는 미리내 1호의 등 뒤에 뇌에 프로그램을 전달할 수 있는
          컨트롤러 입력장치를 장착하였습니다. 최 박사가 지시사항을 입
          력하면 그에 따라 미리내 1호가 행동을 하게 될 것입니다.
최기원   끝났습니다. 작동하겠습니다.

최기원, 미리의 등 뒤 버튼을 누르자 미리가 연기를 시작한다.

유미리   오, 로미오! 왜 당신의 이름은 몬태규인가요? 내 가족이 저주하는
          것은 당신의 이름이에요. 하지만 당신은 너무 잘 생겼어.
최기원   (등 뒤에 무언가 입력하며) 다음은 노래입니다.
아나운서 노래가 가능하다는 겁니까?
기자1   어떤 장르든 가능하다는 것입니까?
강현석   네, 물론입니다.

최기원, 컨트롤러판을 두드리자 미리, 노래한다.
못한다. 어색해진 분위기.

강현석   최 박사.
최기원   네.

최기원, 미리의 등 뒤를 누른다.

노래를 멈추는 유미리.

강현석   아직 노래 부분은 업그레이드가 필요합니다.

박수 치는 사람들.

최기원   (등 뒤에 무언가 입력하며) 다음은 댄스!

아나운서   어떤 춤인가요?

강현석   어… 일단 보시죠.

미리, 춤추기 시작하고 기자들 박수친다.

장태준   이상해. 미리가 이상해요.

강한나   선배, 왜 그래요?

장태준   미리는 저런 춤을 추지 않아요.

아나운서   정말 놀랍습니다. 이식 수술은 성공적인 듯 보입니다!

마광식   이건 완전 대박이야! 대박! 미리는 모든 매스컴의 주목을 받게 될

                거야. 두고 봐. 미리의 일거수일투족이 기사화되고 대중들은 환

                호하게 될 테니까!

기자3   미리내 1호에게 질문하겠습니다. 지금 기분은 어떻습니까?

유미리   매우 상쾌합니다. 날아갈 듯이.

기자2   우와, 날 수 있습니까?

유미리   아니오. 날지 못합니다. 아직 날개가 없어서요.

기자1	앞으로 계획은 어떻게 되시는 겁니까? 배우 활동을 계속 하는 건 가요?
유미리	저는 위험한 고난이도 액션부터 다양한 감정의 연기까지 모두 소화가 가능한 배우 전문 로봇입니다.
기자3	10층에서 뛰어내린 이유는 무엇입니까?
유미리	(의아한 듯)네?
기자3	아니, 10층에서 뛰어내린….
강현석	(자르며) 아, 한 가지 말씀드릴 것이 있습니다. 보시다시피 미리의 이식 수술은 매우 성공적입니다. 그러나 그 수술 과정에서 안타깝게도….

장태준, 인파를 뚫고 앞으로 나간다.

장태준	미리야!
아나운서	앗, 저 남자는 누구죠?
최기원	야, 인마! 잡아!

사람들, 태준을 붙잡는다.

장태준	이거 놔! 미리야, 너 정말 괜찮은 거야? 어딘가 이상해 보여! (끌려나가며) 미리야! 나 태준이야! 미리야!
유미리	잠시만요. 놔두세요.
장태준	미리야.
유미리	누구시죠?

장태준	뭐?
강현석	최 박사.
최기원	(다급히) 자, 나가시죠.

최박사와 마광식, 장태준을 끌고 나가는데….

강현석	계속 진행하겠습니다. 안타깝게도 미리내 1호는 이식 수술 이전의 기억을 잃어버리게 되었음을 밝힙니다.
장태준	미리야….

암전.

4장

강한나, 관객을 향해 말한다.

강한나	사랑은 기억일까요? 함께했던 시간, 추억…. 어쩌면 그 모든 것이 허상에 불과할지도 모릅니다. 누군가에 의해 입력된 이 머릿속 프로그램처럼.

강박사, 등장한다.

강현석	사랑의 감정이 인간의 머릿속에 입력되는 프로그램 같은 거라고 생각하니?
강한나	이제 인간은 그 자체로 완벽한 사랑을 할 수 없게 된 거죠. 변형되기 시작했으니까.
강현석	변형?
강한나	눈, 코, 입, 턱. 모든 것을 변형할 수 있게 되었죠. 외모뿐만이 아니에요. 인공으로 만들어진 심장, 허파, 콩팥, 팔, 다리가 우리 몸에 장착되고 있죠. 최고의 성능을 자랑하는 신제품으로 계속 업그레이드되면서. 그리고 이젠 마지막 영역인 뇌마저 침범하게 되었구요. 그 선봉에 선 사람이 바로… 아빠잖아요.
강현석	내가 아니더라도 누군가 해야 할 일이지. 하게 될 거고 말이다.
강한나	네, 그렇죠. 아빠를 원망할 필요는 없는 거겠죠.
강현석	후회되니?
강한나	아니요. 전 다만….
강현석	이렇게 되는 것이 네가 원했던 결과였잖니?
강한나	맞아요. 그런데 막상 태준 선배가 힘들어하는 모습을 보니….
강현석	한나야, 장태준을 사랑하게 된 네 선택이다. 미리가 처음이 아닐 수도 있었어. 네가 부탁만 안 했더라면 역사적인 인공두뇌 이식의 첫 번째 인간은 아마 다른 사람이 되었을 게다.
강한나	그렇게 하지 않으면… 그를 내 사람으로 만들 수 없으니까요. 그의 머릿속엔 온통 유미리, 그 여자뿐이니까요.
강현석	차라리 장태준의 머릿속에 널 입력하는 수술을 하는 게 나을 뻔했구나.
강한나	아빠.

강현석	왜, 그건 싫으냐?
강한나	만약 그렇게 된다 해도 그건 저를 더욱 비참하게 만드는 거예요.
강현석	오랜 시간 뇌를 연구하면서 지각, 판단과 연관된 모든 부분을 논리적으로 분석하는 데 성공했지만, 도저히 종잡을 수 없는 부분이 있더구나. 바로 사랑이지. 뇌와 사랑의 연관관계. 왜 뇌가 사랑을 하게 되고, 뇌의 어디서 사랑의 감정이 일어나는 것인지에 대한 명쾌한 해답을 찾을 수가 없었다.
강한나	당연하죠. 사랑은 뇌로 하는 게 아니니까요. (가슴에 손을 대고) 여기로 하는 거죠.
강현석	허허. 그래 네 말이 맞다.
강한나	그런데 두 사람이 다시 시작하면 어쩌죠? 다시 처음부터요.
강현석	글쎄. 그럴 리는 없을 것 같구나. 미리는 모든 상황을 논리적으로 판단하게 되었으니까. 사랑은 논리가 아니거든. 사랑은 무모한 거지. 허허.
강한나	사랑을 모르고 어떻게 사랑 연기를 할 수 있을까요? 이해할 수 없네요.
강현석	글쎄다… 그것보다 다른 걱정이 더 앞서는구나.
강한나	무슨 걱정이요?
강현석	미리는 인간 최초의 인공두뇌 이식 환자다. 어떤 수술이든 최소 10년간의 임상실험과 연구 결과를 거쳐 공식적으로 일반화시키는 것이 의료계의 관례인데 미리는 아직 그런 검증이 끝나지 않았어. 돈에 눈이 먼 자들과 이슈라면 무조건 열광해대는 대중들에 의해 그 시기가 무리하게 앞당겨진 거지.
강한나	어쨌든 아빠의 연구가 인정받게 된 계기가 되었잖아요. 그리고

연구 자료는 계속 남아 있으니 이후에 검증을 하시면 되고요.

강현석   내 연구를 걱정하는 것이 아니라 미리를 걱정하는 거란다. 한 인
간으로서의 유미리 말이다.

강한나   한 인간으로서의 유미리….

5장

강한나, 배우1, 2, 3과 함께 연극의 한 장면을 공연 중이다.
유미리, 등장하여 함께 연기한다.

배우1   바람아 불어라!

배우2   대지여 요동쳐라!

배우3   태양아 비추어라!

강한나   슬픔의 그림자가 우리를 외면할지라도 하늘의 손길은 벼랑의 끝
에서 그녀를 놓지 않으리라!

유미리   나는 절대 포기하지 않아. 인간으로 태어나 로봇으로 살아가며
나의 존재, 나의 의미를 찾았으니까. 내가 이 나라, 이 세상, 인류
의 마지막 희망이니까! 나는 로봇걸이니까.

공연이 끝나고 배우들, 커튼콜을 한다.
관객의 박수 소리와 함성 소리 들린다.

배우 1	고생하셨습니다.
배우 2	수고하셨습니다!

연출가 등장한다.

연출가	좋아! 좋아! 아주 훌륭해! 모두 수고했어.
유미리	수고하셨습니다 연출님.

마광식, 최기원 등장한다.

마광식	미리야! 수고했다! 수고했어!
유미리	대표님도 수고하셨습니다.

배우들, 수군거린다. 강한나 옆에서 몸을 풀고 있다.

배우 1	뭐야, 미리 밖에 안 보이나? 언니, 저 안 보여요?
배우 2	주인공이잖니. 제목부터 "로봇걸 유미리" 어이가 없어가지고 진짜.
배우 3	살다 보니 별일 다 있다. 로봇이랑 연기를 하고.
마광식	연출님, 관객들 기립 박수 치는 거 봤어요? 완전 대박이야. 대박!
연출가	거 참, 정말 내가 직접 두 눈으로 보면서도 믿어지지가 않네요. 어떻게 프로그램 입력 뚝딱 하더니 그 많은 대사를 다 외우는지 참네.
마광식	이 공연이 바로 미리의, 미리를 위한, 미리에 의한 공연 아닙니

까! 캬, 정 작가, 어디 갔어? (두리번거리며) 정 작가 한 번 안아줘야 되는데.

연출가　정 작가가 미리를 돋보이게 잘 써준 덕도 있지만 미리가 이렇게 소화한다는 게 그저 놀랍기만 하네요.

배우 1　로봇 되는 바람에 아주 호강하네. 호강해.

배우 2　사랑하던 남자도 못 알아보면서 저런 게 다 무슨 소용이야.

배우 3　그나저나 태준 선배는 어떻게 된 거래?

배우 1　대표랑 싸우고 나갔잖아.

배우 2　사랑하는 여자를 잃었는데 연기고 뭐고 하고 싶겠어?

배우 1　애꿎은 태준 선배만 바보 된 거지. 언니, 안 그래요?

강한나　태준 선배가 뭐?

배우 1　예?

강한나　태준 선배가 왜 바보가 돼?

배우 1　아, 아니요. 전 그냥….

강한나　다들 들어가서 분장이나 지워.

배우 1, 2, 3　예.

배우들 퇴장한다.

연출가　한나야 왜 그래?

강한나　아무것도 아니에요.

강한나, 퇴장한다.

마광식	이거 정 작가한테 뽀뽀라도 한 번 해줘야 하는데. 정 작가 없으니까 미리한테 한번 해줘야겠다.
유미리	감사합니다. 그런데 대표님.
마광식	응? 왜? 뭐?
유미리	대표님 입에서 냄새나요.
마광식	뭐?
최기원	아, 미리는 아직 표현이 좀 직설적입니다. 상황에 따른 상대방의 감정을 인지하려면 다양한 설정을 계속 업데이트해야 하는데….
마광식	그래요? 그럼 저기… 내 입 냄새는 매우 좋은 향기로 느끼도록 입력해 주십시오. 민트향! 민트향이 좋겠네.
연출가	하하, 대표님. 그건 좀 너무한데요?
마광식	너무하긴요. 이제 나랑 앞으로 계속 토킹 어바웃을 해야 되는데 제 입 냄새를 싫어하면 곤란하지요. 최 박사님, 어서요.
최기원	대표님, 제가 미리의 대사, 연기, 감정을 계속 입력하는 것은 미리가 보통 사람처럼 올바르게 생각하고 판단하길 바라기 때문입니다. 우리의 연구 또한 그러한 목적으로 이뤄지고 있고요. 저한테 이런 거까지 입력하라고 하시면….
마광식	어허, 최 박사. 미리야 잠깐 뒤에 가서 앉아있어. (최 박사에게) 이리 잠시만 오시죠.

마광식, 수표 한 장을 꺼내 최박사의 주머니에 찔러 넣는다.
연출가, 못 본 척 외면하고 퇴장한다.

| 최기원 | 아니, 지금 뭐 하시는 겁니까? |

마광식	받아 두세요. 그냥.
최기원	(정색) 계속 이러시면 곤란합니다.

최기원, 못 이기는 척 돈을 받아 넣는다.
장태준, 등장한다.

장태준	더러운 짓들 그만 하시죠.
마광식	너 이 자식, 여기 웬일이야?
장태준	다 봤습니다.
마광식	보긴 뭘 봐? 다 때려치운다고 떠난 놈이 왜 갑자기 나타나서 참견이야? 썩 안 꺼져?

강한나, 등장한다.

강한나	태준 선배, 돌아왔네요.
장태준	아니요. 나, 미리를 데려가려고 왔습니다.
마광식	뭐? 누구 맘대로?
장태준	미리가 왜 자살하려 했는지 알아냈어요. 그 사실이 미리가 기억을 찾는 데 도움이 될 겁니다.
강한나	그 이유가 뭐죠?
마광식	허! 이런 미친놈을 봤나? 이제 와서 그게 무슨 소용이야!
장태준	무슨 소용이냐고? 미리를 이렇게 만들었으니까. 나, 미리를 다시 찾아야겠어요!
최기원	미리는 더 이상 당신의 여자가 아닙니다.

장태준	뭐?
최기원	미리는 현대문명의 역사입니다. 세상이 미리를 주목하고 열광하고 있죠. 미리는 단순히 개인에 국한된 소유물이 아닌 국가 차원의, 아니 인류의 고루한 메카니즘을 변화시킬 혁명적 패러다임….
장태준	웃기지 마. 이 개자식아! (멱살을 잡고) 허울 좋은 명분 내세워 가며 돈 챙겨 먹는 데 혈안이 되어 있다는 거 내가 모를 줄 알아?

장태준, 최박사를 내동댕이친다. 나가떨어지는 최박사.

최기원	이건 단순히 감정적으로 받아들일 문제가 아니라 세상을 바꿀 수 있는 21세기….
장태준	세상이 어떻게 되든 내가 알 거 없어! (미리의 손을 잡아끌며) 미리야, 가자. 구더기가 우글거리는 이곳에서 벗어나자.
마광식	뭐? 구더기? 너 그 손 안 놔?
장태준	빨리 와.
강한나	태준 선배. 놓고 얘기해요.
장태준	내 일에 신경 쓰지 말아요!
강한나	그만해요! (미리를 가리키며) 이 사람, 아니 이 로봇은 미리가 아니에요.
장태준	뭐?
강한나	당신이 사랑했던 미리는 이제 없어요. 이 로봇은 미리내 1호에요. 미리내 1호는 당신을 알아보지도, 기억하지도 못한다고요!
장태준	내가 찾게 해 줄 겁니다. 미리야. 가자.

미리, 태준의 손을 뿌리친다. 당황하는 태준.

유미리   난 당신을 모릅니다. 내가 당신의 여자였다고 말하지만 난 기억
          이 없습니다.

장태준   나야, 미리야. 나 태준이라고. 네가 어떻게 날 모를 수가 있어?

유미리   당신을 봐도 아무런 느낌이 없습니다. 떨림, 설렘, 아무런 동요도
          없습니다. 아무런 감정도 느껴지지 않습니다.

마광식   최 박사님, 당신이 입력한 거요?

최기원   아니오. 스스로 판단하고 말하고 있습니다.

마광식   오, 그래요?

장태준   우리가 함께한 시간, 추억! 그걸 네가 알게 되면 그때 감정을 찾
          게 될 거야. 그러니까 같이 가자.

유미리   당신과 함께한 추억은 태워 버린 사진첩과 같습니다. 서랍 속에
          존재하는 사진첩이라면 언제든 열어볼 수 있겠죠. 그러나 태워
          버린 사진첩을 어떻게 되살려낼 수 있죠? 자살 이유? 이미 까맣
          게 재로 변해 버린 그 흔적들이 더 이상 무슨 의미가 있겠어요?

마광식   캬! 입력도 안 했는데 어찌 저런 대사를!

장태준   태워 버린 사진첩?

유미리   미안합니다.

장태준   미안? 미안….

강한나   선배, 그만 해요….

핸드폰 벨 소리. 통화하는 마광식.

마광식	예, 마광식입니다. 아, 낼이요? 당연히 알죠. 예, 예. 알겠습니다. 걱정 마십시오. 하하. (통화 끝내고) 야, 태준아 그만 가라. 우리 바쁘다.
강한나	태준 선배, 가요.
마광식	꺼지라고 이 새끼야.

강한나, 태준을 데리고 퇴장한다.

마광식	어휴 저 병신. 최 박사님, 내일 CF 촬영 있는 거 아시죠? 그래서 (대본을 꺼내 건네며) 이거 내일 콘틴데 입력 좀 해야겠어요.
최기원	네. 그러죠. 이거 쉴 시간이 없네요.

최박사, 미리의 등을 열고 입력하기 시작한다.
강현석, 등장하다 그들을 보고 멈칫한다.

마광식	이게 다 돈 아닙니까. 최 박사님도 들어온 만큼 저희가 잘 챙겨드리는데 뭘… 어때요? 요즘처럼 큰돈 만져 본 적 없으시죠?
최기원	쉿, 누가 듣겠습니다.
마광식	아이고, 걱정 마십시오. 제가 강 박사님께는 절대로 비밀….

강현석, 헛기침한다.

마광식	아이쿠, 박사님! 하하하, 오셨으면 오셨다고 진작 말씀 좀 해주시지!

최기원	박사님, 오셨습니까?
마광식	공연 보셨어요? 덕분에 미리가 아주 대스타가 되었….
강현석	최 박사, 이제 입력을 그만 하도록 하지.
최기원	네?
마광식	박사님, 그게 무슨 말씀이신지요.
강현석	이제 미리를 데려가야겠습니다.
마광식	하하 에이, 갑자기 웬 농담을 그렇게….
강현석	미리는 장기간의 관찰을 통한 임상실험을 거쳐야 합니다. 이렇게 검증이 덜 된 상태로 상품화되는 것을 더 이상 두고만 볼 수 없습니다.
마광식	네? 아니 검증이 덜 되다니요. 이제 대스타가 되었으니 돈만 긁어모으면 되는데 무슨 해괴망측한 소리를….
강현석	최 박사, 뭐하나! 어서 미리를 데려가지 않고!
마광식	박사님, 우리 여기서 이럴 게 아니라 장소를 옮겨서 진지하게….
강현석	됐습니다. 하실 얘기 있으시면 여기서 끝내도록 하죠.
마광식	아아, 잠시면 됩니다. 뭐, 만나 뵐 분도 계시구요.
강현석	만나 뵐 분이라뇨?
마광식	가 보시면 압니다. 자, 어서. 최 박사님도 가시죠.
강현석	어디를 가는지 알아야 갈 거 아니요?
마광식	바로 여깁니다!

6장

조명 번쩍거리며 무대는 룸살롱으로 바뀐다. 호스티스 1, 2가 등장하여 춤을 춘다.

호스티스1   매일 매일 향기로운 매향이 인사 올립니다.

호스티스2   봄에 피는 쟈스민 춘자예요.

강박사와 최박사를 잡아끌며 술을 따른다. 엉겁결에 끌려가는 강박사와 최박사. 마광식은 두리번거리는 미리를 데리고 자리에 앉는다.

마광식   자, 애들아. 박사님들 잘 모셔라. 대단하신 분들이다.

호스티스2   TV에서 본 것보다 실물이 훨씬 멋지세요.

호스티스1   그럼 저 아가씨가 혹시 그 로봇걸 맞아요?

호스티스2   정말요? 어머, 신기하다. 저 사인 한 장만 해 주세요!

마광식   하하, 요 녀석들! 최 박사님, 사인하는 거 입력 좀….

최기원   아, 예.

강현석   최 박사!

최기원   예?

강현석   이보시오, 마 대표. 우릴 만나자는 사람이 누군지 모르겠지만 이런 자리 불편하기도 하고 더 이상은 못 기다리겠군요. 그럼.

마광식   에헤이, 강박사님! 이렇게 가시면 제 입장이 매우 난처해집니다. 그분께서 잘 모시라고 얼마나 신신당부를 하셨는데요. 곧 도착하신다고 하니….

강현석 　그분, 그분 하는데 도대체 그분이 누구요?

박석재 등장한다. 수행원들 따라 들어온다.

마광식 　아, 마침 오셨네요.

박석재 　하하. 이거 늦어서 죄송합니다.

강현석 　아니, 당신은….

모두 정지한다. 다른 공간, 장태준과 강한나 등장한다.

강한나 　선배! 얘기 좀 해요.

장태준 　한나 씨랑 할 얘기 없습니다.

강한나 　자살 이유… 미리의 자살 이유가 뭐죠?

장태준 　아까 다 들었잖아요. 이젠 다 소용없어졌습니다.

강한나 　그래도 말씀해주세요. 혹시 또 모르잖아요. 제가 도울 방법이 있
　　　　을지.

장태준 　아니요. 미리가 원치 않는데 더 이상 무슨 방법이 있겠어요.

강한나 　사실, 강 박사님은 제 아버지세요.

장태준 　네?

강한나 　죄송해요. 숨길 수밖에 없었어요. 수술을 맡으신 것도 제 부탁으
　　　　로….

장태준 　왜 그랬죠?

강한나 　그건… 너무 안타까워서… 두 사람의 사랑이 다시 이루어지길

바랐는데 제가 나서서 아빠를 소개할 입장이 아니었어요.

장태준   미리가 기억을 잃게 된다는 걸 알고 있었나요?

강한나   아, 아니요.

장태준   됐습니다. 이제 와서 그게 무슨 소용이겠어요.

강한나   아빠가 인공두뇌 이식은 아직 초기 단계라 여러 가지 변수가 많다고 말씀하셨어요. 자살 이유를 말씀해 주세요. 기억을 찾는 데 도움이 될 수도 있어요.

장태준   성 상납.

강한나   네?

장태준   미리가 성 상납 제의를 받았어요. 연예계 진출을 원했던 미리는 그 세계에 환멸을 느꼈던 게 분명해요. 그토록 원하던 목표에 환멸을 느끼자 더 이상 삶에 미련이 없어진 거죠.

강한나   그걸 어떻게 알아냈죠?

장태준, 종이를 꺼내어 건넨다.

장태준   미리의 핸드폰 통화 내역이죠. 자살 전날 기록을 보세요.

강한나   수십 통의 전화가 모두 똑같은 번호예요. 이게 누구 번호죠?

장태준   국회의원, 박석재!

태준과 한나, 정지한다. 룸살롱의 인물들, 다시 움직인다.

박석재   (악수 청하며) 예전에 한 번 뵈었는데 기억하실지 모르겠습니다. 박석재 의원입니다.

강현석	이런 자리에서 박 의원을 보게 될 줄은 예상 못 했군요.
마광식	아, 두 분이 안면이 있으시군요. 마침 잘 됐네요.
박석재	아, 이 친구가 로봇걸이군요. 실물이 훨씬 아름답습니다. 하하.
마광식	인사해! 인사해!
유미리	처음 뵙겠습니다. 미리내 1호, 유미리입니다.
박석재	마 대표, 사진 한 장 찍지.

사진 찍는 박석재와 일동.

태준과 한나, 움직인다.

강한나	이 사실을 아빠에게 알려야겠어요.

강한나, 강현석에게 전화하고 강현석, 핸드폰을 확인한다.

마광식, 박석재에게 귓속말한다.

강현석	(핸드폰 받고) 한나야, 지금 바쁘니까 나중에 다시 통화⋯.
강한나	아빠, 미리가 자살한 이유를 알아냈어요. 그 이유는⋯.
강현석	뭐? 그 사람⋯ 지금 같이 있다.
강한나	네? 거기⋯ 어디죠?
강현석	여기는⋯.
강한나	알겠어요.

강한나, 통화를 마친다.

장태준   왜 그래요?

강한나   저랑 급히 좀 갈 데가 있어요. 어서요.

강한나, 다급히 퇴장하자 장태준, 따라나가며 퇴장.

강현석   (전화 끊고 다시 앉으며) 자, 이제 무슨 일로 보자고 하셨는지 용건을
           말씀해 주시죠.

박석재   허허, 성격도 급하시네. 마 대표, 자리 좀 정리하시죠.

마광식   너희들은 잠깐 나가 있어. 의원님 앉으시죠.

최 박사   박사님 이쪽으로 앉으시죠.

호스티스 1, 2 퇴장한다.

박석재   미리의 개인 후원자가 되고 싶습니다. 미리가 세계 최고의 배우
           가 되도록 물심양면으로 팍팍 밀어 보겠습니다.

강현석   스폰서를 하겠다는 말씀인가요?

마광식   그러니까 그 스폰서라는 개념이 나쁜 의미가 아니라….

강현석   나랏일 하시기도 바쁘신 분께서 참 여러 가지 일에 발을 들이미
           시는군요.

박석재   하하, 발을 들이밀다니요. 제가 우리나라 문화콘텐츠 산업에 얼
           마나 큰 애착을 갖고 있는데 그런 서운한 말씀을 하십니까. 20세
           기가 전쟁의 시대였다면 21세기는 문화혁명의 시대거든요. 그
           러니까 로봇걸이 세계적으로 활동할 수 있도록 제가 정책적으로
           법안도 상정하고….

강현석   정책적인 문화 사업이나 법률안 개정은 로봇걸에만 국한될 필요
        없이 더 광범위하게 접근해야 할 문제라고 판단됩니다만….

박석재   어허, 예. 물론 그렇기야 하지만….

강현석   저는 미리가 더 이상 상품화되는 것을 원치 않습니다. 그러므로
        앞으로 미리의 배우 활동 일체를 금지시키겠습니다.

마광식   강박사님! 지금 무슨 말도 안 되는 말씀을…!

박석재   뭔가 크게 착각을 하시는 것 같은데… 박사님께 그런 권한이 있
        던가요? 미리는 엄연히 마 대표 회사 소속으로 전속계약 기간이
        아직 끝나지 않은 걸로 알고 있는데요. 그렇죠? 마 대표?

마광식   아, 예. 아직 20년의 계약 기간이 남아있습니다.

강현석   20년?

마광식   며칠 전에 다시 재계약했거든요.

강현석   누구 맘대로?

마광식   아니, 말씀 안 드렸어요? 최 박사님? 며칠 전에….

강현석   최 박사, 자네가 그랬나?

최기원   아, 그게 저….

강현석   이보시오. 난 미리의 뇌에 최초로 인공두뇌 칩을 이식한 사람으
        로서 미리의 생명을 책임져야 하는 사람이요. 미리의 이식 수술
        은 완벽히 끝났으나 앞으로 경험하게 될 환경이 미리로 하여금
        어떠한 반응과 결과를 초래하게 될지 아무도 장담할 수 없는 상
        태란 말입니다!

마광식   미리는 수술을 성공적으로 끝내고 병원에서 퇴원한 환자나 마찬
        가집니다. 수술을 집도한 집도의라고 해서 퇴원한 환자의 스케
        줄까지 간섭할 권리는 없다고 보는데요. 전 다만 미리의 경우, 박

사님의 관리와 프로그램 입력 등의 작업이 필요하기 때문에 협조를 구하려 했던 것뿐입니다.

강현석   협조 못하겠다면! 그럼 어떻게 하시겠소?

마광식   강박사님의 협조는 더 이상 필요없습니다.

강현석   뭐? 당신들이 나 없이 미리에게 프로그램 입력을 할 수 있을 것 같아?

마광식   우리는 할 수 없지요. 하지만 최 박사는 할 수 있을 겁니다.

강현석   최 박사?

최 박사   죄송합니다. 박사님.

강현석   아니, 자네….

최 박사   그동안 박사님 밑에서 많은 것을 배웠습니다. 그러나 언제까지 2인자로 머물고 싶진 않습니다. 이제 박사님의 그늘을 벗어나 독자적인 저의 길을 가고 싶습니다. 용서하십시오.

강현석   어떻게… 자네가 나를….

박석재   자, 그럼 얘기는 다 끝난 것 같군요. 이런 식으로 서로 감정 상하지 않길 원했는데, 이거 참 유감입니다. 어이, 박사님 좀 밖으로 모셔 드려.

수행원들, 강박사를 밖으로 안내하려 한다.

강현석   박의원, 내가 이대로 물러날 거라고 생각합니까? 내가 지난 30년이 넘도록 쌓아온 연구를 이렇게 한순간에 빼앗기고도 가만있을 줄 아느냐 이 말이오!

박석재   거 참, 나이 든 양반이라 상황 파악이 제대로 안 되시는 모양이구만.

강현석   뭐라고? 이 개 같은 자식!

박석재   (기분이 언짢은 듯) 잠깐만. 앉혀.

수행원들, 강현석의 팔을 뒤에서 꺾어 제압하고 앉힌다.

박석재   어디다 대고 욕지거리를 나불대는 거야? 시벌 놈이. 이 빌어먹을 영감탱아. 대우해 줄 때 곱게 들어 처먹고 꺼지란 말이야. 알아들 어?

강현석   역시 이런 놈이었구나. 네놈이 미리를 저렇게 만들었어!

박석재   이건 또 무슨 개소리야?

강한나와 장태준, 등장한다.

강한나   아빠!

박석재   뭐야?

장태준   박석재!

마광식   이놈이 여기가 어디라고!

강현석   한나야, 걱정 마라. 난 괜찮다.

박석재   마 대표, 이게 어찌 된 거요? 자네 소속사 애들 같은데.

마광식   아, 그게….

강한나   그 손 놓지 않으면 경찰을 부르겠어.

박석재, 고갯짓하자 수행원들, 강현석을 풀어준다.

강한나   (강박사를 부축하며) 괜찮으세요?

강현석   괜찮다. 용케도 찾아왔구나.

박석재   강 박사님과 할 얘긴 대충 다 한 것 같군요. 뭐 잘 알아들으셨으리라 믿고 그럼 이만. 참, 그 얘기 들으셨는지 모르겠네. 박사님의 연구지원 정책안이 곧 국회에 상정될 듯하던데… 제가 이번에 상임위원이 됐지 뭡니까? 세상 참 재밌죠? 하하하. 그럼 자주 봅시다.

박석재, 나가려는데 장태준이 가로막는다.

박석재   이건 또 뭐야?

장태준   난 아직 할 얘기가 남았는데.

마광식, 나서려는데 박석재가 제지한다.

박석재   할 얘기가 뭔가?

장태준   당신, 미리에게 접근하는 의도가 뭐야?

박석재   허허, 당신이라니? 이거 참, 젊은 친구가 영 되바라졌구먼. 의도는 무슨 의도. 난 미리내 1호를 오늘 처음 만났네. 나한테 자꾸 왜들 이러는지 모르겠어. 허허.

장태준   처음이라. (종이 꺼내 내밀며) 그럼 이 통화 내역은 뭐지? 당신 번호 같은데.

박석재   (받아보고 태연하게) 이게 뭐 어쨌다고 그러시나?

장태준   미리가 자살하기 전날, 당신은 미리에게 수십 통의 전화를 걸었어. 왜! 어떤 목적이 있었기 때문이지. 그 목적이란….

박석재   아, 생각났네. 그날, 미리 양에게 국회 홍보대사 좀 해달라고 연락을 취했네. 맞아. 깜빡했구먼. 그때 서로 의견 조율이 필요했고, 약속 날짜를 잡으려다 보니 좀 여러 번 통화하게 됐는데 뭐 문제 있나?

장태준   홍보대사? 당신이 미리를 언제 봤다고 홍보대사를 부탁해!

박석재   마 대표와 평소 친분이 있어서 공연을 보러 갔다가 알게 됐지.

장태준   거짓말 하지 마. 당신은 미리에게 성 상납을 요구했잖아!

마광식   야, 너 미쳤어?

박석재   허허, 너 내가 누군 줄 알고… 너 지금 그 말….

장태준   이 뻔뻔한 새끼! 이런다고 내가 못 밝혀낼 줄 알아?

강현석   태준 군, 소용없네! 그 정도론 증거가 되지 않아.

장태준   필요 없어요! 가만두지 않겠어!

장태준, 달려들고 사람들 말리며 뒤엉킨다.

수행원에게 제압당하고 맞는 장태준.

유미리, 천천히 그 광경을 지켜본다.

유미리   그만, 그만! 그만! 그만!

모두 멈추고 미리를 본다.

유미리   두렵습니다. 내 과거에 대해 하나둘씩 알아간다는 것. 내 과거가 현재를 여전히 지배하고 있음을 깨닫게 되었습니다. 그러나 그것은 내 욕망에 관계된 일이라 생각해요. 내 잃어버린 시간과 잃어버린 이들을 다시 찾고 싶은 욕망이 아직 내게 남아 있다면 현재뿐 아니라 미래까지 영향을 받게 될 것입니다. 하지만 지금의 난 그 욕망보다는 배우로 성공하고픈 욕망뿐입니다. 내 머릿속에 더 이상의 복잡한 과거를 집어넣어 혼란을 겪고 싶지 않습니다. 과거를 버리겠습니다.

장태준   미리야, 그러지 마.

유미리   하얀 백지에 다시 그림을 그려 나가겠습니다. 내 미래에 도움을 주실 분이 아니라면 모두 나가주십시오.

장태준   미리야, 나야. 나 태준이라고. 너 정말 나 기억 안 나?

유미리   장태준! 미안한데 좀 꺼져 줄래. 너 때문에 골치 아프니까.

장태준   미리야, 네가 어떻게….

마광식   자, 미리가 하는 말 들었죠? 그럼 알아서들 움직입시다.

퇴장하는 사람들. 수행원들에게 제압당하는 장태준.
암전.

7장

건물 옥상. 장태준 손에 붕대를 반쯤 동여매고 있다.
강한나, 그런 태준을 지켜보고 있다.

강한나　욕망. 누군가에게 그것은 과거와 현재, 그리고 미래를 잇는 연결 고리 같은 것인가 봅니다. 욕망이 인간을 변화시킬 수 있는 것이라고 한다면, 누군가 이런 질문을 할 것 같습니다. 욕망에도 우선순위가 있냐고.

장태준　욕망의 우선순위를 따지는 사람이 아니었어요. 그런데 미리는 변했어요. 내가 알던 미리가 아닌 거죠. 욕망을 위해 나와의 모든 기억, 함께한 모든 시간을 지워 버렸어요.

　　　　강한나, 장태준에게 다가가 붕대를 마저 동여맨다.
　　　　장태준, 난간 위에 올라간다.

강한나　위험해요. 내려와요.

장태준　바람이 불어요. 이 바람이 그날의 바람과 같은 바람이었으면 좋겠어요.

강한나　그날이라뇨?

장태준　미리가 바람에 실려 날아가던 날.

강한나　그러다 태준 선배도 함께 날아가겠어요. 이리 내려와요.

장태준　미리는 원래 성공에 대한 욕망이 강했어요. 배우로서 성공하겠다는 의지. 난 그저 그런 미리의 꿈을 응원하고 지켜봐 주는 역할밖에 할 수 없었죠. 힘이 없었으니까. 그 욕망, 꿈을 이루어줄 수 있는 무언가가 필요했나 봐요. 결국, 난 우선순위에서 밀린 거죠.

강한나　어쩌겠어요. 각자 알아서 사는 거지. 나름대로의 인생, 스스로 선택하고 스스로 책임지는 거죠.

장태준　스스로 책임진다고요? 자신의 선택에 대해 스스로 다 책임질 수

없으니까 문제죠. 자신만 편한 대로 결론짓고 정리하면 끝인가
요? 함께 걱정하고 함께 아파했던 사람은요? 그 기억, 과거를 여
전히 간직하고 공유하고 있는 사람은요!

강한나 　욕망과 욕망이 부딪쳤을 때, 갈등이 생기고 어느 한 쪽은 결국 양
　　　　　보하거나 희생해야 하잖아요. 선배가 미리를 찾고자 하는 그 욕
　　　　　망. 이젠 그 욕망이 희생당할 차례에요.

장태준 　희생이라…. 하하. 결국 '인간은 이기적이다'란 뻔한 대답이군요.

강한나 　선배의 욕망은요? 선배도 결국 마찬가지 아닌가요?

장태준 　내가 뭘요? 내 욕망이 이기적이라고요?

강한나 　자신도 편한 대로 선택하고 결론짓고 정리하고! 선배도 자신의
　　　　　욕망을 바꿔보려고 한 적 없잖아요.

장태준 　갑자기 그게 무슨 소리예요? 내가 뭘….

강한나 　선배는 오직 한 사람만 바라보잖아요. 그 사람밖에 안 되는 거에
　　　　　요?

장태준 　다짐하고 약속했으니까. 영원히 함께하기로. 하지만 더 이상 함
　　　　　께할 수 없게 되었죠.

강한나 　기억을 공유하지 않으니까. 함께 공유한 기억. 그것을 우린 추억
　　　　　이라고 부르죠. 추억은 시간이 쌓이는 거잖아요. 그러니까 이제
　　　　　부터 새로운 사람과 새로운 시간을 쌓아 가면….

장태준 　아니요. 새로운 사람과 새로운 시간? 원치 않아요. 더 이상 내겐
　　　　　아무 의미도 없어요.

강한나 　당신과 함께한 시간을 소중히 생각하는 사람은요? 그거야말로
　　　　　당신의 욕망 하나만 보고 다른 사람의 욕망이 희생되든 말든 편
　　　　　한 대로 생각하는 거잖아요.

장태준	누가 나와 함께했는데요?
강한나	나요. 내가 선배와 함께했잖아요.

장태준, 말없이 한나를 바라본다.

강한나	선배를 좋아해요.
장태준	언제부터요.
강한나	오래전부터.
장태준	아니. 언제부터 함께했는데요.
강한나	네?
장태준	언제부터 우리가 함께 시간을 공유했냐구요. 한나씨 혼자 좋아했고, 혼자 생각한, 혼자만의 시간이었잖아요.
강한나	그렇군요.
장태준	우린⋯ 추억이 없어요.

침묵.

강한나	아빠가 이런 말을 한 적이 있어요. 선배 뇌에 날 입력하는 게 낫겠다고. 날 사랑하도록 말이죠. 그땐 선배의 의지가 아닌, 일방적이고 강제적인 그런 행위가 나를 더 초라하게 만들 거라고 생각했어요. 그런데 지금은 할 수만 있다면⋯ 그렇게라도 하고 싶네요.
장태준	구속이죠. 그건 일방적인 구속이에요.
강한나	그래요. 당신을 구속이라도 하고 싶어요. 그렇게 해서라도 내 곁에 둘 수만 있다면!

난간으로 올라가는 장태준.

장태준   (사이) 사람에게 왜 날개가 없는지 아세요?

강한나   네?

장태준   자유롭지 못하게 하기 위해서. 날개가 있으면 어디든 갈 수 있으니까. 구속받지 않고. 여기 이 자리에서 미리가 말했죠. 날개를 펴고 훨훨 날고 싶다고. 이제야 알 것 같아요. 미리의 기분을. 모든 걸 잃었다고 생각했을 때, 삶의 의미를 잃었다고 생각했을 때, 구속이란 굴레 안에서 아무리 발버둥처도 벗어날 수 없다는 것을 깨달았을 때의 그 허무함을….

강한나   선배를 돕고 싶어요. 제가 그렇게 할 수만 있다면….

장태준   날 구속하고 싶다고 했죠. 그럼 그렇게 하세요. 내가 다시 살아난다면.

장태준, 뛰어내린다. 바람과 함께 사라진다.

강한나   안 돼….

강한나, 무너진다.

8장

영화 촬영장.

유미리와 마광식, 최기원, 카메라맨, 아나운서, 군중들 등장한다.
유미리와 군중들 노래한다.

유미리   헤이! 모두들 안녕? 내가 누군지 아니?

군중들   유미리다! 유미리다!

유미리   오늘 난 레드카펫에서 가장 빛나는 별! 어때 섹시하니?

군중들   섹시하다! 섹시하다!

유미리   좋아 기분이다! 사인 받아! 사인 받아! 사인 받아! 사인 받아!

군중들, 유미리에게 열광한다.

강한나   3년이 흘렀습니다. 그동안 미리내 1호는 거침없는 행보를 이어
           갔습니다.

군중들 그녀를 둘러싸고 환호한다.

강한나   어딜 가나 사람들은 그녀를 향해 환호성을 질러댔습니다.

군중들   와아-!

강한나   그녀를 주인공으로 한 영화와 드라마가 흥행을 거듭하며 헐리우
           드까지 진출하게 되었습니다.

군중들   와아-!

강한나   그녀는 전 세계 모든 영화의 캐스팅 1순위가 되었습니다.

군중들   와아-!

강한나   영어.

유미리	헬로우, 마이 네임 이즈 미리내 원. 나이스 투 미츄.
군중들	와!
강한나	일어.
유미리	이따다끼마스 나니?
군중들	와!
강한나	불어.
유미리	마몽드드 에띠드 쁘흐 몽쉘 통통 빠다코코넛 맛있겠다.
군중들	와!
강한나	중국어.
유미리	줴빵 자우젠 씨 홍대 입구 쨔.
군중들	와!
강한나	스페인어.
유미리	데레 이라피라 빌레 네돌레아스.
군중들	와!
강한나	아랍어.
유미리	알쌀라무 알라이쿰.
군중들	쿰!
강한나	러시아어.
유미리	뷔 카바리제 빠르스키 시파스키야.
군중들	시바스키야!
강한나	아프리카 토속언어까지.
유미리	아프리카 도토 도토 잠보.
군중들	도토 잠보! 도토 잠보!

군중들, 유미리의 행동 하나하나에 환호한다.

강한나   입력하면 하는 족족 모든 언어를 본토 발음 이상으로 능숙하게
          구사할 수 있었으니까요. 학계에선 그녀에 대한 연구 자료와 논
          문이 쏟아져 나왔고 결국, 그녀는 세계에서 가장 영향력 있는 인
          물 10인에 선정되었습니다. 수많은 파파라치들이 그녀의 일거수
          일투족을 담아내기 위해 잠복과 추적을 반복했습니다. 그 여파
          는 미리에게만 국한되지 않았습니다. 마광식 대표는 엄청난 돈
          을 거머쥐며 회사를 거대하게 불려 나갔고, 최기원 박사는 그녀
          의 등판에 손가락질을 해대느라 굳은살이 박이며 손가락 보험을
          따로 들었다는 소문도 들려왔습니다. 그리고 미리의 개인 후원
          자로 이름을 널리 알린 박석재 의원은 당 대표를 거쳐 차기 대통
          령 후보로 출마할 계획이란 당찬 포부를 언론에 밝히기도 했습
          니다. 그렇게 로봇걸 유미리와 일당들은 마치 날개를 단 듯, 하늘
          높이 날아올랐습니다. 휘얼 휘얼. 그러던 어느 날.

          아나운서, 마이크를 들고 등장해 다급히 외친다.

아나운서   시청자 여러분. 강현석 박사를 기억하십니까? 3년 전, 배우 유미
          리 씨에게 최초로 인공두뇌 이식 수술을 시도하여 미리내 1호를
          창조해 화제가 되었던 강현석 박사가 두 번째 이식 수술에 성공
          하였다는 소식입니다. 그동안 외부와의 모든 연락을 끊고 두문
          불출 연구에만 몰두해왔던 강현석 박사는….

마광식이 아나운서의 뉴스를 듣고 군중 속에 있던 최박사, 유미리를 밖으로 잡아챈다.

유미리   어머, 대표님. 갑자기 왜 이러세요?

최기원   무슨 일입니까?

마광식   지금 이러고 있을 때가 아니야!

마광식   강 박사가 돌아왔어!

최기원   네?

마광식   저거 들어봐.

아나운서의 목소리가 다시 이어진다.

아나운서   3년 전, 첫 번째 수술보다 한 차원 진보된 인공두뇌 칩을 이식한 것으로 알려져 있는 이번 수술은 인공두뇌 분야의 영역을 또 다시 확장했다는 평가를….

마광식   미리 때보다 훨씬 업그레이드되었다는 거야.

최기원   어째 소식이 뜸하시다 했더니.

유미리   그런데 그게 뭐 어쨌다는 거죠? 다음 스케줄 바쁜데 얼른 가시죠.

마광식   잘 들어 이년아. 이건 보통 일이 아니야. 너보다 더 뛰어난 배우 로봇이 나타났다고!

최기원   제2의 배우 로봇.

아나운서   곧 공식 기자회견이 열릴 예정입니다. 아, 네, 저기 강현석 박사님이 나타났습니다!

강현석, 등장한다. 기자들, 등장하며 카메라 플래시가 사방에서 터진다.

강현석   인공두뇌 칩 이식 수술이 첫 성공을 거둔 이후, 3년의 시간이 흘렀습니다. 현재 최고의 배우로 평가받으며 활발히 활동하고 있는 유미리 양이 바로 그 첫 번째 시술 대상자였죠. 물론 미리 양의 수술은 성공적이었습니다. 그것은 인류 역사의 커다란 획을 긋는 일이었습니다. 그러나 과학과 문명은 만족이란 것을 모르고 끊임없이 진보하기 마련입니다. 오늘 이 자리에서 저는 그 사실을 증명해 보이려 합니다. 미리내 1호를 능가하는 새로운 배우로봇!

무대 뒤에서 눈부신 빛이 쏟아진다. 한 남자가 모습을 드러낸다.

마광식   저, 저놈은!

강현석   미리내 2호, 장태준!

장태준, 무대 앞으로 걸어 나온다. 카메라 플래시가 마구 터진다.

장태준   반갑습니다. 내 이름은 미리내 2호. 나이 33세. 위험한 고난도 액션부터 다양한 감정의 연기까지 모두 소화가 가능한… 미리내 1호보다 모든 면에서 뛰어난 배우 전문 로봇입니다.

강현석   장태준 군 또한 오래전부터 배우로 활동해 왔습니다. 그러나 뛰어난 재능을 갖고 있는 실력파 배우임에도 불구하고 체계적인 관리와 지원을 받지 못해 긴 무명생활을 보낼 수밖에 없었죠. 상품성만 따지며 배우의 가치를 판단하는 연예계의 척박한 현실을 개선하고 가능성 있는 배우들은 이제 공연예술계로 돌려보내서 배우들의 활동 영역을 넓혀 새로운 문화산업의 혁신을 이룩하도록 해야 할 것입니다.

기자1   미리내 2호. 지금 심정이 어떤지 한 말씀 해주세요.

장태준   매우 상쾌합니다.

기자2   과거에 마광식 씨 소속사에서 활동했던 걸로 알고 있는데 지금은 전속계약이 끝난 상태인가요?

장태준   지금은 계약이 모두 끝난 상태이며, 앞으로는 소속사 없이 강박 사님과 상의 하에 개인적으로 활동할 계획입니다.

기자3   미리내 1호보다 모든 면에서 뛰어나다고 하셨는데 예를 들면 어떤 부분이 그러한가요?

강현석   아, 그 부분은 제가 설명해 드리겠습니다. 미리내 2호는 기억용량이라든가 감각의 반응속도, 상황 판단 능력 등 미리내 1호보다 모든 능력이 향상되었습니다. 특히 인공두뇌 칩 메카니즘 자체의 변화를 가져올 업그레이드 기능이 세 가지가 있습니다.

마광식   세 가지?

기자2   그게 뭐죠?

기자3   직접 보여주실 수 있나요?

강현석   물론이죠. 첫 번째! 프로그램 입력 방식의 변화입니다. 미리내 1호의 경우, 등에 컨트롤러 판이 부착되어 있어 일일이 수작업으로 입력을 해야 했습니다. 그러나 미리내 2호는 다릅니다. (리모컨을 꺼내어 보여주며) 이것은 인공두뇌 칩과 자유롭게 통신이 가능한 리모컨입니다. 근방 백 킬로미터까지 통신이 가능하죠. 그리고

단순히 손가락으로 입력을 하는 것이 아니라⋯ (리모컨을 입에 대고)
미리내 2호, 이 중에 가장 못생긴 사람을 찾아보게.

장태준, 관객을 휙 둘러보더니 한 사람을 대뜸 지목한다.

장태준   (가리키며) 찾았습니다.
강현석   (리모컨에 대고) 수고했네. (관객에게) 이렇게 말로도 얼마든지 컨트
          롤이 가능해졌다는 것입니다. 대단히 객관적이고 정확한 기준을
          부합시켜서 말이죠. 그리고 두 번째! 바로 선택의 능력입니다. 미
          리내 1호의 경우, 프로그램이 입력되면 어떠한 명령도 거부할 수
          없도록 되어 있었습니다. 그러나 미리내 2호는 그렇지 않습니다.
          (리모컨에 대고) 미리내 2호, 그 못생긴 사람의 **뺨**을 후려쳐.

장태준, 지목했던 관객의 뺨을 후려치려다 멈춘다.

장태준   아니요. 전 이 사람의 **뺨**을 때리지 않겠습니다.
강현석   왜지?
장태준   단지 못생겼을 뿐인데⋯ 그런 이유로 이 사람에게 고통을 주고
          싶지 않기 때문입니다.
강현석   그렇습니다. 선택의 기로에 섰을 때, 본인 스스로 합리적인 판단
          을 내릴 수 있는 것입니다. 이제 이 리모컨은 통제가 아닌 정보
          제공 및 의사소통의 역할만 수행하도록 만든 것이죠.
기자1   마지막 세 번째 기능은 뭐죠?
강현석   마지막 세 번째 기능은 바로⋯ 사랑입니다.

기자2	사랑?
기자3	사랑을 할 수 있단 말입니까?
강현석	아직 놀라기엔 이릅니다. 미리내 2호, 태준 군은 이미 사랑을 하고 있습니다.

기자들, 웅성거린다.

기자1	그게 누굽니까?
기자2	사람입니까?
기자3	당연히 사람이겠지. 이 양반아.
기자2	뭐야, 너 몇 살이야?
강현석	조용히 해주십시오. 발표하겠습니다. 태준 군이 사랑하는 그 사람은 제 딸, 강한나 양입니다.

강한나, 무대 뒤에서 등장한다. 카메라 플래시 터진다. 장태준, 한나를 끌어안는다.

마광식	허허, 참나.
최기원	강 박사님이 결국 해내셨군요.
마광식	뭘요?
최기원	사랑 입력.
장태준	저는 한나를 사랑합니다. 배우 로봇으로서 나의 여생을 여기 이 사람과 함께할 것입니다. 영원히.
강한나	네 저는 강한….

장태준, 한나와 키스한다. 카메라 플래시가 터진다.
그 모습을 바라보는 유미리, 머리 아픈 듯 휘청인다.

마광식   왜 그래?

유미리   아닙니다. 괜찮습니다.

강한나, 관객을 향해 말한다.

강한나   저는 그렇게 사랑하는 남자를 곁에 두게 되었습니다. 죄책감이
          나 미안함은 없었어요. 옥상에서 떨어진 것은 장태준, 그의 선택
          이었으니까요.

군중들, 환호하며 따라다닌다.

강한나   태준 씨는 바로 스타가 되었습니다. 미리에게 집중되어 있던 모
          든 대중의 관심들은 자연스럽게 태준 씨에게로 옮겨 가게 되었
          죠.

장태준, 군중들에게 사인해 주며 인터뷰를 하고 사진을 찍다가 군중들
과 같이 퇴장한다.

강한나   새로 업그레이드되어 출시된 신상품이 이젠 더 이상 새로울 것
          이 없는, 식상해져 버린 낡은 상품을 밀어내는 것은 소비자로서
          의 당연한 선택이었죠.

강한나, 퇴장한다.

마광식, 최기원, 유미리가 이 광경을 지켜보고 있다.

마광식의 핸드폰이 울린다.

마광식   네, 마광식입니다. 아, 김 PD! 뭐? 갑자기 그게 무슨 말… 아니 이
        번 촬영 건은 이미 구두로 계약을 한 거나 마찬가지… 여보세요.
        여보세요. 김 PD! (끊으며) 젠장!

핸드폰 끊자마자 바로 울린다.

마광식   (수신자 확인하더니 받으며) Hello? Wow! Spielberg! I'm fine. and you?
        What? No way…… Oh, my god! Are you kidding? What's the
        matter with you? please…… Oh, Jesus Christ! hey! hey! hey!

최기원   (전화 끊자) 무슨 일이에요?

마광식   (한숨) 스필버그 감독인데… 뭐라고 하는지 모르겠어. 근데 이거
        화내는 거 보니까 계약 끝내자는 것 같아.

마광식의 핸드폰, 또 울린다.

마광식   아, 박 의원님! 어쩐 일로 이렇게 전화를 다 주시고… 예, 뉴스 봤
        죠. 뭐 강 박사야 원래 능력 있는… 예? 아니 지금 그게 무슨 말씀
        이신지… 아니, 박 의원님이 후원을 안 해 주시면… 의원님! 의원
        님! (전화 끊고) 빌어먹을!

최기원   우린 끝났습니다.

마광식	뭐? 뭐가 끝나?
최기원	제 생각이 짧았어요. 인공두뇌 칩은 끊임없이 업그레이드될 수 있다는 사실을 망각한 거죠.
마광식	아니 이게 무슨 상품이야? 무슨 컴퓨터도 아니고… 업그레이드 라니!
최기원	그럼 인간입니까?
마광식	뭐?
최기원	입력하면 하는 대로 다 따르는 게 무슨 인간이냐고요.
유미리	최 박사님, 그게 무슨 말인가요? 제가 인간이 아닌가요?
최기원	아니야. 넌 몰라도 돼.
유미리	방금 그러셨잖아요. 제가 인간이 아니라고요!
마광식	넌 조용히 닥치고 있어.
유미리	전 누구죠?
마광식	얘 또 시작이네.
유미리	내가 지금까지 명령대로만 따랐나요? 왜 난 기억이 없죠?
마광식	아, 그거야 최 박사가 바로 바로 기억을….
최기원	대표님!
유미리	내 기억을 지웠나요? 입력하고 난 뒤에 내 기억을?
마광식	아, 그거야 용량이 딸리니까 그렇지!
유미리	용량이 딸리다니요?
마광식	그 많은 대사, 장면들이 저장되어 있는데 당연한 거 아니야?
최기원	대표님, 그만 하세요!
마광식	알았어. 알았어. 시발.
유미리	그럼 난 내가 무슨 말을 하고… 무슨 행동을 하는지도 모르는군

	요. 그렇죠? 당신들이 나를 조종하고 있어요. 말해 봐요. 네? 말해 봐요. 말해 봐요. 네? 말해 봐요! 말해 보란 말이에요!
마광식	시끄러워! 최 박사, 꺼 버려.
유미리	뭐라고 말 좀 해보란 말….

최기원, 미리의 등 있는 버튼을 누르자, 미리는 늘어진 허수아비처럼 앞으로 고꾸라진다.

마광식	깜짝이야. 시끄럽게 떠들고 지랄이야. 미친년이. 지워.

최기원, 미리의 등을 꾹꾹 눌러댄다.

최기원	앞으로 어떡하실 겁니까?
마광식	아직 괜찮아. 미리의 가치가 완전히 없어진 것도 아니거든. 장태준은 남자 배우라고. 미리는 여자고. (잠시 생각하더니) 그래, 좋아. Win-Win 작전이야.
유미리	시스템 복구 프로그램 In.
최기원	미리야 가자.
유미리	네, 박사님. 다음 스케줄은 뭐죠?

강한나, 관객을 향해 말한다.

강한나	마 대표의 Win-Win 작전. 그것은 미리를 태준 씨와 한 작품에 출연시키는 것이었습니다. 뮤지컬 로미오와 줄리엣. 두 사람을 한

작품에 캐스팅해 미리의 이미지를 새로 출시된 신상품과 동일하게 각인시킨다. 그렇게 두 사람, 아니 두 로봇은 로미오와 줄리엣으로 다시 만났습니다. 그 소식을 듣고 전 세계는 열광했습니다. 연습 때부터 관광객들이 몰려들기 시작하며 연습실은 관광명소가 되었습니다. 정부는 최다 관객을 수용할 수 있는 공연장을 건설토록 미국에서 항공모함 네 척을 공수하여 동해 앞바다에 띄워주었으며 십만 명이 들어갈 수 있는 이 공연장의 티켓은 예매 시작 7초 만에 매진되는 경이로운 기록을 달성하기도 하였습니다. 티켓을 못 구한 이들로 인해 암표 값은 천정부지로 치솟았고, 세계 133개국에 공연 실황을 생중계하기로 결정되었습니다. 그러나 두 로봇의 연습 과정이 그리 순탄치만은 않았습니다.

9장

강박사, 강한나, 장태준 무리와 마광식, 최기원, 유미리의 무리가 서로 구분되어 무대에 대치한다.

마광식   아이쿠, 이거 오랜만입니다.

최기원   박사님, 그동안 평안하셨습니까?

강현석   살아 있는 동안 다신 사네와 마주치고 싶지 않았는데 말일세.

최기원   섭섭하군요. 전 언제나 박사님이 다시 돌아오기를 바랐는데요.

마광식   박사님 덕에 태준이가 아주 대단한 놈이 되었더군요. 하하. 이봐,

	태준이. 나 기억하지?
장태준	글쎄요. 처음 뵙는군요.
마광식	아아, 참. 수술하면서 기억을 잃었구나?
장태준	하지만 한나 씨를 통해 전해 들었습니다. 돈밖에 모르는 속물이라고.
마광식	뭐? 소, 속물?
강한나	미리야 오랜만이다.
유미리	우리가 만났던 적이 있었나요?
강한나	어쩐지 선배를 봐도 인사를 안 하길래 참 버릇없다 생각했는데 아예 기억이 없구나.
유미리	제 선배신가요?
강한나	됐다. 입력한 것밖에 모르는 고철 덩어리랑 말해 뭐해.
마광식	한나야, 넌 로봇이랑 연애하는 주제에 할 말은 아닌 것 같다. 어때? 밤에 아주 죽여주겠네? 지치지도 않고 아주 그냥….
강현석	이보시오!
마광식	아니, 한나가 먼저….
강한나	도대체 무슨 꿍꿍이시죠?
마광식	꿍꿍이라니?
강한나	태준 씨와 미리를 함께 캐스팅한 이유요. 이제 미리가 관심 밖으로 밀려난 마당에 태준 씨 덕이라도 보겠다 이건가요?
마광식	그래. 이번 공연을 기획한 건 나야. 하지만 싫으면 거절하지 왜 승낙을 했을까? 오히려 내가 묻고 싶은데?

박석재, 등장한다.

박석재	그거야 내가 거절하지 못할 제안을 했기 때문이지. 연구비는 잘 받았나요? 강박사님?
강현석	덕분에 태준 군이 탄생하고 업그레이드도 계속 할 수 있게 되었죠. 매우 감사드립니다.
박석재	뭐 제가 한 게 있나요. 목에 핏대 좀 세웠을 뿐이죠. 하하하.
강현석	대통령 후보로 출마하신다고 들었습니다.
박석재	예, 뭐 그렇게 됐습니다. 주위에서 하도 나가 보라고 해서. 하하하.
강현석	제가 도움을 좀 드리고 싶군요.
박석재	뭐 그럴 필요까지야. 제 힘으로도 충분히 알아서….
강현석	박 의원님 뇌를 좀 개조하고 싶어서요. 그 머리로 당선은커녕 망신이나 안 당하실지 걱정이 되는군요. 그러다가 혼이 비정상이 되고, 그 꼴 안 나겠습니까?
박석재	뭐요?

연출가와 배우 1, 2, 3 등장한다.

연출가	안녕하십니까? 모두 다 모이셨네요.
배우들	안녕하십니까!
박석재	에헴.
연출가	무슨 안 좋은 일이라도….
마광식	아닙니다. 자, 연출님과 배우분들 다 오셨으니 제가 기획자로서 한마디만 하겠습니다. 이번 공연은 10만 관객이 이미 예매를 했으며, 전 세계 10억 명의 시청자가 위성 생중계로 공연 실황을 지

켜볼 예정입니다. VIP 관객 중에는 개나리당, 더불어터졌당의 국회의원들과 안톤 체홉의 손자의 친구 아드님, 셰익스피어가 자주 찾았던 식당 주인의 따님의 증손녀께서 방문 예정이며 국내에선 해남 땅끝 마을 이장님, 그리고 트럼프 미국 대통령을 비롯한 G7 국가의 모든 대통령 내외분들이 초대되었습니다.

사람들, 환호한다.

마광식   한마디로 국가의 미래와 여러분의 목숨이 달려 있는, 일생일대
          의….

강한나, 관객을 향해 말한다.

강한나   뮤지컬 로미오와 줄리엣! 역사적인 공연의 첫 연습은 그렇게 시
          작되었습니다. 두 로봇의 만남이 불러오게 될 불행의 시작을 그
          누구도 예감하지 못한 채….

10장

장태준과 유미리, 배우 1, 2, 3이 로미오와 줄리엣 안무 연습을 준비한다.
강한나가 안무를 봐 준다. 연출자, 최기원 등장한다.

배우들	연출님, 안녕하세요.
연출가	그래그래, 한나야 어제 연습하던 데부터 알지?
강한나	네. 자 시작할게.

춤추는 배우들.

강한나	뭐야! 동작이 하나도 안 맞잖아. 다시 할게요.

다시 안무 시작하는 사람들.

배우 1	지체 높은 베로나의 두 가문. 두 원수 집안의 숙명적인 탯줄을 끊고 태어난 불운한 한 쌍의 연인이여.
배우 2	그들이 길고 긴 길을 돌고 돌아 드디어 만나게 되었구나.
배우 3	첫눈에 반해 버린 두 사람의 슬픈 운명이 여기 이 자리에서 시작되네.

장태준과 유미리가 노래에 맞춰 돌고 돌다 마침내 손을 맞잡는다.

장태준	천하디 천한 이 손이 당신의 거룩한 성전을 모독했다면 그 벌은 달갑게 받겠습니다. 내 입술이 수줍은 두 순례자처럼 기다리고 있다가 부드러운 키스로 이 거친 손자국을 씻고자 하나이다.
유미리	착한 순례자님, 당신의 손을… 너무 경멸하지 마세요. (뭔가 불편한 듯) 아… 성자의 손은 순례자의 손과…. 성자의 손은 순례자의 손과, 성자의 손은 순례자의 손과….

연출가	뭐야?
유미리	순례자의 손이 맞닿으니 당신을 보고 있으면 왜 이렇게 왜 이렇게 왜 이렇게….
장태준	연출님, 미리 씨가….
유미리	(태준의 손을 끌어당기며) 당신 익숙해. 당신의 얼굴 익숙해.
연출가	뭐야? 대사 그거 아니잖아.
유미리	입력 오류! 입력 오류!

미리, 앞으로 푹 고꾸라진다.

연출가	최 박사님, 어떻게 된 겁니까?
최기원	(미리의 등을 열고 확인하며) 아니요. 제대로 입력했는데….
연출가	제대로 입력했는데 대사가 틀릴 리가 있습니까? 얘들아, 오늘 여기까지 해.
배우들	고생하셨습니다.

배우들, 퇴장한다.

연출가, 최박사와 함께 무대 한쪽 구석으로 간다.

연출가	박사님, 미리가 예전 같지 않아요. 반응속도도 예전 같지 않고 연기가 좀 이상해.
최기원	아, 그게… 아무래도 칩 자체가 소모품인지라 오래 쓰면….
연출가	그럼 칩을 교체해 주던가 업그레이드를 하던가.
최기원	그게 그렇게 간단한 문제가 아니라서… 비용문제도 그렇고….

연출가	이러다 큰일 나는 수가 있습니다. 신경 좀 써주세요. 예?

연출자, 퇴장하고 최기원, 긴 한숨을 쉰다.

멀리서 지켜보던 강한나, 최기원에게 다가가 말한다.

강한나	두뇌회로 칩을 교체해 줘야 할 때가 된 것 같은데요.
최기원	그 정도는 저도 알아서 할 수 있습니다.
강한나	당연히 그래야죠. 그 정도는 할 수 있으니 아빠 곁을 떠나셨겠죠.
유미리	시스템 복구, 프로그램 인.
최기원	공연이 끝날 때까진 아무 문제 없을 겁니다.

최기원, 퇴장한다.

강한나	최 박사님, 최 박사님!

강한나, 최기원 따라 퇴장한다.

자리에 앉는 유미리.

유미리와 장태준, 한참을 앞을 보고 있다.

장태준, 천천히 유미리를 쳐다본다.

장태준	미리 씨… 괜찮습니까?
유미리	네, 괜찮습니다.
장태준	자, 일어나 보세요.

장태준, 미리에게 손을 내민다.

손을 잡지 않고 태준을 바라보는 유미리.

미리, 넋을 잃고 태준을 바라본다.

유미리   장태준.

장태준   네?

강한나, 급히 다가가 태준의 팔짱을 낀다.

강한나   태준 씨! 무슨 일이에요?

장태준   미리 씨가 많이 아픈 것 같습니다.

강한나   무리해서 그럴 거예요. 괜찮아요. 어서 가요.

유미리   이상합니다.

한나, 멈칫한다.

유미리   이런 기분… 이상합니다.

강한나   뭐가?

유미리   태준 씨와 연기를 하면서 무언가 떠오르고 머리가 아파 오기 시
         작했습니다. 눈이 마주치면….

강한나   공연이 얼마 안 남아서 그럴 거야. 긴장해서. 오늘은 어서 가서
         쉬는 게 좋겠어.

유미리   난 누구죠?

강한나   뭐?

유미리	공연을 위한 대사 외엔 기억나는 게 아무것도 없습니다. 누군가 내 기억을 지우는 게 틀림없습니다. 난 왜 여기 있죠? 왜 태준 씨와 눈이 마주치면….
강한나	그만해! 넌 연기를 하는 배우 로봇이야. 대사 외엔 기억이 없는 게 당연하지. 어서 가요, 태준 씨.
장태준	잠깐만요. 나와 눈이 마주치면… 그다음에… 그다음에 뭐죠?
강한나	태준 씨!
장태준	기다려요! (미리에게) 자, 말해 봐요.
유미리	당신과 눈이 마주치면….
장태준	눈이 마주치면?
유미리	(가슴에 손을 대고) 여기가 마구 뜁니다. 터질 듯이… 당신은 누구죠?

암전.

11장

강현석, 강한나, 마광식, 최기원, 연출가는 심각한 표정으로 회의 중이다.

강한나	막아야 해요.
마광식	말도 안 돼! 공연이 코앞인데 그럴 순 없어!
강한나	공연 때 어떤 사고가 터질지 모른다고요.
연출가	최 박사님, 지금 미리가 정확히 어떤 상태입니까?

최기원	인정하고 싶진 않지만, 분명히 정상은 아닙니다.
연출가	그럼 한나씨 말대로 사고가 일어날 수 있는 겁니까?
최기원	얼마 전부터 미리의 인공두뇌 칩 용량이 포화상태에 이르게 되었죠. 그래서 기억을 지우고, 입력하고, 지우고, 또 입력하고… 이렇게 반복하다 보니….
강현석	뭐? 최 박사, 자네 정말 생각이 없는 친구로군. 그렇게 기억을 계속 건드리면 파일의 깨진 조각들이 미세하게 남게 된다고 내가 분명히 말했을 텐데!
최기원	예, 조각모음! 미리의 두뇌 칩, 조각모음을 자주 해야 한다는 걸 저도 알고는 있었지만….
마광식	지금까지 아무 이상 없었거든요. 당장 촬영 스케줄이 잡혀 있는데 어떡합니까?
강현석	이런 돈에 환장한 놈들 같으니… 미리도 엄연한 인간이야. 뇌 일부를 건드릴 수 있다고 해서 당신들 멋대로 조종해선 안 돼!
마광식	예, 예. 뭐 지금까진 우리가 잘못했고요. 지금 당장 어떻게 해결 방법을 찾아야 할 거 아닙니까?
연출가	인공두뇌 칩을 교체하면 안 되나요?
최기원	시간이 없어요.
마광식	얼마나 걸리는데?
최기원	최소 한 달 이상 소요된다고 봐야 합니다.
연출가	공연은 2주밖에 안 남았어요. 불가능해요.
마광식	일단 응급처치라도 하는 방법 없을까?
최기원	응급처치요?
마광식	우선 공연만 무사히 넘기고 나서….

강현석	공연만 무사히 넘기고 나서?
마광식	아, 예. 우선 공연만 넘기고 나서 뭐 교체하든지 어떻게 하면….
강현석	그땐 늦어서 미리가 죽을 수도 있어. 공연 때문에 한 사람의 목숨이 희생되어도 상관없다 이거야?
마광식	사실 미리는 죽은 목숨이나 다름없는 식물인간이었잖아요. 이 정도 호강하면서 살았으면….
강현석	(마광식의 멱살을 잡고) 이런 쓰레기 같은 놈! 만약 미리가 네 딸이라면 그런 말을 뱉을 수 있을 것 같아?
강한나	아빠, 참으세요.
마광식	아, 이거 놓으세요. (뿌리치며) 박사님 딸도 아니면서 왜 이래요? 노인네 성질머리하고는….
최기원	아, 좋은 생각이 났습니다. 아예 포맷을 해 버리는 건 어때요?
마광식	뭐? 포맷?
최기원	네. 다 지워 버리는 거죠. 수술했던 처음 상태로 다시 돌려놓는 겁니다!
마광식	오, 그거 좋은 생각이네!
강현석	하느님, 맙소사!
연출가	그게 가능한 겁니까?
최기원	이론상으로 충분히 가능합니다.
강현석	이봐, 최 박사. 이게 무슨 컴퓨터 포맷하는 거랑 같은 줄 아는 건가?
최기원	뭐가 다릅니까? 어차피 기본회로는 다 같습니다. 훨씬 복잡한 것뿐이지요. 박사님은 안 된다고 생각하는 걸 제가 성공해 보겠습니다!

| 마광식 | 쇠뿔도 단김에 빼랬다고, 시간도 촉박한데 바로 시작하지! |
| 최기원 | 좋습니다. 가시죠. |

마광식과 최기원, 서둘러 퇴장한다.

| 연출가 | 아니, 저… 강 박사님이 반대하시는데… 잘 되겠죠? |

연출가, 강박사 눈치 보며 따라서 퇴장한다.

강한나	아빠, 괜찮을까요?
강현석	인간의 뇌는 우리가 여전히 알 수 없는 영역이야. 이론상으론 가능해도 무수한 환경적 요인과 변화에 따라 어떤 결과가 나올지 모른다고.
강한나	그렇다면 혹시… 기억을 찾게 될 수도 있나요?
강현석	미리의 뇌세포 일부가 죽었기 때문에 불가능하다고 봐야지. 하지만 이 세상은 우리가 이해 못 하는 일이 너무도 많이 일어난단다. 도저히 과학으로 설명할 수 없는 그런 일들 말이다.
강한나	그럼 만약에 죽은 세포가 다시 살아난다면….
강현석	기억을 찾게 되는 거지. 하지만 절대로! 그렇게 돼선 안 돼.
강한나	왜요?
강현석	기억을 찾게 되면, 수많은 기억세포가 다시 살아나면서 인공두뇌칩과 충돌하게 되니까! 그렇게 되면….
강한나	그렇게 되면요?
강현석	칩이… 과부하가 걸려 폭발하게 될 거다.

강한나   폭발이요?

암전.

12장

배우 1, 무대 앞에서 공연의 시작을 알린다.

배우 1   레이디스 앤 젠틀맨. 문화융성 한류 프로젝트 뮤지컬 로미오와
         줄리엣. 이제 그 위대한 시작을 선포합니다!

         광활한 바다 위 항공모함. 배우들, 바퀴가 달린 아름다운 장식의 침대
         를 밀며 등장한다. 침대엔 장태준과 유미리가 누워 있다.

배우 1   몬태규의 아들, 로미오. 캐퓰렛의 딸, 줄리엣. 이루어질 수 없는
         두 가문의 그림자가 그들을 드리웠네.
배우 2   구름이 걷히고 새 아침이 밝아오면 갈매기의 노래가 드넓은 바
         다를 울리리라.
배우 3   그러나 날이 밝아 오면 밝아 올수록 오히려 그들의 슬픔은 인파
         만파 거친 파도가 되어 세상을 뒤덮으리니….

         갈매기의 울음소리에 유미리가 일어나 날이 밝았음을 확인한다.

장태준을 황급히 깨운다.

유미리　　오, 로미오! 아침이에요! 아침이 밝았어요! 떠나세요. 어서요. 저건 갈매기예요. 누가 갈매기의 노래를 아름다운 선율이라 했나요. 저 소리가 우릴 놀라게 해서 껴안은 팔을 풀게 하고 아침을 반기는 사냥꾼의 노래로 당신을 이곳에서 찾아내고 있으니까요! 아, 이젠 가세요!

장태준　　야속한 갈매기 소리가 내 심장을 도려내는구나. 오, 운명의 여신아. 차라리 내 생명을 앗아가라. 잡혀도 좋다. 죽어도 좋다. 내 여인을 내게서 뺏어가지 말아다오.

유미리　　아, 시간을 되돌릴 수만 있다면! 당신과 보낸 어젯밤을 평생 반복시켜 이 두 눈 속에 담아 두련만!

배우 1　　아씨!

배우 1, 등장한다.

유미리　　유모? 유모에요 침대 밑으로.

장태준, 침대 밑으로 들어간다.

배우 1　　캐퓰렛님과 마님께서 아씨의 방으로 오고 계세요. 서두르세요. 어서요!

배우 1, 퇴장한다.

유미리	아버지가 차고 있는 칼은 메마른 가시와 같아 사정없이 당신을 찔러 버릴 거예요. 어서 떠나세요!
장태준	잘 있어요. 잘 있어요. 내 사랑, 줄리엣. (손을 잡고 놓지 않는다.)
배우 2	(소리) 줄리엣, 일어났느냐?
유미리	이런! 벌써 문 앞까지 오셨어요. 다시! 침대 밑으로!

장태준, 침대 밑에 들어가 숨는다. 배우 2(캐퓰렛), 배우 3(캐퓰렛 마님) 들어온다. 배우 2는 큰 칼을 허리에 차고 있다. 줄리엣, 우는 척을 한다.

배우2	줄리엣! 언제까지 네 사촌의 죽음을 슬퍼할 거냐? 네 눈물로 오빠의 무덤을 씻어낼 셈이냐?
유미리	이별의 슬픔이 너무나 커서, 이별한 사람을 위해 울지 않을 수 없어요.
배우 3	그렇다면 아가, 넌 필경 오빠의 죽음보다 오빠를 죽인 그 악당이 살아 있는 게 분해서 우는 거지.
유미리	악당이라뇨?
배우 2	그 악당, 로미오 말이다. (허리에 찬 칼을 뽑아들고) 내 눈앞에 그놈을 데려다 놓는다면 당장 이 칼로 그놈의 목을!
유미리	그래도 내 속이 안 풀릴 거야. 그 칼을 제게 허락하신다면 제 손으로 로미오의 심장을 도려내 저 갈매기의 밥이 되게 하겠어요!
배우 2	아니다. 네 순결한 손이 더럽혀지는 것을 이 애비는 원치 않는단다.
배우 3	그래, 그래. 너희 아버님은 참으로 생각이 깊으신 분이다. 그래서 패리스 백작 같은 훌륭한 신랑감을 구하셨잖니.

배우 2   넌 아무 생각 말고 결혼 준비에만 신경을 쓰도록 해라. 그럼 부
           인, 나갑시다.

           배우 2, 3, 퇴장하면 침대 밑의 장태준이 밖으로 나온다.

장태준   모두 들었어요. 패리스와의 결혼! 그냥 두고만 보진 않을 거요!
           절대로!

유미리   오, 로미오. 당신의 그 밝은 귀가 아버지의 칼이 바람을 가르는
           소리는 듣지 못했나 보군요.

장태준   내 심장이! 그 칼로 인해 저 갈매기의 밥이 된다 해도! 평생 당신
           곁을 떠나지 않겠어요. 갈매기의 피와 살이 되어! 갈매기의 날개
           가 되어!

유미리   (멍하니) 날개?

           유미리, 갑자기 넋 나간 듯 혼란스러워한다.

유미리   날개….

           바다가 보이는 배경막 뒤로 조명이 비춰지며 무대 뒤의 연출가, 강현
           석, 강한나, 마광식, 최기원, 박석재의 공간이 보이기 시작한다. 최기
           원은 장태준과 통신이 가능한 리모컨을 손에 들고 있다.

마광식   왜 저래?

유미리   (멍하니) 날고… 싶었어.

연출가	저 대사 아니잖아.
최기원	이런 젠장!
마광식	어떻게 된 거야?
연출가	최 박사님, 태준 씨한테 다음 대사로 넘어가라고 말해주세요! 어서!

최기원, 리모컨에 입을 대고 말한다.

최 박사	태준이! 그냥 다음 대사해!
장태준	다음 대사 줄리엣, 우린 다시 만날 거요. 이런 슬픔은 먼 훗날 즐거운 얘깃거리가 될 거라고요.
유미리	아아….

유미리, 머리를 감싸 쥐며 괴로워한다.

장태준	줄리엣! 줄리엣이 아픈 모양입니다.
유미리	머리가 아파. 사람은 왜 날개가 없을까? 전화가 왔어. 그 사람이었어. 어지러워. 아파!
강현석	(넋을 잃은 듯) 시작됐어. 우려했던 일이 결국….
강한나	안 돼요.
마광식	(안절부절) 이봐, 최 박사. 이거 어떻게 된 거야? 포맷 제대로 했잖아!
최기원	몰라요. 모르겠어요.
연출가	최 박사님, 나가세요. 나가서 다시 등판에 입력하세요!

최기원	지, 지금요?
연출가	빨리요!
마광식	안 돼! 지금은 공연 중이라고! 공연 말아먹겠다는 거야?
연출가	지금 미리가 말아먹고 있잖아요! 자, 빨리요!

연출가, 리모컨을 빼앗고 최기원을 무대로 밀어 버린다.
엉겁결에 무대에 등장해 버린 최기원.

최기원	엇! 어… (태준을 보고) 아, 하하. 안녕하시오.
연출가	(리모컨에 대고) 당신은 누구요! 어서 말해!
장태준	당신은 누구요! 어서 말해!
최기원	나, 나요? 난… 어… 패리스요.
연출가	뭐? 패리스?
최기원	그렇소. 난 패리스요. 내가 바로 줄리엣과 곧 결혼하게 될 그 남자요!
장태준	아… 그렇군요… 패리스.
최기원	(당당히 악수를 청하며) 반갑군요. 당신은 로미오?
장태준	네 이놈, 패리스! 네가 줄리엣과 결혼하도록 내가 가만둘 줄 아느냐!
최기원	아니, 난 그냥 줄리엣이 잘 있나 궁금해서 와 본 건데… 앗, 줄리엣이 어디가 아픈가 봅니다! (줄리엣에게 다가가 등을 살펴며) 오, 줄리엣! 괜찮아요?
장태준	당신! 줄리엣에게서 당장 떨어져!
최기원	야, 인마 지금 그게 아니고! 이거 좀 잠깐 살펴보고….

유미리, 자신의 등을 살피던 최기원의 머리채를 잡는다.

유미리   당신들이… 나를 조종하고 있어. 그렇지? 말해 봐!

최기원   악! 주, 줄리엣! 왜, 왜 이래요. 난 패리스요. 패리스!

장태준   (당황하여) 줄리엣, 이거 놔요! 이 사람은 당신과 결혼할 사람이에
           요!

말리러 오는 태준의 머리채도 잡는 미리.

유미리   머리가 깨질 것 같아! 난 배우가 되고 싶었어! 날개!

마광식   말려. 저거 좀 누가 말려봐!

연출가   아버지, 어머니 들어가! 들어가!

허둥지둥 등장한 배우 2, 3. 배우 2는 허리에 칼을 차고 있다.

배우 2   줄리엣! 도대체 이게 무슨 일이냐!

배우 3   당장 그 손 놓으렴! 얘야!

배우 2, 3, 미리를 잡고 말리며 모두 뒤엉킨다.

유미리   이거 봐!

유미리, 배우 2의 허리에 찬 칼을 뽑아들고 휘젓는다.

배우 2	앗, 내 칼!
유미리	아, 비참한 운명의 칼날이여! 무엇이 너로 하여금 분노케 하였느냐! 난 단지 날고 싶었을 뿐인데!
장태준	줄리엣, 위험해요. 그 칼을 당장 내려놓으시오!
유미리	가거라! 너는 처음부터 태어나선 안 될 비극의 씨앗이었으니!
장태준	줄리엣, 그 칼 내려놔요!

유미리, 칼로 태준의 배를 찌른다. 순간, 모두 놀라 멈춘다.

강한나	안 돼….
마광식	난 망했어….
장태준	주, 줄리엣….
유미리	내 손으로… 당신의 심장을 도려내겠어!
장태준	그래. 너의 칼이 나를 원한다면… 나의 이 상처 입은 배가… 칼집이 되어 주겠어. 이까짓 상처쯤은….
유미리	상처? 그래, 내 날개에 상처가 생겼어. 그 지울 수 없는 상처가 내 날개를 갈기갈기 찢어서 더 이상은 날 수 없게 돼 버렸어.
장태준	그 말… 익숙해. 그 말! 뭐지? 그 대사는 뭐지? 줄리엣! 당신은 줄리엣이 아닌가?
유미리	아니야. 난 줄리엣이 아니야. 난 미리… 그래, 난 유미리! 아… 아파. 머리가 깨질 것 같아! (비명) 아아!

유미리, 비명을 지르며 쓰러진다.

강한나	아빠, 중단해야 해요. 이 공연 멈춰야 해요! 빨리요!

배에 꽂힌 칼을 잡고 함께 주저앉는 태준. 유미리, 서서히 깨어나며 기억이 돌아온다. 칼에 찔린 태준을 보고 놀라는 유미리.

유미리	태준 오빠? 오, 안 돼! 배에 칼이…! 오빠, 어떻게 이런 일이! 누가 오빠한테 칼을!
강현석	기억이… 기억이 돌아왔어!
장태준	태준? 아니오. 나는 로미오.
유미리	오빠, 무슨 소리야. 나야, 미리! 오빠 여자 친구, 유미리!
장태준	미리? 나의 사랑, 미리? 윽!

장태준, 입에서 피를 토한다.

유미리	오! 안 돼! 죽지 마. 미안해. 내가 잘못 했어. 제발 죽지 마!
장태준	미리, 당신은 미리… 프로그램 입력 오류. 난 배우 로봇… 장태준! 당신은 줄리엣, 나는 로미오.
유미리	그래, 몰라도 돼. 날 못 알아봐도 상관없어. 그냥 내 옆에만 있어 줘. 제발 죽지 마. 오빠, 나 머리가 너무 아파. 깨질 것만 같아!
강한나	안 돼… 저러다 폭발하고 말 거예요. 미리와 떨어뜨려야 해요. 당장!

한나를 붙잡는 강현석.
유미리와 강한나, 머리를 부여잡는다.

강한나	아빠, 이거 놓으세요. 제발요!
강현석	이미 늦었어.
강한나	안 돼, 태준 씨….
연출가	도망쳐! 도망쳐!

주저앉는 강한나.

장태준, 기억이 돌아와 유미리를 쳐다본다.

천천히 일어나 유미리를 꼬옥 껴안는다.

장태준	미리야, 아파하지 마. 이젠 내가 함께할 테니.
유미리	오빠.
강한나	안 돼! 안 돼!

두 사람, 키스한다.

두 사람의 등에서 화려한 날개가 돋아나 무대를 가득 채운다.

쾅! 소리가 세상을 뒤덮는다.

한 쌍의 갈매기가 허공을 선회하더니 이내 사라진다.

암전.

에필로그

강한나, 관객을 향해 말한다.

강한나 　그렇게 두 사람은 화려한 날개를 허공에 수놓은 채, 흔적도 없이 사라졌습니다. 폭발이 있은 직후, 싱그러운 바람이 불었습니다. 마치, 바람이 그들을 실어갔다는 듯이. 마광식 대표와 최 박사는 국가의 미래가 걸린 공연을 망친 책임을 물어 구속되었고, 검찰 조사에서 마광식 대표는 박석재 의원이 미리에게 성 상납을 요구했다는 사실 일체를 자백하였습니다. 대통령 후보로 출마하려던 박석재 의원이 조사를 받게 되면서 세상엔 또다시 후폭풍이 휘몰아쳤습니다. 그리고 그 후폭풍이 가라앉을 즈음, 태준 씨와 미리의 이야기를 기록한 검찰 보고서는 낡은 서류함 속에서 서서히 묻혀 갔습니다. 제 거짓말 같은 사랑 얘기는 여기까지입니다.

　　　　강현석, 등장한다.
　　　　한나의 어깨를 짚고 마주 본다.
　　　　강한나, 고개 끄덕인다.
　　　　강현석, 리모컨을 꺼내 누른다.
　　　　순간, 강한나의 허리가 앞으로 고꾸라진다.
　　　　강현석, 천천히 객석을 응시한다.
　　　　배우들, 모두 나와 무대에 자리한다.
　　　　강현석이 리모컨을 꺼낸다.
　　　　강현석은 배우들을 향해 스위치를 누른다. 하나씩, 하나씩.
　　　　배우들 허리 숙여 고꾸라진다.
　　　　마치 인사하는 듯 보인다.
　　　　강현석, 관객에게 말한다.

"배우들에게 입력된 프로그램은 여기까지입니다.
여러분의 리모컨은 누가 갖고 있나요?"

강현석, 역시 허리 숙여 고꾸라진다.

막.

궁전의 여인들

다이나믹 영업 3팀

여관별곡

분홍나비 프로젝트

여관별곡

로봇걸

등장인물

      Story 1 - 빨간 연필
      고은지, 정혜미, 최유나

      Story 2 - 역전의 용사들
      장필봉, 한상팔, 김동출

      Story 3 - 젖은 교리
      교주, 여신도

때

      현재

장소

      서울 변두리의 어느 무인텔

Story 1 - 빨간 연필

무인텔 201호. 천둥소리와 함께 빗소리 들린다. 은지와 혜미가 대화 중이다. 은지, 천둥소리가 무서운 듯 침대에서 이불을 덮고 있다. 혜미는 거울을 보며 젖은 머리를 빗고 있다. 번개 번쩍이며 천둥소리가 또 한 번 울리자 은지는 비명을 지르며 이불로 온몸을 덮는다.

정혜미   깜짝이야. 천둥소리보다 네 비명이 더 무섭다.

고은지, 이불 속에서 얼굴만 내민다.

고은지   난 빗소리, 천둥소리가 너무 싫어.

정혜미, 빗고 있던 머리카락으로 얼굴을 가리고 은지를 향해 돌아본다.

정혜미   그래?
고은지   (버럭) 야! 하지 마! 나 정말 무섭단 말이야!
정혜미   (까르르 웃으며) 알았어. 알았어. 고은지, 여전하구나. 겁 많은 거.
고은지   너도 여전해. 나 놀리는 재미로 학교 다녔지?
정혜미   오랜만에 또 놀리니까 옛날 생각난다.
고은지   오랜만이긴. 지난달에도 만났는데.
정혜미   한 달밖에 안 됐어? 되게 오랜만에 보는 거 같은데….
고은지   하긴. 학교 다닐 땐 맨날 붙어 다녔으니까 요즘처럼 한 달 만에 보는 게 오랜만일 수 있겠네.

정혜미   너 졸업한 지 얼마나 됐지?

고은지   3년.

정혜미   벌써?

고은지   응.

정혜미   실감이 안 난다.

고은지   그렇겠지.

정혜미   난 요즘도 날 밝으면 등교해야 할 것 같은 기분이야. 숨 막히는
          만원 버스 줄 서서 또 타야 되나. 지각하면 어쩌지? 교문에서 학
          주한테 걸리면 또 오리걸음 개망신인데, 이런 걱정 하면서.

고은지   그래서 넌 후문 담치기 많이 했잖아. 남자애들이 그걸 봤어야 했
          는데.

정혜미   뭘?

고은지   너 교복 치마 입고 담치기하는 꼴말이야. 내가 밑에서 봤는데 그
          때 너 팬티 다 보였어.

정혜미   어차피 너밖에 없는데 뭐 어때.

고은지   지금 생각해도 참 신기해. 여자애가 어떻게 그렇게 담을 잘 타냐.

정혜미   계속 넘다 보면 늘어.

고은지   하긴, 지각할 때뿐이겠어. 야자 땡땡이칠 때마다 넘어다녔으니.
          수십 번은 넘어다녔을걸?

옆방 202호에서 남자들의 생일 축하 노랫소리가 들린다.

소리   생일 축하합니다. 생일 축하합니다. 사랑하는 필봉이 형님! 생일

축하합니다! 와!

정혜미   누구 생일인가 봐.

고은지   그러게.

노랫소리를 듣던 혜미가 갑자기 뭔가 생각난 듯 박수를 친다.

정혜미   맞다. 생각나? 너 생일 때 내가 고구마 케이크 사 와서 얼굴에 퍽! 그때 진짜 웃겼는데.

고은지   치즈 케이크야.

정혜미   고구마 케이크야.

고은지   치즈 케이크라니까.

정혜미   고구마 케이크 아니었어?

고은지   난 고구마 케이크 싫어해.

정혜미   왜 난 네가 고구마 케이크 좋아한다고 알고 있지? 분명히 내가 고구마 케이크 샀던 기억이….

고은지   그건 유나 생일 때지. 유나가 고구마 케이크 좋아했잖아.

혜미, 표정 굳는다.

정혜미   벌써 기억이 왔다 갔다 한다. 3, 4년밖에 안 됐는데.

고은지   그립지?

정혜미   학창 시절?

고은지   응.

정혜미   넌?

고은지	난 그리워. 다시 돌아가고 싶어.
정혜미	….
고은지	그래서 잘해 보고 싶어.
정혜미	….
고은지	그때로 다시 돌아간다면….
정혜미	됐어.
고은지	뭐가.
정혜미	그런 말 하면 뭐해. 그때로 다시 돌아갈 수 없는데.
고은지	난 아무도 안 괴롭힐 거야. 그때로 다시 돌아갈 수 있다면.

사이.

정혜미	딴 얘기 하자.
고은지	지금 생각해 보면 너무 어렸던 거 같아. 참 철없이 행동했었어.
정혜미	그만하자고.
고은지	너도 후회하지?
정혜미	그 얘기 그만하자니까.

사이.

고은지	그럼 무슨 얘기할까? 수학여행 가서 몰래 술 마시다기 걸려서 기합 받은 거? 화장실에서 담배 피우다가 걸려서 정학 당한 거? 학교 뒷산에서 애들 불러다가 돈 뺏고 때리고 담배로….
정혜미	고은지! 내가 그 얘기 싫어하는 거 알잖아. 너 오늘 이상해.

고은지	좋았던 일만 얘기하는 것도 웃기잖아. 그땐 그게 전부였어.
정혜미	누구나 실수는 할 수 있어. 난 어렸었고 그냥 실수한 거야. 스스로 부끄럽고 창피하고… 그래, 네 말대로 후회해. 그때 생각하면 왠지 가슴이 답답하고 숨쉬기도 불편하고 힘들어. 너 내가 그러는 거 뻔히 알면서 왜 자꾸 그때 얘기를 꺼내는 거야?
고은지	벌써 4년이 지났지만 난 아직도 벗어나지 못했거든. 제대로 잠도 자지 못하고 불면증에 시달리고 있어.
정혜미	내가 강제로 시켰어?
고은지	아니. 내가 선택했지.
정혜미	그래. 내가 먼저 일진회 가입했고 그다음에 네가 따라서 가입했어. 넌 분명히 선택의 순간이 있었어.
고은지	알아. 널 원망하는 게 아니야.
정혜미	아무튼 그 얘기할 거면 너 여기 오지 마.
고은지	안 그래도 그럴 생각이야.
정혜미	뭐?
고은지	나 작별 인사하러 왔어. 이제 너 만나러 그만 오려고. 그렇게라도 정리하고 싶어.
정혜미	아, 이거였구나? 그래서 그 얘기 꺼낸 거구나? 그동안 힘들었니? 나 만나 주느라?
고은지	나 새 삶을 시작하고 싶은데 쉽지가 않아. 유나와 너와의 그때 그 사건 때문에. 다른 누굴 만나도, 어떤 일을 하더라도 집중할 수가 없고 그저 멍하니….
정혜미	그랬구나. 그럼 지금까지 여기 찾아와서 날 만나는 동안에도 그런 마음을 숨겨 왔던 거네?

고은지	그래도 넌 가장 친한 친구였으니까. 너한테 미안한 것도 사실이고 속죄하고 싶은 마음으로….
정혜미	유나한테나 가지 그랬냐.
고은지	유나한테도 갔었어. 기일마다 갔고 유나 부모님도 계속 찾아뵙고 그랬어.
정혜미	은지야.
고은지	응?
정혜미	미안한데 너 가라. 더 이상 너랑 할 얘기 없으니까. 네 넋두리 들을 만큼 나 마음 따뜻한 사람 아니거든. 내 인생 챙기는 것도 벅차니까. 아 참, 내 인생은 이미 게임오버지.
고은지	너도 정리가 필요하잖아. 언제까지 여기서….
정혜미	그만! 나가. 당장 내 앞에서 꺼져!
고은지	알겠어. 나 다신 안 올 테니까 마지막으로 한 번만 만나서 얘기해봐.
정혜미	만나? 누굴 만나?
고은지	사과할 거 있으면 사과하고.
정혜미	너 설마 여기….
고은지	어. 데려왔어.

객석에 관객처럼 앉아 있던 유나가 자리에서 벌떡 일어난다.

최유나	혜미야.
정혜미	시발 진짜.
고은지	얘기 좀 해봐.

정혜미	됐어. (은지에게) 네가 안 나가면 내가 나갈게.

혜미 나가려는데 은지가 혜미의 팔을 붙잡는다.

고은지	혜미야.

뿌리치는 혜미.

정혜미	이거 놔!
최유나	정혜미! 얘기 좀 하자.

정혜미, 나가려다가 멈춘다.

최유나	잠깐이면 돼.
정혜미	너 왜 왔어?
고은지	유나가 너 만나고 싶대.
정혜미	고은지, 능력 좋네. 죽은 년도 달고 다니고.
최유나	그래, 난 죽었지. 너 때문에.

최유나, 무대로 올라간다.

정혜미	그래서 뭐? 사과라도 받겠다는 거야?
최유나	나 너한테 물어보고 싶어.
정혜미	뭘?

최유나   왜 그랬어?

정혜미   뭘 왜 그래?

최유나   왜 나 괴롭혔냐고.

정혜미   나만 그런 거 아니잖아. 나만 너 왕따 시킨 거 아니야.

최유나   어쨌든 네가 내게서 은지를 뺏어갔지.

정혜미   은지가 물건이냐? 뺏어가게?

최유나   네가 은지한테 거짓말해서 이간질시켰잖아.

정혜미   그건 언니들이 그렇게 알려준 거야.

최유나   어떤 언니들? 일진회 선배들?

고은지   일진회 들어가지 말아야 했어.

정혜미   나도 들어가고 싶지 않았어.

최유나   선배들이 진짜 그랬어? 내가 꼬리쳐서 니 남친 뺏었다고?

정혜미   그래. 난 그런 줄 알았어.

고은지   혜미야, 유나는 너랑 화해하고 싶대.

정혜미   됐어. 이제 와서 화해하면 뭐할 건데.

고은지   우리 셋이 친했잖아. 그깟 남자가 뭐라고 왜 우리가 이래야 되
          니?

정혜미   이미 다 엎질러진 물이야! 다 돌이킬 수 없는 일이 됐어.

최유나   편하네. 다 지난일이니까 묻어버리면 그만이라 이거야? 넌 가해
          자니까 피하면 그만이겠지, 하지만 난 억울하고 원망스러워서 이
          렇게 구천을 떠돌고 있어.

정혜미   미친년. 내가 지금 편해 보여? 나도 마찬가지야. 나도 니가 그렇
          게 죽고 난 후, 제대로 학교를 다닐 수도 없었다고. 사람들의 시
          선, 눈빛 모두 나를 살인자로 만들었어. 내가 널 죽이려고 했던 게

아니란 거 너도 알잖아. 은지야, 너도 분명히 봤잖아. 내 옆에서.

고은지   봤지.

정혜미   난 그냥….

최유나   장난이었다고?

정혜미   그래! 난 그냥 장난이었어.

4년 전, 그때 그 사건 현장이 재연된다.

학교 교실.

앞에는 유나의 책상이 놓여 있고 그 뒤로 혜미와 은지의 자리이다.

쉬는 시간, 혜미와 은지가 대화 중이다.

고은지   진짜? 설마… 아닐 거야.

정혜미   본 사람이 한둘이 아니라니깐.

고은지   네가 본 건 아니잖아.

정혜미   언니들이 그럼 나한테 뻥치겠어?

고은지   유나 오면 내가 물어볼게.

정혜미   됐어. 그년이 솔직히 대답할 리가 없잖아.

고은지   그럼 어쩔 건데?

정혜미   내가 알아서 할게.

고은지   어쩌려고?

정혜미   두고 봐. 가만 안 둬. (유나를 발견하고) 저기 온다.

유나가 등장해 자리에 앉는다. 수업 종 친다. 혜미가 유나를 흘겨본다.

최유나   (뭔가 이상한 듯 혜미에게) 왜 그래?

정혜미   뭘?

최유나   왜 쨰려보냐고.

정혜미   너 본 거 아냐. 미친년아.

최유나   뭐?

고은지   야, 선생님.

선생님이 들어온 듯, 은지가 일어나 선생님께 인사한다.

고은지   차렷, 경례!

안녕하세요. 인사하는 소리 들리고 은지 자리에 앉는다.

정혜미, 유나의 등 뒤에서 속삭인다.

정혜미   좋냐?

최유나   뭐가?

정혜미   아냐.

최유나, 다시 앞을 보는데 혜미가 유나의 머리를 뒤에서 확 잡아당긴다.

최유나   아!

소리   뭐야? 방금 누구야?

정혜미   (몸을 낮추어) 최유나요.

소리   최유나!

최유나	네. 선생님.
소리	일어서!

최유나, 천천히 일어선다.

소리	수업시간에 뭐하는 거야?
최유나	….
소리	뭐하는 거냐고!
최유나	….
소리	이것 봐라. 선생님이 물어보는데 대답 안 해?
최유나	….
정혜미	잘 안 들리나 봐요.

교실 전체 까르르 웃는 소리.

소리	모두 조용! 최유나, 너 무슨 일 있냐?
최유나	….
소리	이상하네. 최유나, 수업 끝나고 교무실로 따라와. 알겠어?
최유나	네.
소리	자리에 앉아.

최유나, 자리에 막 앉으려는데 뒤에 있던 혜미가 연필을 의자 위에 곧추 세운다. 유나가 천천히 앉는 순간! 표정 군는다. 모두 동작 멈춘다. 시간은 다시 현재로, 무인텔 201호.

정혜미	난 그냥 장난이었어.
최유나	장난? 그렇게 뾰족한 연필로 찔렀는데 장난이라고?
정혜미	널 죽일 의도는 전혀 없었어!
최유나	하지만 결국 난 네 연필 때문에 죽었어!
정혜미	그건 우연이잖아! 하필 연필이 거기에… 그렇게 맘먹고 정확히 꽂으려고 해도 힘든 일이야!
최유나	넌 당해보지 않았으니까 그저 우연이라고… 네 잘못이 아니라고 넘겨 버리면 그만이겠지! 넌 당해보지 않았으니까. 그 고통! 당해본 사람 아니면 몰라.
정혜미	그럼 어떡할까? 나도 똑같이 당해 볼까?
최유나	어.
정혜미	뭐?
최유나	은지야. 준비한 거 나한테 줘.
고은지	유나야. 그래도 이건….
최유나	빨리!
정혜미	복수하겠다는 거야? 지금? 그래서 여기 온 거야?

은지가 마지못해 가방에서 연필을 꺼내 건넨다.

최유나	(연필을 건네받고) 이 연필의 절반이 박혔어. 너도 똑같이 당해봐.
정혜미	죽어서까지 이러고 싶냐?
최유나	대.
정혜미	맘대로 해봐. 난 두렵지 않으니까.

혜미, 뒤로 돌아선다.

고은지　유나야, 그만 하자.
최유나　말리지 마.
정혜미　은지야, 그냥 놔둬. 하라 그래.

유나, 연필을 들고 혜미를 찌르려는데 그냥 고개 떨구고 차마 찌르지
못한다.
흐느끼는 유나. 은지가 유나에게서 연필을 뺏고 감싸 안아준다.

고은지　유나야.
최유나　어차피 내가 널 찔러봤자 넌 고통을 못 느끼겠지.
정혜미　그래. 알면서 왜 그래. 나도 죽었잖아.
최유나　너라도 더 살아보지 왜 그랬니.
정혜미　말했잖아. 아무리 내가 의도하지 않았다고 해도 난 이미 살인자
　　　　나 다름없었다고. 그렇게 낙인이 찍혀 버린 채로 세상을 살아갈
　　　　자신이 없었어. 그때의 난 사실 나약한 아이였거든. 그런 나약함
　　　　을 숨기려고 일부러 애들을 괴롭혔던 거야. 들키지 않으려고.

사이.

정혜미　미안해.
최유나　나도 너한테 미안해.

사이.

최유나 어쨌든 오랜만에 만나니까 반갑긴 하다.

정혜미 나도 그래. 이게 무슨 마음인지 모르겠지만… 좀 복잡하긴 한
데….

사이.

최유나 갈게.

정혜미 응.

유나, 퇴장하려다가 돌아서서 방을 둘러본다.

최유나 좀 좋은 데서 죽지 이년아, 이런 삭막한 모텔에서 죽은 거야?

정혜미 그런 거 가릴 처지가 아니었어.

최유나 그래.

정혜미 유나야.

최유나 응.

정혜미 우리 은지 그만 놓아주자. 은지는 우리랑 다른 세상에 살고 있잖
아. 더 이상 나타나지 말자.

최유나 그러자. 나도 이제 편히 갈 수 있을 거 같아.

정혜미 안녕.

고은지 유나야.

최유나 은지야, 혜미야. 안녕.

유나, 한쪽 벽으로 사라지듯 퇴장한다. 혜미와 은지 침대에 나란히 앉는다. 202호 쪽에서 남자들의 비명 들린다. 귀신이다! 그리고 이내 잠잠해진다. 은지와 혜미 신경 쓰지 않고 대화한다.

고은지   기분 어때?
정혜미   그냥 괜찮아.

          사이.

고은지   얼마나 아팠을까.
정혜미   아팠겠지. 많이.

          사이.

정혜미   너도 이제 잊어. 힘들어하지 말고.
고은지   그게 쉽지 않아.
정혜미   넌 왜 그렇게 힘들어하는 거야? 바로 옆에 있었지만 사실 넌 아무런 죄도 없잖아.
고은지   내가 연필을 뽑았잖아.
정혜미   그게 왜?
고은지   혜미가 병원에 실려 갔을 때 의사선생님이 하는 얘기를 들었어. 그 연필을 뽑는 바람에 출혈이 더 심해진 거라고. 연필을 뽑지 말고 그대로 병원에 왔으면 유나가 죽진 않았을 거라고.
정혜미   아….

고은지	차라리 박혀 있는 채로 그냥 놔둘걸. 내 잘못이야.
정혜미	은지야. 이건 사고야. 우린 그냥… 재수가 없었을 뿐이야.
고은지	그래.

암전.

Story 2 - 역전의 용사들

무인텔 202호. 빗소리와 천둥소리. 무대 밝아지면 밖에서부터 시끌벅적한 소리 들린다. 방문이 열리고 가방을 둘러맨 노숙자 차림의 필봉, 상팔, 동출이 들어온다. 동출은 소주와 안줏거리 등등이 담긴 검은 비닐봉투를 들고 있다. 필봉과 상팔이 우산을 접으며 방안을 둘러본다.

김동출	이야! 죽인다.
한상팔	이게 얼마 만에 누워 보는 침대냐!

한상팔, 침대에 드러누우려는데 필봉이 붙잡는다.

한상팔	왜요?
장필봉	인간적으로… 씻고 눕자.
한상팔	예. 하하.
장필봉	상팔이 너 먼저 씻어.

한상팔	그럴까요?
김동출	전 바닥에서 자면 되니까 형님들이 침대에서 주무세요.
장필봉	아냐. 난 바닥이 편해. 너희 둘이 침대 써.
한상팔	에이, 제일 큰 형님을 두고 저희가 어떻게 침대에서 잡니까.
장필봉	맨날 차가운 바닥에 박스 깔고 자다가 여기서 자는 것만 해도 감지덕지야. 그리고 노숙 생활 10년 해봐. 침대보다 바닥이 더 편해.
한상팔	저도 7년 됐는데 그래도 침대가 더 좋던데요?
장필봉	그러니까 너 침대 쓰라고. 난 됐어.
김동출	정말요? 그럼 저도 침대에서… 하하.
한상팔	야 임마. 형님이 아무리 그렇게 말씀하셔도 네가 그러면 쓰냐? 너보다 스무 살이나 많으신데 이 새끼는 가만 보면….
장필봉	아, 됐다고.
한상팔	괜찮습니다. 거절 마시고 형님 주무십시오.
장필봉	됐다니까.
한상팔	에헤이, 형님 사양 마시고….
장필봉	그냥 너 자라고.
한상팔	형님! 이건 아니죠!
장필봉	(버럭) 너랑 같이 자면 냄새나서 그래! 이 새끼야!
한상팔	예?
장필봉	너 침대 써. 난 바닥에서 혼자 잘 테니까.
한상팔	아니, 제 몸에서 무슨 냄새가 그렇게 난다고 그러세요?
김동출	나요.
한상팔	이 새끼가 확.

장필봉	됐고. 소주나 까.
김동출	예.

동출, 비닐에서 소주를 꺼낸다.

한상팔	(자신의 몸에서 냄새를 맡아보며) 좀 서운하네. 노숙자가 냄새나는 게 당연하죠.
장필봉	노숙자라고 다 더러울 거란 편견을 버려. 노숙자도 노숙자 나름 이지. 넌 좀 심해.
한상팔	그리고 이제 모처럼 여관 왔으니까 씻을 건데 뭘 그렇게 또….
장필봉	넌 씻어도 나. 네 몸에 뼈 깊숙이 세포 하나하나에 냄새가 다 밴 거 같더라.
한상팔	형님은 그럼 냄새 안 나요? 같은 노숙자끼리 냄새 갖고 너무 구박 하시네. 그렇게 깨끗하신 분이 노숙은 왜 하십니까? 예?
장필봉	야, 이 병신아. 넌 좀 심하니까 그러는 거 아냐. 노숙자라도 비누 칠하고 이빨 닦고 세수 다 할 수 있어. 서울역에 화장실이 몇 개 고 바로 코앞에 있는데 왜 안 씻어? 화장실에 누가 못 가게 하냐? 아니면 뭐, 화장실 가는데 누가 돈 내라고 하냐? 너 보니까 일주 일 동안 한 번도 안 씻더라.
한상팔	씻어요. 왜 안 씻어요?
장필봉	너 내가 맞혀 볼까?
한상팔	뭘요?
장필봉	너, 똥 싸고 휴지로 안 닦지?
김동출	어휴! 정말요?

한상팔	닦아요. 왜 안 닦습니까? 예?
장필봉	너 진짜 닦아?
한상팔	당연하죠!
장필봉	맹세할 수 있어?
한상팔	아니, 왜 이런 걸로 맹세를 합니까?
장필봉	안 닦네. 이 새끼 똥 싸고 안 닦는다.
김동출	너무하네. 정말. 아무리 노숙을 해도 이건 아니죠.
한상팔	아, 닦아요!
장필봉	그럼 왜 맹세 못 해?
한상팔	맹세할게요! 맹세해요!
장필봉	목숨 걸고 맹세할 수 있어?
한상팔	참 네. 진짜 아 나 참….
장필봉	이 새끼 봐. 봐. 목숨 안 걸잖아.
김동출	상팔 형님, 진짜 솔직히 말해 봐요. 안 닦아요? 솔직히!
한상팔	(머뭇거리다) 딱! 두 번 있다.
장필봉	봐! 이거 봐! 내 말 맞지?
김동출	진짜 실망이네. 형님, 사람 그렇게 안 봤는데.
한상팔	아니, 화장실에 휴지가 없는데 어떡해? 뭐, 옷으로 닦나? 그게 더 더럽지. 어차피 놔두면 굳어요.
김동출	같은 노숙자로서 정말 창피하네요. 사람들이 뭐라고 생각하겠어요? 노숙자들은 다 그런 줄 알 거 아니에요?
장필봉	야 이 더러운 새끼야. 빨랑 가서 씻어! 야, 동출아 저 새끼 빨리 보내.
김동출	예!

동출, 상팔의 가방을 챙겨서 상팔에게 건네고 떠민다. 상팔은 가방에서 세면도구를 찾아 꺼내며 투덜거린다.

한상팔　(화장실로 향하며) 아이고, 필봉 형님 참… 혼자서 고상한 척은 다 하시네. 어차피 사람은 죽으면 흙으로 돌아가요. 예?

장필봉　갑자기 그게 뭔 소리야? 그게 흙으로 돌아가는 거랑 무슨 상관이야?

한상팔　사람이 죽으면 다 거름이 되는 거라고요. 털어서 먼지 안 나는 놈 없고! 정말 뭐 묻은 개가… 뭐냐 저기… 어? 부뚜막에 먼저 올라간다더니. 참 내.

한상팔, 세면도구를 챙겨서 화장실로 들어간다.

장필봉　저게 뭔 소리냐 저 새끼 저거. 속담을 막 섞어서 쓰네. 못 배운 거 티 내네.

김동출　배우긴 배운 거 같은데 좀 어설프게 배운 거 같습니다.

장필봉　이렇게 해야 저 새끼 샤워 제대로 한다. 알아둬. 너 쟤랑 여관 첨 오지?

김동출　예. 그렇죠. 서울역에 온 지 얼마 안 돼서. 그래도 상팔 형님, 좋은 분이신 거 같아요.

샤워기 물소리 들린다.

장필봉　좋은 놈이지. 나쁜 놈은 아니야. 하지만 더러워. 맞네. 더러운 놈이네.

김동출 하하. 오늘 생신이신데 형님이 참으세요.

장필봉 아직 아닌데? (손목시계 보더니) 아직 30분 남았어.

김동출 (핸드폰 꺼내 보더니) 아, 그러네요.

장필봉 야, 너 핸드폰 어디서 났냐?

김동출 이거 완전 땡잡았어요. 아까 낮에 쓰레기통 뒤지다가 발견했는데요. 잠금장치도 안 되어 있고….

장필봉 전화 돼?

김동출 네. 돼요.

장필봉 줘 봐.

장필봉, 핸드폰 이리저리 살펴본다.

장필봉 주인한테 전화 안 왔어?

김동출 안 오던데요?

장필봉 이거 대포폰이네.

김동출 대포폰이요?

장필봉 쓰레기통에 있었다며? 누가 버린 거잖아. 멀쩡한 핸드폰을 왜 버리겠어.

김동출 대포폰이 뭐예요?

장필봉 남의 명의로 만든 핸드폰. 불법으로.

김동출 아.

장필봉 곧 정지될 거야.

김동출 그때까지만 쓰죠. 뭐.

장필봉	한 잔 따라 봐.
김동출	아, 예. 하하.

동출, 필봉에게 소주 한 잔 따르고 안줏거리 준비하면서 묻는다.

김동출	필봉 형님, 뭐 하나 여쭤봐도 돼요?
장필봉	뭐?
김동출	누구한테 들었는데 옛날에 모바일 사업하시면서 떼돈 버셨다고….
장필봉	누가 그래?
김동출	절름발이 영감이요.
장필봉	아, 그 양반 참… 자꾸 퍼뜨리네.
김동출	진짜예요?
장필봉	뭐, 그랬었지. 한때. 근데 그건 갑자기 왜?
김동출	핸드폰 얘기하니까 생각나서요. 그런데 어쩌다가 이렇게 노숙을….
장필봉	너 시티폰이라고 들어봤냐?
김동출	시티폰 알죠. 그거 공중전화 근처에서만 되는 거잖아요.
장필봉	그거 하다가. 삐삐에서 핸드폰으로 넘어가는 시기였는데 참네… 그 사업한다고 있는 돈 없는 돈 다 끌어다가 투자했는데 핸드폰이 그렇게 바로 나올 줄 누가 알았나. 대리점에 뿌린 게 얼만데…. 다 거덜 났어. 부도 막는다고 사채까지 썼다가 깡패 새끼들 맨날 찾아오고, 신체 포기 각서 쓰고, 이혼당하고 뭐… 그걸로 끝.
김동출	그러셨구나.

장필봉	십 년도 더 된 일이지. 벌써 내 나이도 오십이 넘었는데… 허허 참. 세월이 무섭다. 무서워.
김동출	어쨌거나 형님! 오십 두 번째 생신을 축하드립니다!
장필봉	야, 이 나이에 생일 챙기는 것도 쪽팔리다. 뭐 아깝게 이런데다 돈을 써. 그냥 소주랑 안주 몇 개 챙겨서 마시면 되지.
김동출	우리가 이런 날 아니면 언제 여관에 와서 잠을 자겠습니까? 여기 는 상팔 형님이 쏘신대요. 여관비 마련한다고 며칠째 술 안 사고 꼽사리 껴서 드시던데요.
장필봉	이 술값은 네가 내고?
김동출	예. 헤헤. 생신 선물이라고 생각해 주십시오.
장필봉	고맙다. 내일 아침은 내가 국밥 쏠게.
김동출	아유, 됐습니다. 조금 참았다가 점심때 무료급식소에서 먹으면 되죠.
장필봉	그럴까?
김동출	예. 하하. 형님, 담배 하나 드릴까요?
장필봉	아냐. 나 끊었어.
김동출	예? 언제요?
장필봉	어제.
김동출	왜요?
장필봉	어제 대합실에서 뉴스 보다가 하도 열 받아서.
김동출	열 받으면 더 피워야지, 왜 끊어요?
장필봉	세금 내기 싫어서! 담뱃값 올랐을 때도 그냥 참았는데 뉴스 보니 까 죽어도 세금 내기 싫더라고.
김동출	아이고, 언제는 제대로 돌아간 적 있습니까? 그럼 저 혼자….

김동출, 창문 열려는데 필봉이 막는다.

장필봉   나가서 피워.

김동출   에이, 귀찮게 왜 나가서 피워요.

장필봉   간접흡연도 흡연이야. 나 끊었다니까. 나가서 피워. 그리고 여기
        둘러봐. 왠지 담배 피우면 막 싫어할 것 같지 않아?

김동출   누가요?

장필봉   그냥 여기… 생물체들이.

김동출   생물체요?

장필봉   파리나 거미나 바퀴벌레나 뭐 우리 말고, 곤충이든 벌레든 생물
        체가 있을 거 아냐.

김동출   허허, 참네. 이 방에 무슨 생물체가 있다고….

장필봉   있다면 있는 줄 알아! 빨랑 나갔다 와.

김동출   예.

동출, 담배랑 라이터를 들고 나간다.

장필봉   요즘이 어떤 세상인데 실내에서 담배를….

상팔, 화장실에서 나오는데 사각팬티만 입고 목에 수건을 두르고, 담
배를 입에 물고 나온다. 그 모습을 보고 소리치는 필봉.

장필봉   야 이 새끼야! 너 지금….

한상팔   왜요?

장필봉	담배 안 꺼?
한상팔	담배 왜요?
장필봉	옷도 입고 새끼야!
한상팔	아니, 우리끼리 있는데 옷을 왜요?
장필봉	입으라면 입어 새끼야.
한상팔	아 글쎄, 왜요?
장필봉	이 방에 생물체가 있다고!
한상팔	뭔 소리야…. 알았어요. 나도 그게 좋아요. 다행이네. 민망했는데.

한상팔, 다시 화장실 안으로 들어간다.

장필봉	아, 진짜 오늘 힘드네. 생일인데 계속 소릴 지르게 해. 쌍놈의 새끼. (갑자기 뭔가 떠오른 듯) 생일… 벌써 오십둘. (가족 생각이 난 듯) 이놈들은 잘 있으려나.

필봉, 동출이 두고 간 핸드폰을 보고 전화를 걸어보려다 망설인다. 다시 결심한 듯 전화번호를 눌러보는데 상팔이 화장실에서 옷을 입고 나오자 깜짝 놀라 핸드폰을 내려놓는다.

한상팔	뭘 그렇게 놀라요?
장필봉	아니야. 아무것도.

상팔, 혹시 필봉이 뭘 뒤졌나 해서 방에 두고 간 자기 가방을 들여다본다.

장필봉	네 가방 안 뒤졌어. 새끼야! 내가 도둑놈으로 보이냐?
한상팔	(세면도구 흔들며) 이거 다시 넣으려고 그러는데 왜 그러세요?
장필봉	아이고, 저런 놈이 뭐 좋다고 의형제를 맺었나. 내가 미쳤지. 미쳤어.
한상팔	에이, 좋으시면서.
장필봉	좋긴 개뿔.
한상팔	근데 동출이 어디 갔어요?

동출, 들어온다.

김동출	저 담배 피우러요.
한상팔	담배를 왜 나가서 피워?
김동출	필봉 형님이, 이 방에 뭐가 있다고….
한상팔	뭔 소리예요? 형님, 귀신 봤어요?
장필봉	아 몰라. 입 아파. 술이나 마셔.
한상팔	예? 입이 왜요? 봐요.
장필봉	이걸 진짜 콱 그냥.
한상팔	아니, 왜 걱정을 해 줘도 지랄이야. 지랄이.
김동출	에이, 형님한테 지랄이 뭡니까. 지랄이.
장필봉	(동출에게) 염병 떨지 말고 씻어 인마.
김동출	저 먼저 씻어요?
장필봉	그래.
김동출	예. 헤헤.

동출, 히죽거리며 자신의 가방을 통째로 들고 화장실로 들어간다.

장필봉   한 잔 받아.
한상팔   오케이! 어디 술 좀 찌그려 볼까나.

화장실에서 동출의 소리 들린다.

김동출   (소리) 어유, 진짜.
장필봉   뭐야. 왜 저래.

화장실 문이 열리고 동출이 얼굴을 내민다.

김동출   형님, 혹시 때 밀었어요?
한상팔   어. 왜?
김동출   하수구 막혔잖아요.
한상팔   뚫으면 되지 새끼야.
장필봉   가지가지 한다. 진짜.
한상팔   대충하고 빨랑 나와. 술 찌그리게.
김동출   아니, 때수건은 또 어디서 났대?
한상팔   이런 데 왔을 때 한 번씩 밀어주는 거지. 인마.

동출, 다시 화장실 들어가고 샤워기 물소리 들린다.

한상팔   형님, 티브이나 틀어 볼까요?

장필봉	됐어.
한상팔	왜요.
장필봉	역에서 맨날 보는 걸 뭘 또 봐.
한상팔	뉴스 말고요. 왜 그런 거 있잖아요.
장필봉	뭐?
한상팔	거 다 아시면서. 쿵떡쿵떡 응? 에이 그런 거. 남자끼리 뭘.
장필봉	여기 그런 거 안 나와.
한상팔	그런 거 안 나오는 여관이 어딨어요?
장필봉	요즘은 여관도 다 IPTV로 바뀌어서 그런 거 다 유료야. 안 나와.
한상팔	IP… 뭐요? 그게 뭔데요?
장필봉	올레 TV, U플러스 같은 거 있잖아. 왜… (설명하기 귀찮은 듯) 아유, 됐어. 내가 누구한테 뭘 설명하냐. 그냥 그런 줄 알아.
한상팔	아, 그거? 나도 알아요.
장필봉	네가 알긴 뭘 알아.
한상팔	이거 왜 이래요? 나도 대학 다녔어요. 국문과!
장필봉	졸업 안 했다며.
한상팔	말했잖아요. 억울하게 감방 가는 바람에 그때부터 인생이 꼬여서 그렇지 안 그랬으면 저 잘나가는 소설가가 됐을지도 몰라요.
장필봉	소설 쓰고 있네.
한상팔	예. 저 소설 좀 썼다니까요.
장필봉	하하하.
한상팔	뭐예요. 방금 놀린 거예요? 진짜예요. 아 참 내.
장필봉	알았어, 인마. 술이나 마셔.
한상팔	형님 아는 거 좀 많다고 계속 저 무시하는데 저도 뉴스 보고 신문

보고 다 해요. 요즘 세상이 어떻게 돌아가는지 다 안다니까요.

장필봉　어떻게 돌아가는데?

한상팔　요즘 그거 뭐야. 예술인 블랙리스트! 저도 예술 쪽에 관심 많아서 신문 읽어 봤어요. 나라에서 예술인들 블랙리스트 만들어서… 응? 그랬다면서요?

장필봉　뭘 그랬는데?

한상팔　뭐 괴롭히고 못살게 굴고… 맞잖아요.

장필봉　그래. 그래. 장하다.

한상팔　그리고 또 그거 뭐야. 최순심이 그 딸, 정수라… 막 이대… 응? K 스포츠 돈 받아서 독일에서 말 타고….

장필봉　최순실! 정유라!

한상팔　알아요. 이름이야 좀 헷갈릴 수도 있는 거고. 그래서 대통령이 대 국민 사과하고 탄핵해라 어쩌라 그랬잖아요.

장필봉　됐어. 넌 정치 얘기하지 마. 넌 자격 없어.

한상팔　왜요?

장필봉　너 지난번 대통령 선거 때 개나리당 찍었다며. 난 개나리당 찍은 놈들이랑 말 안 해.

한상팔　그거는 저기 뭐야 그때 역 앞에서 선거 유세할 때 모자 쓰고 춤추 던 여자들이 따뜻한 유자차 나눠주고 그러니까 아유, 날씨도 추 운데 고생들 하시네 그러면서 그냥 찍어준 거죠.

장필봉　에라이, 병신아.

한상팔　왜 갑자기 욕을 하고….

장필봉　유자차가 뭐라고 그거 때문에 찍냐? 그럴 거면 차라리 찍지를 마. 잘 모르면 아예 찍지 말라고. 너 같은 놈 때문에 나라가 이 꼴

된 거 아냐. 뭣도 모르면서 무조건 개나리! 개나리! 어? 국민들은 집 한 칸 마련하기도 힘든 마당에! 은행에 빚 없는 사람이 없어! 대기업이 잘돼야 경제가 산다고 특혜 다 몰아주고! 미르, K스포츠에 자발적으로 기업이 문화사업 후원한 걸 왜 그러냐고? 한류가 위축되는 게 걱정돼? 그럼 왜 사드 고집해서 중국 한류 다 끊어놨는데? 서민들, 근로자들은 개돼지 취급당하면서 피 다 빨리고 있는데 종북몰이에 놀아나는 것도 모르고 빨갱이 새끼들 잡아 처넣어야 하니 어쩌니 씨발, 병신이냐?

한상팔   형님.

장필봉   왜? 내 말이 틀려?

한상팔   제가 그런 건 아니잖아요. 왜 저한테 화를….

장필봉   그렇게 되지 말라고. 정신 똑바로 차리라고 인마.

한상팔   그런데 저기….

장필봉   저기 뭐!

한상팔   (관객 눈치 보며) 좀 위험한 것 같아요. 대사가 좀… 아무리 연극이지만.

장필봉   연극이니까 더 솔직하게 말해야지. 연극이 현실을 직시하고 삐뚤어진 세상을 바로 잡기 위해 올바른 소리를 해야 그게 풍자고 진정성 있는 예술인 거야. 맨날 시답잖은 개그나 하면서 사랑 얘기하고 돈만 벌면 되는 게 연극이 아니라고!

한상팔, 자리에서 일어난다.

한상팔   저는 그만 가보겠습니다.

장필봉	왜?
한상팔	저는 블랙리스트에 오르고 싶지 않습니다. 계속 예술하고 싶어요.
장필봉	알았어. 자제할게. 앉아.
한상팔	예. 그럼 다시….

한상팔, 다시 자리에 앉는다.

사이.

한상팔	수습이 될까 모르겠네. (다시 아무 일 없었다는 듯 갑자기) 그러니까 제가 개나리당을 찍은 이후로 아, 내가 너무 생각이 없었나? 이런 생각이 드는 거예요. 왜? 서울역에 급식 메뉴가 딱히 달라진 것도 없고 오히려 급식을 먹으려고 서는 줄이 더 길어지는 거예요.
장필봉	노숙자들이 더 많아졌다 이거야?
한상팔	빙고! 바로 그겁니다. 아, 이거 나라가 더 안 좋아졌구나. 노숙자가 많아졌다는 건 국민들이 더 힘들어졌다는 증거 아니겠습니까? 자살율 세계 1위, 출산율이 뭐 몇 위라더라 하여튼 저조하고… 그래서 저는 후회했습니다. 아무리 내가 노숙자 신세지만 나에게 주어진 이 한 표를 내가 너무 생각 없이 행사했구나!
장필봉	근데 너 투표 어디 가서 했냐?
한상팔	우리 동네요.
장필봉	너 주소지가 어디로 되어 있는데?
한상팔	구로동이요.

장필봉	거기 누구 있어?
한상팔	제 여동생이요.
장필봉	너한테도 투표권이 나와?
한상팔	저 30년째 서울 시민이에요. 감방에 있을 때도 투표했고 계속 투표했어요.
장필봉	그러니까 아무나 찍지 말고 좀 알고 찍으라고! 30년 동안 엄한 데다 찍었을 거 아냐!
한상팔	아니에요. 전 사람 보고 찍어요.
장필봉	진짜?
한상팔	네.
장필봉	사람 뭘 보고.
한상팔	이 사람이 더 착하게 생겼다, 아니다.
장필봉	으이그! 찍지 마. 찍지 마.
한상팔	그건 저의 선택입니다. 대한민국은 자유민주주의 국가 아닙니까!
장필봉	네가 그렇게 생각이 없으니까 당한 거야.
한상팔	뭘 당해요.
장필봉	너 감방 간 거. 누명 쓰기 딱 좋게 생겼잖아.
한상팔	(정색하며) 여기서 그 얘기가 왜 나와요?
장필봉	내 말은….
한상팔	형님이 뭘 안다고 그런 말을 해요? 예?

화장실 문이 벌컥 열리고 안에서 동출이 케이크에 촛불을 꽂고 노래를 부르며 나온다.

김동출	(눈치 없이) 생신 축하합니다! 생신 축하합니다! 사랑하는….

필봉과 상팔, 말없이 그대로 서 있다.

김동출	(분위기 심상치 않음을 깨닫고) 어라? 분위기 왜 이래?

한상팔, 침대에 올라가 이불 뒤집어쓴다.

김동출	상팔 형님 왜 그러세요?
장필봉	아냐. (상팔에게) 야, 상팔아. 알았어. 형이 미안하다.
한상팔	….
장필봉	형이 실수했다. 그 얘기는 내가….

한상팔, 갑자기 이불 확 걷으면서 신나게 노래한다.

한상팔	사랑하는 필봉이 형님!
상팔,동출	생신 축하합니다! 와와와!
한상팔	놀랐죠? 놀랐죠? 하하하!
김동출	형님, 뭐예요. 깜짝 놀랐네.

이번엔 필봉이 표정이 좋지 않다. 화가 난 듯 무표정이다.

한상팔	장난친 거예요. 하하. 형님.
장필봉	(정색하고) 야, 내가 만만해 보여? 어?

분위기 또 심각하다.

사이.

갑자기 또 신나게 노래하는 필봉.

장필봉   (노래로) 사랑하는 애들아! 생일 축하 고맙다!

김동출   아이, 뭐야! 뭐야! 깜짝 놀랐네! 이번엔 진짜인 줄 알았잖아요!

장필봉   속았지? 하하. 내가 당하고만 있을 줄 알았냐?

상팔의 표정이 또 좋지 않다. 또 기분 나쁜 듯.

한상팔   (또 정색하며) 아이 진짜….

장필봉   (상팔의 얼굴을 확 밀어 침대에 쓰러뜨리며) 그만해. 그만해. 넌 어떻게 끝
         을 모르냐?

한상팔   헤헤.

김동출   자, 이제 다 같이 한잔하시죠!

장필봉   나 씻고 올게. 둘이 한잔하고 있어.

한상팔   에이, 형님은 깨끗하잖아요. 한잔하고 자기 전에 씻으세요. 씻다
         가 연극 다 끝나겠네.

김동출   예, 그래요. 형님.

장필봉   그럴까?

한상팔   자리 깔아. 깔아. 벌써 열두 시 넘었다.

김동출   넵!

술판 벌어진다.

조명 바뀌고 시간 경과.

세 사람, 기분 좋게 취해 있다. 상팔이 열변을 토하며 소설 얘기를 하고 있다.

한상팔   저는 그렇게 생각합니다. 박경리 선생의 『토지』를 읽지 않고선 한국 소설에 대해 아는 척하지 말아야 된다! 최씨 일가 3대가 겪는 그 파란만장한 삶! 한국 역사의 궤적을 훑어가면서 서희와 조… 뭐야. 조….

장필봉   조준구.

한상팔   오올! 형님도 읽으셨나 보네요? 아무튼 서희랑 조… 뭐란 놈이랑 사랑을 하며 쌓아가는 안타까운 그 애절함이 참… 아, 뭐랄까!

장필봉   원한 관계겠지.

한상팔   네?

장필봉   서희랑 조준구랑 원한관계지.

한상팔   그래요? 사랑 아니에요?

장필봉   너 제대로 안 읽었지?

한상팔   아, 내가 태백산맥이랑 헷갈리나? 아무튼 당시 그 소설들을 읽고 아, 이게 나의 길이구나. 운명이구나! 소설을 써야겠다. 그런 결심을 하고 서울에 올라왔는데 먹고는 살아야 되잖아요. 그래서 알바를 하기 시작한 겁니다. 그러면서 틈틈이 국문과를 가기 위한 준비도 한 거예요. 예?

김동출	어우, 진짜 상상이 안 가네요.
한상팔	뭐가.
김동출	형님 지금 이미지랑 전혀 매치가⋯.
한상팔	나도 인마, 존재 자체가 아름다웠던 시절이 있었어, 쨔샤.
장필봉	그래서 용케 합격을 했네?
한상팔	그렇죠. 그런데 등록금이 당시에⋯ 백만 원인가? 백만 원 좀 넘었나 하여튼 그랬는데 돈이 모자란 거야. 그래서 어떡할까 그러다가⋯.

또 조명 바뀌고 시간 경과.

동출이 귀신 이야기를 하고 있다. 상팔이 겁에 질려 잔뜩 움츠려 있다.

김동출	글쎄, 아무리 불러도 대답도 없이 가만히 서 있는 거예요.
한상팔	그 여자가?
김동출	예, 그 소복을 입은 여자가요. 또 불렀죠. 이봐요! 그런데 갑자기 걸음을 딱 멈추더니 스르르 뒤를 돌아보는데!

문이 벌컥 열린다. 그 소리에 상팔이 깜짝 놀라 기겁하며 소리친다.

한상팔	악! 악!

양복을 입은 교주가 방문을 벌컥 열었다가 상팔의 비명에 깜짝 놀란다. 그 뒤에 여신도가 서 있다.

교주	아이쿠! 여기 203호 아닌가?
장필봉	여기 202호예요.
신도	어머, 저쪽인가 봐요.
교주	이거 죄송하게 됐습니다.

문을 다시 닫고 나가는 교주와 신도. 동출은 상팔의 놀라는 모습이 재미난 듯 바닥을 뒹굴며 웃는다.

한상팔	아, 뭐야 진짜? 눈을 어디에다 달고 다니는 거야?

계속 웃는 동출.

한상팔	그만 웃어.
김동출	아니, 무슨 애도 아니고 어른이 겁이 그렇게 많아요?
한상팔	나 귀신 얘기 싫어한다니까.
장필봉	진짜 웃기네. 아이고.

또다시 조명 바뀌고 시간 경과.

이번엔 필봉이 열변을 토하며 국제 정세에 대해 말하고 있다. 상팔과 동출은 지루한 듯 따분해 보인다.

장필봉	힐러리가 당선이 되면 오바마 행정부가 지금까지 해 왔던 작업을 그대로 이어 갈 게 뻔해. 그러니까 국제 정세가 지금이랑 별

차이가 없다고 예상하는 거지. 다만 오바마는 한국에 대해서 사실 관심이 없기 때문에 클린턴 정부의 한국 정책을 계승해 왔다고 볼 수 있는데….

상팔과 동출, 하품을 하고 기지개를 켠다.

장필봉   클린턴 행정부 때는 대북관계가 최악으로 시작해서 김대중 정부의 햇볕 정책으로 최상으로 마무리됐거든? 힐러리는 한반도 분야에 관해선 미국에선 스페셜리스트라고 보면 되는데….

한상팔   어우, 난 담배 한 대….

상팔이 슬쩍 일어나려는데 필봉이 상팔의 어깨를 잡아 다시 앉히며 열정적으로 말을 이어간다. 상팔은 포기하고 멍하니 듣는다.

장필봉   대북관계에 있어서 일대 전환점이 발생할 가능성도 있어. 그래도 트럼프보다는 안정적일 거야. 문제는 트럼프가 당선이 되었을 경우지. FTA 재협상, 주한미군 분담금, 핵무장 관련해서….

또 조명 바뀌며 시간 경과.

세 사람, 모두 많이 취했다. 동출이 옛날 가수 얘기를 하고 있다.

한상팔   진짜? 015B가 먼저라고?

김동출   그렇다니까요. 서태지보다 랩을 먼저 들고 나온 게 015B에요. 근데 서태지가 파장이 훨씬 더 커서 더 알려진 거지.

한상팔   그때 왜… 신해철도 랩을 했던 거 같은데? (랩을 하며) 위스키 블랜

디 까페 쵸코렛 까만 머리 까만 옷에 어쩌구 저쩌구… 맞지?

김동출   맞아요. 신해철이 서태지보다 먼저거든요. (갑자기 감격에 젖어) 아!

해철이 형!

한상팔   얄리!

김동출   아! 얄리!

상팔과 동출, 함께 노래한다.

상팔,동출   내가 아주 어릴 때… (생각이 안 나자) 나나나… 얄리! 너의 작은…

나나나….

한상팔   듀스!

김동출   김성재!

갑자기 상팔이 벌떡 일어나 노래하며 춤을 추기 시작한다.

한상팔   나를 돌아봐! 나를 돌아봐! 지금 나를!

김동출   너의 맘속엔 내가 없지만!

동출, 갑자기 소방차 노래를 한다.

김동출   어젯밤엔 난 네가 미워졌어!

한상팔   정답! 소방차!

김동출   어젯밤엔 난 네가 싫어졌어!
상팔,동출 빙글빙글 돌아가는 불빛들을 바라보며! 나 혼자 우울했었지! 우!

        상팔과 동출, 신나서 얼싸안고 춤춘다. 그때, 한쪽 벽에서 유나가 나타
        난다. 필봉이 술을 마시다 벽에서 들어오는 유나를 보고 굳어 버린다.
        상팔과 동출은 벽에서 나타나는 것을 못 보고 뒤늦게 유나를 발견한
        다. 유나, 잠시 상팔과 동출을 말없이 응시한다.

한상팔   뭐야? 당신 누구야? 시끄럽다고 따지러 왔어?
김동출   에이, 그게 아니라 또 잘못 들어왔네? 여기 202호에요.
한상팔   젊은 아가씨가 이 시간에 막 위험하게 돌아다니면 안 돼.
김동출   됐어요. 가세요. 가요. 가.

        유나, 반대 벽 쪽으로 간다.

한상팔   이봐. 문은 이쪽인데 왜 그쪽으로….

        유나, 벽 속으로 사라진다.

김동출   뭐야, 어디 간 거야?
한상팔   귀… 귀….
상팔, 필봉 귀신이다!
김동출   악! 악! 악!

기겁하는 세 사람.

다시 조명 바뀌고 시간 경과.

동출은 쓰러져 자고 있고 필봉과 상팔이 가족 이야기를 하고 있다.

한상팔	그러면 지금 형님 아들 많이 컸겠네요?
장필봉	내가 오십둘이니까. 스물다섯 됐겠지.
한상팔	마지막으로 본 게 언젠데요?
장필봉	한 십 년 됐어.
한상팔	어떻게 사는지는 알아요?
장필봉	글쎄, 몇 년 전에 아들놈이랑 통화하긴 했는데….
한상팔	아들 연락처는 알아요?
장필봉	번호 안 바꿨으면 그대로겠지.
한상팔	그래도 형님은 나보다 낫네요. 가족이라도 살아 있으니까. 전 아무도 없어요. 세상에 나 혼자예요. 제가 감방에만 안 갔어도… 부모님 그렇게 안 돌아가셨을 텐데.
장필봉	근데 누명 쓴 거 확실해?
한상팔	네. 맹세해요. 전 진짜 망만 봤어요. 감방에서 5년간 썩는 동안 내내 생각했어요. 내가 빽 있고 돈 많은 집에 태어났으면 과연 그렇게 억울하게 누명을 썼을까?
장필봉	진범 찾았다고 했지?
한상팔	네. 그럼 뭐해요? 이미 5년 형 다 살고 나서 잡혔는데. 그 새끼는 친척 중에 청와대 빽 있다고 비싼 변호사 써서 집행유예 받고 풀

려났어요.

장필봉   세상 엿 같지.

한상팔   더 웃긴 거 뭔지 아세요?

장필봉   뭐.

한상팔   저한테 구형했던 검사 새끼는 작년에 대기업한테 몇백 억인가 뇌물 처먹고 구속됐어요. 난 돈 한 푼 안 받고 재수 없게 동네 친구 부탁 들어주다가 그렇게 됐는데 그 검사 새끼는….

한상팔, 말을 잇지 못하고 한숨을 내쉰다. 필봉, 상팔의 등을 두드리며 위로한다.

장필봉   헬조선이다. 헬조선.

사이.

장필봉   상팔아.

한상팔   네.

장필봉   너 무소유란 말 들어 봤니?

한상팔   아니요. 뭔데요, 그게.

장필봉   그래. 그런 말이 있는데… 법정 스님이 쓰신 책이야. 무소유란 아무것도 삿지 않는다는 것이 아니라 불필요한 것을 갖지 않는다는 뜻이지. 얼마 전에 내가 서울역 광장 계단에 앉아서 지나가는 사람들을 멍하니 보고 있는데 문득 예전에 읽은 그 책이 생각나더라. 법정 스님은 말씀하셨지. 우리가 어떠한 것이 필요하다고 하여 그것을 소유했을 때 우리는 마음 한켠에 방을 내주는 거라고. 그러고 나면 다음엔 그 방을 채워야 하는데 이걸 채울까 저걸 채울까 어딜 가도 그 방 채울 생각만 하게 된다는 거야. 그 방이 없을 때도 잘 살았었는데 오히려 번뇌를 짊어지게 된 거지. 돈이 많으면 그 많은 돈을 어떻게 쓸까 고뇌하고, 돈이 줄어들면 줄어드는 것에 마음 아파하고, 물건을 소유하면 그 물건이 흠이 나지 않을까 조바심을 내고… 정작 우리 마음속의 자신을 위해, 스스로 즐겁게 살기 위해 쓸 시간과 여유, 행복은 사라지고 말이야. 지금 또 네 말을 들으니까 오히려 아무것도 갖지 못한 지금의 내가 몇백 억 받고 여러 사람 힘들게 하고 감방에 간 그 검사 새끼보다 차라리 낫다는 생각이 든다.

필봉이 상팔을 그제야 돌아보는데 상팔은 앉은 채로 그대로 자고 있다. 필봉, 상팔을 눕히고 이불을 덮어준다. 그리고 바닥에 있던 동출의 담배를 보고 한 개비 꺼내어 입에 물었다가 다시 집어넣는다. 그리고 술자리를 정리하려고 일어서다가 동출의 핸드폰을 본다. 필봉은 동출의 핸드폰을 들고 망설인다. 그러다 결심한 듯 번호를 누른다. 신호음이 들린다. 한참을 신호가 가도 아무도 받지 않는다. 필봉이 전화를 끊으려는 순간, 수화기 너머 누군가 받는다.

소리   여보세요?

필봉의 아들 목소리다. 필봉은 당황한다.

소리	여보세요? 누구세요?

필봉이 전화를 끊으려는 순간, 아들은 말한다.

소리	아버지세요?

필봉은 멈칫한다.

소리	아버지 맞죠? 저예요. 성준이.
장필봉	….
소리	(울먹이며) 아버지. 오늘 생신이시죠? 생신 축하드려요.
장필봉	….
소리	보고 싶어요.

필봉은 눈물이 왈칵 쏟아진다. 그러나 울음소리를 들키지 않기 위해
참는다.

소리	아버지. 대답 안 하셔도 돼요. 항상… 건강하세요.

필봉은 소리 없이 계속 눈물을 흘린다.
암전.

Story 3 - 젖은 교리

무인텔 203호. 방문이 벌컥 열리며 60대 후반의 양복을 입은 교주가 우산과 가방을 들고 들어온다. 이어서 40대 초반의 여신도가 위스키병을 들고 따라 들어온다. 여신도는 취기가 도는지 얼굴이 발그레하다.

교주   자, 이곳입니다. 203호. 우리 블라스키교의 자비로우신 시르바스키 신께서 신도님께 축복을 내려주실 은혜로운 장소!

여신도   오! 시르바스키!

교주   자, (핸드폰을 보며) 벌써 새벽 1시가 넘어가고 있습니다. 잠시 후면 심판의 태양이 뜰 것입니다. 그전에 신도님의 염치 불고하고 매우 면목 없는 죄를 벗겨내고 씻어내야 합니다.

여신도   벌써요? 서둘러야겠군요. 교주님, 제가 지금 매우 긴장이 되어서요. 조금 전에 교주님과 식사를 하면서 술을 마신 게 이제야 취기가 올라오는 것도 같고… 제게 영광스러운 의식을 치러주시기로 한 건데 전 숭고한 의식이 처음이라 어떻게 하는지도 모르고….

교주   신도님, 걱정하지 마십시오. 저는 이 숭고한 의식을 이미 십팔 년째 시행하고 있답니다. 제가 의식을 통해 죄를 사하여 준 신도분들이 수만 명도 넘지요. 저는 시르바스키 신의 복음대로 이 숭고한 의식이 잘 진행되도록 신도님을 도울 것입니다. 신도님은 아무 걱정 마시고 그저 제가 시키는 대로 따라주시면 됩니다.

여신도   네, 알겠습니다. 아, 정말 지금도 믿어지지 않아요. 교주님이 제게 이 숭고한 의식의 기회를 주신다는 게… 정말 어떻게 감사를 드려야 할지….

교주   신도님. 다시 한번 말씀드리지만, 이 숭고한 의식의 기회는 제가
             드리는 것이 아닙니다.

여신도   아, 맞아요. 죄송해요. 아까 말씀하셨는데….

교주   이 우주 밖에서 우리를 보우하시는!

여신도   시르바스키!

교주   그렇습니다. 블라스키교의 시르바스키 신께서 바로 신도님을 선
             택하신 겁니다!

여신도   시르바스키!

교주   우리 블라스키교의 신도가 얼마나 많습니까? 수억 명의 신도들
             이 매일 시르바스키 신께 간절히 기도를 드리고 있습니다. 이 숭
             고한 의식을 받고자! 우리의 죄! 어떤 죄?

여신도   염치 불고하고 매우 면목없는 죄!

교주   그렇습니다. 염치 불고하고 매우 면목 없는 죄를 깨끗이 사하여
             주시고자! 드디어 오늘 그 순간이 온 것입니다.

여신도   교주님, 제가 수억 명의 신도들 중에 선택받았다는 사실이 정말
             믿어지지 않아요. 하지만 그 수억 명의 신도들은 언제 만날 수 있
             는지 빨리 그 순간이 왔으면….

교주   신도님!

여신도   네. 교주님.

교주   아식 만남의 의식을 치르기엔 신도님의 믿음이 부족하다고 제가
             말씀드리지 않았습니까? 저를 못 믿으십니까?

여신도   아니요! 전 그런 뜻이 아니라… 그 만남의 의식을 빨리 치러서 다
             른 신도님들도 빨리 만났으면 좋겠다는 뜻이에요. 그러니까 제

믿음을 공유하고 함께 나누고 싶다는 거죠.

교주　　신도님은 블라스키교를 접하고 귀의하신 지 한 달밖에 안 됐습니다. 블라스키교의 교리를 받아들이고 블라스키교의 신실한 신도로 믿음을 키워나가기 위해 오늘 이렇게 숭고한 의식을 치르는 것입니다. 아시겠어요?

여신도　시르바스키!

교주　　오늘! 이 숭고한 의식을 치르고 나면 3개월 후쯤 만남의 의식을 통해 수억 명의 신도를 만나게 될 것입니다.

여신도　수억 명의 신도들이 한 장소에 다 모이나요?

교주　　그렇습니다.

여신도　그 많은 신도들이 어디서 모여요?

교주　　우리 블라스키교가 어디에서 시작되었다고 했죠?

여신도　우주 밖….

교주　　그렇습니다. 블라스키교는 이 태양계의 종교가 아닙니다. 광활한 우주와 무수한 생명체들을 총괄하는 거대한 종교입니다. 더파워 이즈 블라스키!

여신도　시… 시바르스키!

교주　　노! 노! 시바르스키가 아니고 시르바스키!

여신도　죄송합니다. 죄송합니다.

교주　　괜찮습니다. 여러 신도분들이 그런 실수를 하곤 합니다. 이해합니다. 블라스키교는 외계언어로 되어 있는 것을 지구의 언어에 맞게 번역을 했기 때문에 발음하기가 쉽지 않을 겁니다. 아무튼, 블라스키교는 지구가 속한 이 은하계와 다른 은하계인 니미우라카이 행성에서 처음 창시되어 전파되었으며….

여신도	니미우라카이 행성?
교주	그렇습니다. 지구와 872만 4,357광년이나 떨어진 행성이죠. 니미우라카이 행성! 알아두십시오.
여신도	네. 니미우라카이 행성!
교주	그 행성으로 우주 곳곳에 살고 있는 신도들이 모여서 일 년에 한 번! 만남의 의식을 치르는 것입니다.
여신도	오! 그럼 지난번에 말씀하신 일주일에 한 번 모이는 날은….
교주	블라블라일 말씀인가요?
여신도	네, 블라블라일!
교주	네, 그렇습니다. 만남의 의식을 통과한 신도들은 매주 블라블라일마다 모이게 되는 거죠.
여신도	매주 무슨 요일인지 정해져 있는 건 아닌가요? 그 행성에서 모두 다 같이 살면서 모이는 거예요?
교주	신도님.
여신도	네?
교주	한 번에 너무 많은 것을 알려고 하지 마십시오.
여신도	아, 네. 죄송합니다.
교주	왜 제가 모든 것을 한 번에 다 알려주지 않는지 아십니까?
여신도	아니요. 잘 모르겠습니다.
교주	여기 제 앞에 계신 신도님이 과연 시르바스키 신께서 자애를 베푸시고 우리의 염치 불고하고 매우 면목없는 죄를 사하여 드릴 만한 분이신가! 아니면 가볍고 얇은 믿음으로 불신과 증오의 불구덩이 속에 스스로를 던져 버릴 어리석은 닭대가리인가! 이것을 확인하지 않았기 때문입니다.

여신도	그 말씀은 아직 제 믿음이 약하다는 뜻인가요?
교주	불행히도 아직 그렇습니다.
여신도	아, 정말 답답해요. 왜 제 믿음을 못 믿으시는지. 전 이미 주블라문도 다 외웠고 매일 밤, 잠들기 전에 시르바스키 신께 기도도 드린다구요.
교주	신도님, 아직도 모르시겠어요?
여신도	네? 뭐가요?
교주	바로 오늘이 그 테스트 날입니다.
여신도	아! 그러면 이 숭고한 의식이 저를 테스트하는 것인가요?
교주	그렇습니다!
여신도	시르바스키! 시르바스키! 떨려요. 어떡하지?
교주	마음 단단히 먹고 제게 모든 것을 맡기십시오. 그럼 아무 문제 없을 겁니다.
여신도	네. 교주님만 믿겠습니다.
교주	자, 이제 의식을 치르기 위한 준비를 할까요?
여신도	네. 제가 도울게요. 뭐부터 하면 될까요?
교주	먼저 씻으십시오.
여신도	아, 네!
교주	깨끗이! 경건한 마음으로! 시르바스키 신께서 신도님의 믿음을 오해하는 일이 없도록! 한 점 부끄러움 없이 샅샅이 들여다보실 수 있도록 씻으십시오.
여신도	(비장하게) 네! 알겠습니다.

여신도, 샤워용품을 챙겨서 화장실로 들어간다. 여신도, 들어가는 것

을 확인하자 교주는 가방에서 초소형 몰래 카메라를 꺼내 방 곳곳에
설치하기 시작한다.

교주　　　대박이다. 오늘.

화장실에서 샤워기 물소리 들린다. 교주는 가방에서 향수를 꺼내어
자신의 몸에 뿌린다. 그리고 무속 신앙에서 볼 듯한 장식들을 여기저
기 설치한다. 그리고는 옷을 벗기 시작하더니 팬티 바람 차림으로 다
급하게 화장실 문을 두드린다.

교주　　　신도님!
여신도　　(화장실 안에서) 네?
교주　　　지금 시르바스키 신의 음성이 들리고 있습니다!
여신도　　(소리) 네? 벌써요?
교주　　　오! 시르바스키 신이시여! 빨리 의식을 시작해야 합니다!
여신도　　(소리) 아니, 저 아직 머리에 샴푸….
교주　　　문을 여십시오. 빨리. 빨리!

여신도, 문을 열자 다짜고짜 화장실 안으로 들어가는 교주.

여신도　　(소리) 어머! 교주님! 왜 옷을…!
교주　　　(소리) 놀라지 마십시오. 이 숭고한 의식은 시르바스키 신을 영접
　　　　　함에 있어 저 또한 한 줌의 실오라기 없이, 경건하게 제 몸과 마
　　　　　음을 씻어내야 치를 수 있습니다. 그렇지 않으면 제 몸에 있던 속

세의 찌꺼기가 거사를 방해하고 또….

한쪽 벽에서 혜미가 스르륵 등장한다. 그리고 화장실 앞에서 교주의 소리에 잠시 귀를 기울이다가 몰래 카메라 앞에서 씩 한 번 웃는다. 왠지 섬뜩하다.

교주   (소리) 매우 무서운 악의 영혼이 신도님과 저를 위협하고 지배하려 들 것입니다.

여신도   (소리) 네? 악의 영혼이요?

교주   (소리) 그렇습니다. 오! 순수하고 영롱한 시르바스키의 신도여! 악의 영혼에 지배당하고 싶습니까?

여신도   (소리) 아니요!

교주   (소리) 그럼 두 눈을 감고 마음의 눈을 여십시오.

여신도   (소리) 근데 교주님… 잠, 잠시만요. 제 몸에 딱딱한 게….

교주   (소리) 그것이 바로 악의 영혼입니다!

여신도   (소리) 네? 악의 영혼이요?

교주   (소리) 블라도문을 외우십시오! 의식이 시작되었습니다!

여신도, 다급하게 알아듣지 못할 말을 중얼거리기 시작한다.

교주   (소리) 악의 영혼이 당신의 몸을 위협할 것입니다. 악으로부터 벗어나기 위해 당신의 몸이 악의 영혼을 정화시켜야 합니다!

여신도   (소리) 어떻게요? 어떻게 하면 되죠?

교주   (소리) 견뎌내십시오! 눈 감으세요! 절대 눈을 떠선 안 됩니다. 악의 영혼이 눈앞에 있습니다! 절대 눈이 마주치면 안 됩니다.

여신도　　(소리) 교주님! 악의 영혼이 저를 만지고 있어요!

교주　　　(소리) 걱정 마십시오! 제가 지켜드리겠습니다!

여신도　　(소리) 교, 교주님! 악의 영혼이! 악의 영혼이… 제 안에!

교주　　　(소리) 악의 영혼아! 물러가라! 블라스키 시르바스키! 따라 하세요!

여신도　　(소리) 블라스키 시르바스키!

교주　　　(소리) 블라스키 시르바스키!

여신도　　(소리) 블라스키 시르바스키야!

여신도와 교주의 주문소리 계속 이어지고.

화장실 안을 들여다보던 혜미, 반대쪽 벽으로 유유히 사라진다.

암전.

시간 경과.

여신도가 간호사 의상을 입고 서 있다.

교주가 팬티차림으로 가방을 뒤적거리고 있다.

교주　　　찾았다!

교주, 가방에서 채찍을 꺼낸다.

여신도　　그건 채찍이잖아요.

교주　　　네, 이 채찍으로 악의 영혼으로 물들어 버린 우리의 몸을 벌하고 다스려야 합니다.

여신도   저를 때리실 건가요?

교주   아니요. 그 반대입니다.

여신도   네?

교주   신도님이 저를 때려 주셔야 합니다.

여신도   제가 교주님을요?

교주   그렇습니다. 조금 전 신도님이 그랬죠? 몸이 나른해지면서 가뿐 해졌다고.

여신도   네.

교주   신도님의 몸에 잠재되어 있던 그 악의 영혼이… 제 몸으로 옮겨 온 것입니다.

여신도   어머! 어떡해요? 그럼 지금 힘드신가요?

교주   예, 몸이 좀 무겁긴 합니다만 괜찮습니다. 저는 숭고한 의식을 수 없이 치르다 보니 이런 일에 익숙해졌거든요. 악의 영혼들이 제 몸에 하도 들락거려서 이젠 친구처럼 친하게 지냅니다.

여신도   아….

교주   하지만 그것은 어디까지나 제 몸 안에 있는 악의 영혼들을 안심 시키기 위한 하나의 임시방편이죠. 결국은 쫓아내야만 합니다. 그래야만 제가 살 수 있습니다. (시계를 보더니) 곧 태양이 뜰 겁니 다. 그 전에 제 안의 악의 영혼을 내쫓지 않으면 전 태양 빛에 까 맣게 타 버려 사라지고 말 겁니다.

여신도   오! 맙소사!

교주   그래서 신도님의 역할이 매우 중요합니다. 그 채찍으로 절 마구 때려서 악의 영혼들에게 고통을 느끼도록 해주셔야 합니다. 도저히 참지 못하고 제 안에서 뛰쳐나갈 수밖에 없도록!

여신도   네. 제가 잘 할 수 있을지 모르겠지만… 교주님을 구할 수 있다면 해 보겠어요! 그런데 궁금한 게 있는데….

교주   네. 말씀하세요.

여신도   (자신이 입고 있는 옷을 보며) 왜 옷은 이런 옷을 입고….

교주   간호사 복장이 무슨 색이죠?

여신도   하얀색이요.

교주   순결을 의미하죠. 순백의 화이트!

여신도   아….

교주   때 묻지 않은 영혼을 악으로부터 치료하라. 간호사 복장을 입고 이 숭고한 의식을 치러야만 악의 영혼이 제 몸에서 빠져나갈 수 있습니다.

여신도   네, 알겠어요. 최선을 다하겠습니다.

교주   자, 그럼 시작할까요?

교주, 채찍을 여신도에게 건네고 엎드린다.

교주   이제 때리세요.

여신도, 채찍을 들고 교주를 때리기 시작한다. 여신도의 채찍이 내려칠 때마다 교주는 희열인지 아픔인지 알 듯 알 듯한 표정을 지으며 소리친다.

교주   좋아! 더 세게! 악의 영혼이 깜짝 놀라도록! 한 번 더! 좋아! 악의 영혼이 기겁하고 다신 나타나지 않도록! 따라 하세요. 블라스키!

여신도   (때리며) 블라스키!

교주   시르바스키!

여신도   (때리며) 시르바스키!

교주   더 세게! 블라스키!

여신도   (때리며) 블라스키!

교주   시르바스키!

여신도   (때리며) 시바새키!

교주   좋아! 블라스키!

여신도   (때리며) 블라스키!

교주   시바새키!

여신도   (때리며) 시바새키!

교주   어흑!

여신도, 계속 외치면서 교주를 때린다.

여신도의 외침, 교주의 비명, 채찍소리.

화음처럼 울려 퍼지며 막 내린다.

궁전의 여인들

다이나믹 영업 3팀

┌─────────────────────┐
│   **다이나믹 영업 3팀**   │
│   │
└─────────────────────┘

분홍나비 프로젝트

여관별곡

로봇걸

등장인물

권태호 : 41세. 회사를 그만두고 퇴직금으로 실내포차를 차림.

최미주 : 40세. 다이나믹 영업 3팀 팀장.

박복만 : 35세. 다이나믹 영업 3팀 대리.

명인철 : 31세. 다이나믹 영업 3팀 인턴사원.

김연지 : 29세. 다이나믹 영업 3팀 사무보조 계약직.

때

현재

장소

대한민국 서울의 어느 실내포차

1장

비 오는 날의 실내포차. 박복만, 우산을 접으며 등장한다.

박복만   권 대리님, 저희 왔습니다.

권태호   (반갑게) 어, 왔어? 혼자 온 거야?

박복만   아니요. 연지 씨, 들어와.

김연지, 우산을 든 채 우아하게 들어온다.

권태호   누구야?

김연지   (방백) 내 이름은 김연지. 나이 스물아홉. S 여대 문창과를 우수한 성적으로 졸업하고 2년 9개월이란 긴 암흑의 백수생활을 보란 듯이 빠져나와 차세대 가장 각광받는 100대 기업의 49번째 기업으로 선정되었다는 다이나믹 영업 3팀에 입사한 촉망받는….

박복만   알바생이요. 새로 왔어요.

권태호   아, 사무보조?

박복만   연지 씨, 인사해. 전에 우리 팀에서 일하셨던 권 대리님이야.

권태호   이제 대리라고 하지 말라니깐.

박복만   맞다. 지금은 포차 사장님!

김연지   안녕하세요.

권태호   반가워요. 우산 거기 놓고 앉아요.

박복만   내 것도 좀 놔 줘.

김연지   (방백) 알바생? 그래. 비정규직 사원. 잘 나가는 소설가로 파란만
        장한 미래를 꿈꾸던 나, 생과 사의 기로에서 발버둥치다 결국 그
        오랜 꿈을 과감히 접고 산업전선에 뛰어들었건만 스물아홉의 현
        주소는 고작 6개월 계약직 사무보조.

연지, 복만의 우산을 받아 입구에 놓인 양동이에 꽂고 자리에 앉는다.

권태호   다른 사람들은?
박복만   3차 갔어요. 상무님 또 취하셔서가지고 일장연설 시작하시고… 최
        팀장, 그렇지! 그렇지! 맞장구치고… 도대체 회식 중인지 회의 중
        인지… 연지 씨랑 겨우 도망 나왔다니까요.
권태호   환영식 한 거야?
박복만   겸사겸사요. 아, 얼마 전에 말씀드린 프로젝트 있잖아요.
권태호   프로젝트? 아, 그 일본 회사?
박복만   예, 그거 저희 팀이 따냈거든요.
권태호   그래? 잘됐네!
김연지   일본어 되게 잘하시더라고요. 박 대리님이 PT 하시니까 딱딱하
        던 분위기가 확 밝아지던데요?
박복만   내가 일본에서 공부 좀 했잖아. (태호에게) PT 하면서 일본어로 쫙
        읊어주니까 애네들이 오, 스고이! 스고이! 하는데 캬! 완전히 게
        임 끝내 버렸죠. 곤니찌와 와따시와 간꼬꾸진데스! 콩까이 PT
        노….
권태호   최 팀장, 아주 신났겠네.
박복만   그럼요. 2차 가자마자 이미 뭐… 아시죠? 그 버릇.

권태호	잘 알지.
박복만	왜 몇 달 전에 들어온 신입, 인철 씨라고 있잖아요. 뒤통수 여러 번 맞았어요. (연지에게) 아까 봤어? 나 안 맞을라고 뚝 떨어져 있었 던 거?
김연지	봤어요. 저 한참 웃었어요. 팀장님 취하시니까 진짜 재밌으세요.
박복만	거기서 더 취하면 어떻게 되는 줄 알아? 막 뽀뽀해.
김연지	정말요?
권태호	(웃으며) 그만해. 뭐 줄까?
박복만	연지 씨, 배고프지?
김연지	아니요. 저 많이 먹었어요.
박복만	그래? 여기 고추장찌개요.
김연지	아니, 저 배부른데.
박복만	걱정 마. 내가 쏠게.

태호, 주방으로 간다.

박복만	소주 좀 가져오지?
김연지	네 알겠습니다.

연지, 소주랑 잔을 가지고 온다.

박복만	술 한 잔 받아.

연지, 한 잔 받고 복만에게 다시 따라준다.

김연지   그런데 괜찮을까요?

박복만   뭐가?

김연지   팀장님이요. 술 많이 드셨던데.

박복만   모르지? 아무리 취해도 집에는 꼬박꼬박 잘 들어가. 신기해.

김연지   그래도 비도 오고, 이 시간에 여자 혼자 택시 타는 건 좀….

박복만   최 팀장은 괜찮아. 그리고 인철 씨 붙여 놨잖아.

김연지   인철 씨도 남잔데 좀 그렇잖아요.

박복만   아이코, 별걱정 다한다. 왜? 둘이 뭔 일 날까 봐? 그럼 더 잘된 거
         지. 노처녀 그렇게라도 시집보내야지. 남자가 없으니까 만날 회
         사에 틀어박혀서 일만 하고… 그게 뭐냐?

김연지   일을 사랑하시는 거죠.

박복만   자기나 사랑하라 그래. 우리한테까지 강요하면 안 되지. 왜 퇴근
         도 안 하고 밑에 사람들 눈치를 줘? 그럴 거면 퇴근 시간을 뭐 하
         러 정해 놔? 안 그래? 내가 진짜 연지 씨한테만 말하는 건데 우리
         팀장이 어떤 사람인 줄 알아? 겉으로는 일도 열심히 하고 뭐 열정
         적으로 보이지? 겪어 봐. 겪어 보면….

복만의 험담이 이어지는 동안 연지의 방백이 시작된다.

김연지   (방백) 박복만 대리. 나이 서른다섯. 겉으로는 최 팀장의 오른팔이
         니 어쩌니 온갖 아양을 떨다가도 틈만 나면 최 팀장을 나불나불
         씹어대는 전형적인 박쥐형 인간. 아, 이런 스타일 정말 짜증 난
         다. 하지만 어쩌겠어? 내가 어떻게 들어간 회산데. 그래, 혹시 알
         아? 캐릭터는 지랄 맞지만 나름 능력 있는 이 박 대리가 날 끌어

줄지. 그래, 사회생활이 다 그런 거지. 일단 무조건 맞장구쳐 주는 게 상책이다.

박복만   그지? 연지 씨. 내 말 듣고 있어?

김연지   네. 정말 맞는 거 같아요. 아, 그러고 보니 저 그런 말 들었어요. 영업 2팀 김명진 씨 아시죠?

박복만   김명진? 아, 그 호빵맨 닮은 친구?

김연지   예, 맞아요. 명진 씨가 그러는데 자기네는 우리 팀장님을 노마녀라고 부른대요.

박복만   노마녀?

김연지   왜 팀장님이 독설 짱이잖아요.

박복만   그렇지. 아주 냉기가 철철 흐르지.

김연지   그러니까 독사과를 휙휙 던져대는 마녀인데 노처녀다. 그래서 노마녀.

박복만   노마녀? 그거 진짜 잘 어울린다. 내가 그 독사과를 정통으로 맞아 왔잖아. 3년 동안이나.

김연지   이렇게요? 휙!

박복만   윽!

김연지   휙!

박복만   윽!

김연지   휙!

박복만   그만해.

김연지   예, 죄송합니다.

그때, 김연지의 핸드폰 울린다. 발신자 확인하더니 놀란다.

김연지	어머.
박복만	왜?
김연지	팀장님이에요. 웬일이시지?
박복만	독사과 하나 던지려고.
김연지	어떡하죠?
박복만	몰라. 난.
김연지	(안절부절) 박 대리님이 나가자고 꼬셨잖아요. 빨리요.
박복만	받지 마. 아냐. 그럼 계속 건다. 그냥 둘러대.
김연지	뭐라고요.
박복만	집에 가는 길이라고 해.

김연지, 망설이다 전화받는다.

김연지	예, 팀장님. 아, 지금… 집에 가는 길이요.

권태호, 박복만에게 크게 외친다.

권태호	계란 후라이 해 줄까?
박복만	어우 좋죠.
김연지	(깜짝 놀라 수화기 막으며) 예? 저희 집 주변에 술집이 좀 많아서…. 시끄럽죠? 사람들이 밖에 나와서 술을 마시네요. 하하. 아… 그러게요. 비도 오는데… 왜 밖에서 마실까요? 아유, 비 다 맞으면서 마시네. 참. 하하. 예? 우산요? 못 봤는데… 보라색이요? 글쎄요. 전 잘… 아, 예. 조심히 들어가세요.

박복만   뭐래? 자리 끝났대?

김연지   우산 못 봤냐는데요.

박복만   우산? 아니 무슨 우산 때문에 전화를 해. 길에서 하나 사면 되지. 하여튼 참….

그때, 박복만의 핸드폰 울린다. 발신자 확인하고 인상 쓴다.

김연지   혹시…?

박복만   노마녀. (전화 받으며 급화색) 예, 팀장님. 술자리 끝났어요? 저 좀 전에 간다고 인사드렸잖아요. 아유, 많이 드셨나 봐요. 하하. 예, 전… 갑자기 친구 아버지가 돌아가셔서… 장례식장입니다. 고향 친구 아버님인데 어렸을 때부터 저를 예뻐해 주셨거든요. 에휴, 심장이 원래 안 좋으셨는데 어쩌다가… 우산이요? 아, 못 봤는데…?

최미주   진짜 못 봤어?

핸드폰을 들고 실내포차로 들어오는 최 팀장. 비를 흠뻑 맞은 모습. 박복만과 김연지, 깜짝 놀라 일어선다.

박복만   팀장님….

순간, 번개가 번쩍 치며 천둥소리 울린다. 섬뜩하다.

박복만   여긴 어떻게….

최 팀장, 시선을 스윽 돌려 우산이 꽂혀 있는 양동이를 바라본다. 그리고 저벅저벅 다가가 우산 하나를 꺼내 든다. 보라색이다. 그리고 박 대리를 쳐다본다.

김연지   저거… 박 대리님 우산 아니에요?
박복만   아, 그게… 바뀐 모양이네.
최미주   닥쳐. 비슷한 우산 없었어.

천둥번개 한 번 더 친다. 얼음처럼 굳어 버린 박복만.

김연지   (방백) 최미주 팀장. 나이 마흔. 다이나믹 영업 3팀의 팀장으로서 아직도 안 하는 건지, 못 하는 건지 어쨌든 미혼으로 죽어라 일만 하는 스페셜 일 중독자. 일의, 일을 위한, 일에 의한 삶만이 성공을 가져온다는 일개미 바이러스를 다이나믹 영업 3팀 전체에 퍼뜨리고 있다.

태호가 미주를 보고 반갑게 인사한다.

권태호   어? 팀장님 오셨어요? 어이구, 비를 쫄딱 맞았네?
최미주   요즘은 장례식을 술집에서 하나 봐.
권태호   예?
박복만   아, 저 그게….
최미주   (두리번거리며) 여기 조의금 어디다 내면 되죠? 상주가 누구신가?
권태호   (영문을 몰라) 뭐야? 왜 그래?

박복만 팀장님. (고개 숙이며) 죄송합니다.

최미주 (연지를 보고) 연지 씨.

김연지 네?

최미주 태호 씨랑 같이 살아?

김연지 예?

최미주 집에 간다며. 여기 태호 씨 집이잖아.

김연지 죄송합니다.

썰렁한 분위기를 수습하려는 권태호.

권태호 난 좋은데. 연지 씨랑 같이 사는 거.

더 썰렁해졌다.

권태호 재미없지? 하하. (미주를 데리고 자리에 앉히며) 젊은 친구들끼리 한잔 하고 싶어서 그랬겠지. 아유, 왜 비를 맞고 다녀. 우산도 없는 사람처럼.

최미주 우산 없어요. 없어졌어요. 내 우산. 내가 가장 아끼는 보라색 내 우산.

정적.

권태호 수건 드릴게요.

권태호, 수건 가지러 간다. 복만과 연지, 계속 서 있다.

최미주   앉아.

복만과 연지, 엉거주춤 자리에 앉는다. 잠시 정적. 최미주, 손이 위로
올라가는데 박복만 움찔한다. 뒤통수 때리려는 줄 알고. 그러나 미주
의 손은 젖은 머리를 쓸어 넘긴다.

최미주   박 대리.

박복만   (긴장한 나머지 군대에서 관등 성명 붙이듯) 대리 박복만….

최미주   난 뭐 그래요. 내가 여러분과 나이 차이도 몇 살 안 나고….

박복만   아닙니다.

최미주   아니라니?

박복만   예?

최미주   뭐가 아니야?

박복만   아, 그게….

최미주   나이 차이가 몇 살 안 난다는데 아니라니! 나이 차이 많이 난다
            이거야? 난 늙은 여자다 이거야?

박복만   아니요! 그, 그런 뜻이 아니고….

태호, 수건 건넨다.

권태호   여기 수건.

박복만   (가로채며) 제가 닦아 드리겠습니다.

최미주   저리 치워. 더러운 손.

난처한 복만. 미주가 수건을 뺏어 직접 닦는다.

권태호   아니, 어떻게 혼자 오셨어요? 정말 박 대리 잡으러 온 거예요?

최미주   우산 하나 빌릴까 하고 왔어요.

권태호   회식, 근처에서 했구나? 자, 한 잔 받으세요.

최미주   또 그러신다. (잔 받으며) 이제 그만 말씀 좀 놓으시라니까. 저보다 나이도 많으면서 자꾸 왜 그러세요.

권태호   에이, 그래도 어떻게 제가 팀장님한테 함부로 말을….

최미주   (신경질적으로) 그만두셨잖아요. 남들이 보면 뭐라고 생각하겠어요.

정적.

권태호   그러지 뭐. (미주를 가리키며 활짝 웃는 얼굴로) 어려 보이진 않아.

무섭게 노려보는 최미주. 그 눈빛에 굳어 버리는 권태호.

권태호   (혼자 웃다 심각한 표정으로) 알아요. 무슨 말씀이신지. 참, 내가 아까 찌개를 올려놔서….

퇴장하는 권태호.

최미주   (혼잣말로) 회사 다닐 때나 팀장이지 뭐. 니미 시부럴.

정적.

최미주   뭐해? 한 잔 줘.
박복안   아, 예.

복만, 잔 따른다. 연지도 잔 받다가 젓가락 떨어뜨린다. 주방에 젓가락
가지러 가는 연지. 그때 인철이 전화하며 등장한다. 인철은 찌그러지
고 부서진 우산을 들고 비를 쫄딱 맞은 채 등장한다.

명인철   (핸드폰에다) 예, 지금 왔습니다! (미주를 보고) 아, 여기 계십니다. 팀
          장님!

모두 인철을 바라본다.

김연지   (방백) 명인철. 나이 서른하나. 다이나믹 영업 3팀의 인턴사원. 미
          국 유학파로 80 대 1의 치열한 경쟁을 뚫고 들어왔다고 한다. 입
          사한 지 세 달이 지나 다음 달이면 정규직이 된다. 부럽다.
최미주   왔어?
명인철   한참 찾았습니다. 갑자기 사라지셔서 제가… (핸드폰 건네며) 여기
          전화 좀….
최미주   누군데?
명인철   정상무님이십니다.

통화하는 최미주.

최미주　예. 상무님. 전화? (자기 핸드폰을 꺼내 보더니) 배터리 없어요. 죄송해
　　　　요. 아, 우산? 찾았어요. 어떤 새끼가 훔쳐갔더라고요. 운 좋게 잡
　　　　았네. 여기… 박 대리랑 연지 씨랑 오랜만에 태호 씨 포차 와서 3
　　　　차….

명인철　(찌그러진 우산 내밀며) 박 대리님, 여기 박 대리님 우산….

박복만, 저리 치우라는 듯 손짓한다.

최미주　곧 가요. 걱정 마서. 예. 내일 봬요. (구호 외치는데 건성으로) 다이나믹
　　　　영업 3팀, We are one.

미주, 핸드폰 복만과 연지, 인철을 향해 내민다. 그러자 복만과 연지,
인철 핸드폰 가까이 몸을 숙여 외친다.

일동　　다이나믹 영업 3팀! We are one!

최미주　(다시 전화받고) 예. 쉬세요.

최미주, 전화 끊고 인철의 핸드폰을 자신의 주머니에 넣는다.

명인철　팀장님, 제 핸드폰….

최미주　뭐?

명인철　그거 제 핸드폰….

최미주	(돌려주며) 안 가져가.
명인철	팀장님, 그럼 전 이만….
최미주	한잔하고 가.
명인철	화장실을 다녀온 후, 함께하겠습니다. we are one!

인철, 화장실로 간다. 그때, 태호 찌개를 들고 나오며 인철과 마주친다.

명인철	안녕하십니까.
권태호	아이고, 인철 씨 오랜만이네.

태호, 찌개를 테이블에 놓으며 앉는다.

권태호	자, 고추장찌개!
김연지	감사합니다.
권태호	그런데 아까 안에서 구호 외치는 거 들리던데.
박복만	아, 정상무님 잠깐 전화 오셔서요.
권태호	그랬구나. 정상무님 여전하시네.
박복만	말도 마세요. 툭 하면 we are one! 건배할 때도 we are one! 회식하고 헤어질 때도 we are one! 사람들 많은 대로변에서 그럴 때마다 정말 창피해서 죽겠다니까요. 연지 씨도 적응하기 힘들지?
김연지	(미주의 눈치 보며) 아, 전 뭐 그냥….
최미주	박 대리.
박복만	예?
최미주	나랑 얘기 다 끝났나? 갑자기 너무 활기차 보여.

박복만	아, 죄송합니다.
최미주	기억력이 나쁜가? 단기 기억상실증이야?
박복만	아… 아니요.
권태호	미주 씨 그만 해요. 오늘 기분 좋은 일 있었다면서.
최미주	아, 얘기 들으셨어요? 3개월 동안 공들인 프로젝트인데… 우리 팀원들이 고생 많이 했죠. 특히 갓 들어온 우리 연지 씨가 자료 준비를 정말 잘해 줬어.
김연지	아니에요. 전 그냥 시키는 대로… 아, 박 대리님이 PT를 잘하셔서….
권태호	맞아. 맞아. 박 대리가 일본어는 참 잘해!
최미주	잘하긴 개뿔. 일본 애들 킥킥대는 거 못 봤어? 어디 지방 사투리 배워가지고 와서 PT 하는데… 시킨 내가 잘못이지.
김연지	지방 사투리요?
최미주	어학연수 1년 갔다 왔는데 어디 시골 촌구석에서 배웠대.
박복만	아니, 그건 도쿄 물가가 워낙 비싸서….
권태호	됐어, 됐어. 박 대리가 웃겨줘서 일본 애들이 더 좋아했나 보다. 어쨌든 프로젝트 따냈잖아. 자, 그동안 고생했으니까 오늘은 마음껏 마시자고.
최미주	그래! 우리 오늘 즐거운 자린데 인상 쓰지 말고 즐기자. 마셔!

다 같이 마신다.

| 최미주 | 그래 봤자 뭐가 달라진다고…. 연지야, 그치? 먹고 살기도 힘든데 즐기면서 살아야지. |

미주, 손을 들어 복만의 뒤통수를 쓰다듬는다.

최미주   (복만의 머리 쓰다듬으며) 우리 박 대리가 우산 하나 좀 바꿔치기했다
          고 뭐… 우습지. 그까짓 비? 좀 맞으면 어때? 속옷 좀 홀딱 젖었다
          고 뭐 그게 대순가? 우리 박 대리 PT 하랬더니 일본 애들 웃겨 주
          면서 코미디하고 어찌나 대견한지 아주 예뻐 죽겠어요. 그냥.

          미주, 복만의 볼에 뽀뽀한다. 그때 화장실에서 나오다 그 광경을 목격
          하는 인철, 갑자기 전화가 온 것처럼 통화하는 척하며 밖으로 나가려
          고 한다.

명인철   예, 큰아버지? 건강하시죠?
최미주   인철!
명인철   팀장님. 전화가 왔습니다.
최미주   일로 와. 끊고.
명인철   예. 알겠습니다.

          명인철 바로 전화 끊고 온다. 최미주, 연지를 밀어내고 그 자리에 인철
          을 앉게 한다. 자리에서 밀려나는 연지는 난처한 듯 두리번거리다 다
          른 테이블에서 의자를 가져와 앉는다.

최미주   태호 씨, 우리 인턴, 인철 씨 알죠?
권태호   알죠. 전에 한번 봤잖아요. 정규직 됐나?
최미주   다음 달에 발령 나지.

권태호	그렇구나. 그럼 팀장님한테 잘 보여야겠네. 팀장님이 보고서 쓸 건데.
최미주	이 친구, 잘해요. 되게 바쁠 때 들어와서 맨날 야근하느라 고생 많이 했죠. 생긴 건 토종 한국인인데 영어를 또 잘해요. 미국 어디라고 했지?
명인철	오하이오 주립대학 경영학과를 졸업했습니다.
권태호	오, 그래? 그럼 혹시 MBA 과정도?
명인철	예, 마쳤습니다.
권태호	어유, 인재네. 인재. 그런데 실컷 키워 놨더니 막 발령 다른 데로 나는 거 아냐?
박복만	이왕 다른 데로 갈 거면 인사과로 가서 나 좀 키워 주라! 하하하.

최미주, 박복만을 노려본다. 굳어지는 박복만. 권태호, 주방으로 간다.

최미주	자, 모두 한잔해. (모두 잔 들면) 다이나믹 영업 3팀 아자아자 파이팅!
다같이	위하여!

모두 원샷한다.

최미주	박 대리, 나 이제 다 풀렸어. 아니 다 풀었어. 그러니까 너무 담아 두지 마. 알았지?
박복만	아, 예.
최미주	아까 하던 얘기마저 해 봐. 뭐? 정상무님 뭐라고?

박복만	예? 아, 아닙니다.
최미주	괜찮아. 말해봐.
박복만	하하. 아니에요.
최미주	아까 뭐 구호 어쩌고저쩌고 그랬잖아.
박복만	아 그거요? 그냥 뭐… we are one 많이 외치신다고요.
최미주	정상무님이?
박복만	예.
최미주	그런데?
박복만	아, 그러니까 뭐… 그런 게 다 군대 문화다 이거죠.
최미주	그래서 싫다?
박복만	아니 뭐 싫다기보다는… 위계질서, 상하관계, 단체생활… 미국이나 유럽 같은 선진국들은 안 그러거든요. 아, 인철 씨가 좀 알겠구나? 내 말 맞지?
명인철	예, 그렇죠. 아무래도 미국에서는 사고방식이….
최미주	그런 거 없어도 잘만 굴러간다?
박복만	그러니까 제 말은 획일적인 사고방식에서 벗어나 개개인의 다양성이나 개성을 더 인정하는 시스템! 우리 회사 이름이 또 다이나믹 아닙니까. 그러니까 다이나믹하게 변하는 시대 흐름에 맞게….
최미주	변화해야 하는데 정상무님 같은 구세대들이 꽉 잡고 있어서 문제다 이거지?
박복만	물론 정상무님 세대가 고생하며 이 나라 이만큼 발전시킨 거 인정합니다. 하지만 제 말은요….

갑자기 소주잔을 세게 내려놓는 최미주. 모두 깜짝 놀란다.

최미주 닥쳐. 정상무님 같은 분 없어. 넌 몰라. 이 새끼야.

정적. 그때, 부엌에서 등장하며 끼어드는 권태호.

권태호 요즘 정상무님 집에 무슨 문제가 있다고 그러던데….

최미주 무슨 문제요?

권태호 어디서 들었더라? 전에 누가 그러더라고요. 사모님이랑 별거 중
이시라고….

박복만 아, 그거요? 둘 중에 누가 바람난 것 같다는 말도 있고….

연지, 복만에게 살짝 사인 준다. 마치 그만 얘기하라는 듯한.

박복만 응? 연지 씨 왜? 아, 연지 씨 모르지? 정상무님 사모님이 진짜 미
인이시거든.

권태호 미인대회 출신이잖아. 영양 고추 아가씨인가?

박복만 하여튼, 예쁜 여자들은 주위에서 가만 놔두질 않는다니까요.

권태호 아냐, 그 반대일지도 몰라. 정상무님이 여자들한테 인기가 많잖
아. 돈 많지. 매너 좋지. 얼굴도 호남형이잖아. 그 정도면 젊고 예
쁜 여자애들 충분히 달라붙고도 남지.

박복만 에이, 그건 아니다. 머리도 소갈머리에 배가 이래가지고 젊은 애
들이 뭐가 아쉬워서…. 아무리 돈이 좋아도 그렇죠, 그냥 어디 동
네 술집 마담이나 만나겠죠.

최미주　　박 대리.

박복만　　예?

최미주　　요즘 바빠?

박복만　　아니요? 갑자기 왜…?

최미주　　술 좀 줘.

박복만　　아, 예. (잔 따른다)

명인철　　팀장님, 많이 드신 것 같은데 오늘은 이제 그만….

권태호　　그래요. 미주 씨, 시간도 많이 늦었고….

태호, 말하는데 미주, 보란 듯이 원샷한다. 그리고 비틀거리며 화장실로 간다.

권태호　　박 대리, 너 최 팀장 오늘 잘 챙겨라.

박복만　　제가 왜요? 인철 씨 있는데. 인철 씨, 내가 몇 년 동안 팀장님 뒤치다꺼리한 거 알지? 회사생활의 시작은 뭐부터? 상사 뒤치다꺼리부터. 오케이?

명인철　　….

박복만　　표정 왜 그래? 걱정되는구나? 괜찮아. 콜택시 부르면 돼. 택시만 태우면 알아서 잘 간다니까.

김연지　　박 대리님, 좀 불안해요.

박복만　　뭐가?

김연지　　최 팀장님, 정상무님 라인이라면서요.

박복만　　에이, 알지. 괜찮아. 그 정도는….

김연지　　그 정도가 아닌 것 같은데.

박복만	그 정도가 아니면?

박복만의 핸드폰 울린다. 핸드폰 발신자, 확인한다.

박복만	잠깐만. (다른 테이블로 옮기며) 엄마, 왜? 나 오늘 늦는데. 넷플릭스? 오늘은 엄마 혼자 봐. 리모컨? 아, 거기 있잖아.

박복만, 한쪽에서 통화하는 동안 태호, 인철, 연지가 대화한다.

권태호	인철 씨가 이해해. 박 대리가 그동안 최 팀장 때문에 고생 좀 많이 했거든. 이번에 신입 들어온다고 얼마나 좋아했는데. 인철 씨, 여자 친구는?
명인철	예. 있습니다.
권태호	그럼 좀 낫겠네. 저 친구 저거 일하느라 장가도 못 가고 연애도 못 하고….
박복만	(전화하다 말고) 일부러 안 하는 거야. 일부러! 하하.
권태호	뭘 일부러 인마. 하하. 연지 씨라고 했죠?
김연지	네.
권태호	회사 들어온 지 얼마나 됐어요?
김연지	열흘 정도 됐어요.
권태호	그런데 벌써 최 팀장이 정상무 라인인 것도 알아?
명인철	그러게요. 3개월 된 저도 잘 모르는데.
김연지	아, 그게… 여자들이 좀 빨라요. 그런 얘기가 좀 있더라고요.
명인철	무슨 얘기요?

김연지	저도 들은 얘기라 확실하진 않은 거라….
권태호	뭔데요? 말해 봐.
김연지	두 분이 사귄다고 누가 그러더라고요.
박복만	(화장실을 가리키며) 뭐? 누가 누구랑 사귄다고?
권태호	야, 듣겠다.
박복만	엄마, 끊어. (전화 끊고 다급히 자리에 합류하며) 연지 씨, 자세히 말해 봐.
김연지	아닐지도 몰라요.
박복만	뭔데? 괜찮아. 응? 응? 응?
김연지	아, 그게… 제가 우연히… 화장실에서 여직원들끼리 얘기하는 걸 들은 건데요. 얼마 전에 사모님이 잔뜩 화가 나서 상무님을 찾아오셨대요. 그래서 싸우시는 걸 들었는데 글쎄 정 상무님 핸드폰 문자에 이렇게 찍혀 있었대요. (그 순간, 최 팀장이 화장실에서 나오는 것을 보고) 이번 프로젝트의 성공은 박 대리님에게 달렸다.
권태호	응?
박복만	내가 왜?
김연지	전 그렇게 생각합니다.
박복만	아니, 그게 무슨 말이야. 난 상무님한테 그런 문자를 보낸 적이… (그제야 최 팀장을 보고) 무슨 소리야. 이번 프로젝트는 우리 팀장님한테 달렸지. 하하.

비틀거리며 자리에 있는 최 팀장.

| 박복만 | 하하. 팀장님, 괜찮으세요? 어유, 이제 그만 들어가셔야 될 거 같은데 택시 불러드릴까요?|

최미주	됐고! 너나 잘해. 또 어디 가서 노상 방뇨하다가 걸리지 말고.
박복만	거참, 제가 언제….
최미주	(잔 들고) 자, 다 같이 위하여!

함께 건배한다.

최미주	박 대리, 오늘 PT의 가장 중요한 포인트가 뭐였는지 브리핑 좀 해 봐.
박복만	아, PT요? 그러니까….

명인철, 핸드폰 들고 슬며시 일어나 빠져나오는데.

박복만	인철, 어디가?
명인철	잠시 편의점에 좀.
박복만	왜?
최미주	박 대리, 빨리 말해 보라니깐.
박복만	아, 그러니까 그게 일본 사람들을 알려면 아무래도 일본문화를 우리가 좀 알아야 합니다. 일본문화엔 그런 게 있어요. 시선 처리. 그러니까….

밖으로 나온 인철, 어디론가 전화를 한다.

명인철	(핸드폰에다) 상무님, 예. 중요한 정보를 알아냈습니다. 직원들이 상무님과 팀장님의 사이를 눈치챈 것 같습니다. 소문의 근원지

는 여직원 화장실로 추정되며… 예, 팀장님은 현재 무사하십니다. 1차에서 3차까지의 총 주량은 맥주 3컵 반, 소주 17잔을 드셨습니다. 아, 방금 한 잔을 또 드시고 계십니다. 예, 아직까지 만취 상태는 아니나 살짝 알딸딸해 보이는 위험한 상황으로… 예, 걱정 마십시오. 제가 책임지고 집까지 모셔다 드리겠습니다. 그럼 특이사항 발생 시에 또 보고를… 그런데 상무님, 잠시만… 제가 발령이 어디 부서로 가는지… 영업팀은 좀… 상무님, 상무님?

박복만   이런 게 있다니까요. 제가 여자 친구 있었으면요, 이렇게 열심히 못 했어요! 하하.

명인철, 자리로 돌아와 합류한다.

권태호   참, 연지 씨는 남자친구 있나?

김연지   아니요. 아직.

권태호   나이가 어떻게 되지?

김연지   스물여덟이요.

권태호   그래? 생각보다 많네. 전공은?

김연지   문창과….

박복만   원래 소설가가 꿈이었대요.

권태호   그래서 나이가 좀 있구나? 글 쓰느라.

박복만   글 쓰는 건 포기한 거지?

김연지   그냥 뭐….

권태호   공모전도 내고 하지 왜.

박복만   냈겠죠. 근데 그게 어디 쉽나요? 문창과만 들어가면 뭐 다 작가 되나? 김 대리님, 회계학과 나왔잖아요. 회계사 됐어요? 팀장님, 정치외교? 외교관 됐나? 아니라는 거지.

최미주 넌 유아교육학과! 유치원 차리지. 왜.

박복만 하하하. 그러니까 제 말은… 지금의 대학은 소수를 위한 들러리들의 장이다. 오직 학벌이 전부라는 학력 사대주의가 이 대한민국을 처참하게 뒤덮고 있다는 참혹한 현실….

최미주 노력은 해 봤냐? 꼭 노력도 안 한 것들이 사회 탓하고 환경 탓하고 말이야.

박복만 노력해서 되는 게 있고 안 되는 게 있죠. 문제는 시스템이에요. 약간의 시스템만 받쳐주면 약간의 노력으로 충분히….

모두 정지동작.

김연지 (방백) 노력? 그래, 노력했다. 꿈을 이루기 위해 오랜 시간을 투자했다. 그러나 이젠 더 이상 버틸 힘이 없다. 아니, 버틸 돈이 없다. 꿈과 현실의 차이, 현실은 나에게 돈을 요구하고 나는 더 이상 꿈을 이룰 돈이 없다.

다시 모두 움직인다.

박복만 지방대 나왔다고 무시하고 말이야. 대학 간판이 평가의 기준이 되어 버린 이 시스템이 웃긴 거죠. 그러니까 사장 딸도 지방대학 나와서 우리 회사 들어온 것도 숨기고….

권태호 사장 딸이?

박복만	예? 아니에요. 아니에요.
명인철	진짜요?
박복만	헛소리, 헛소리. 화장실 좀 다녀올게요.

명인철, 복만의 팔을 잡는다. 돌아보는 복만.

박복만	아, 나 이거 말하면 안 되는데. 에라, 모르겠다. 사장 딸이 이번 신입 중에 한 명으로 들어왔대요.
명인철	인턴으로요?
박복만	그걸 잘 모르겠어. 인턴인지, 사무보조인지. 맞다! 인턴이면 인철 씨랑 동기겠네.
명인철	예. 제 동기는 제가 잘 압니다. 교육을 같이 받았거든요. 어디 부서인지만 알면….
권태호	어디서 들었어?
박복만	어제 총무과 김효진한테 들었어요. 알아내면 바로 연락 준대요.
권태호	알면 뭐하게?
박복만	잘 보여야죠. 하나밖에 없는 외동딸인데 회사를 물려받을지도 모르잖아요.
권태호	꿈 깨라. 너 같은 놈이 한둘이겠냐?
최미주	그거 다 뻥이야.
박복만	진짜예요. 김효진이 확실하다고 그랬어요. 인철 씨, 동기 중에 의심 가는 사람 없어? 잘 생각해 봐. 이거 인생이 달린 문제야.
최미주	(취해서) 됐고! 오늘 왕 팀장 표정 봤어? 하하하.
권태호	왕 팀장? 왕서영이 벌써 팀장 됐어?

명인철, 슬그머니 핸드폰 문자를 보낸다. 김연지가 소주를 가져오다가 쳐다보자 흠칫 놀라 뒤로 돌아 계속 문자를 보낸다.

박복만   아, 모르셨구나. 몇 달 됐는데.

권태호   걔 나랑 입사 동기잖아. 야, 그랬구나.

최미주   그 왕 팀장이 오늘 완전 똥 씹은 표정하고… 봤지? 걔 이번 프로
          젝트 따내려고 치사한 짓 진짜 많이 했거든.

박복만   왕 팀장님, 차 부장님 라인이라던데 맞죠?

최미주   (비웃으며) 차 부장? 차 부장이 무슨 힘이 있어. 웃기고 자빠지는 거
          지 뭐.

박복만   아, 그 얘기 아세요? 영업 1팀에 커플 있잖아요.

권태호   순철 씨랑 혜영 씨?

박복만   지난주에 헤어졌대요. 사내 커플 안된다니까요. 왜 헤어졌는지
          아세요? 글쎄 박순철 이 자식이….

복만의 얘기가 진행되는 동안 연지의 방백이 시작된다.

김연지   (방백) 뒷담화. 어딜 가나 이건 꼭 있다. 유형은 거의 비슷하다. '누
          가 어떻다' 혹은 '누가 그랬다더라.' 식이다. 진실 혹은 거짓을 파
          헤치기 위한 다양한 추론과 가설이 난잡하게 뒤엉킨다.

권태호   딴 여자 생긴 거 아냐?

박복만   아마도 그럴 걸요.

명인철   여자 엄청나게 밝힌다면서요?

박복만   모텔이 집이래.

김연지	어머.
권태호	지난주에 걔 병원에서 나오는 거 봤는데.
최미주	임신이네. 지웠어.
모두	아이구!

다 같이 건배하며 정지동작.

김연지	(방백) 적절한 해체와 재구성을 거친 웰메이드 뒷담화는 흥행 조건을 모두 갖추고 있다. 인물, 사건, 배경이 완벽하게 맞아떨어진다. 대단한 작가들이다. 어찌 보면 이 뒷담화란 놈은 바이러스 같기도 하다. 대상을 옮겨 다니며 이리저리 번지기도 하니까.

다시 대화.

권태호	그런데 이사님 말이야 요즘도 골프 치느라 일찍 퇴근하고 그래?
박복만	말도 마세요. 회사 뒤에 새로 생긴 실내 골프장 있거든요. 출근을 아예 그쪽으로 합니다.
최미주	속만 상하지. 됐고! 마셔.
다 같이	위하여!

다시 정지동작.

김연지	(방백) 왕 팀장에서 시작된 뒷담화 바이러스는 이사님을 거쳐 사장님으로 번지고.

다시 대화.

최미주   회사가 자기 꺼야? 사장이면 다냐고? 도대체가 경영방침에 일관
        성이 없어.
권태호   전문 경영인을 영입해야 한다니까.
박복만   마셔요. 마셔.
다 같 이   위하여!

        다시 정지동작.

김연지   (방백) 다이나믹 주식회사의 주주들에게 번지더니.

        다시 대화.

박복만   나 같으면 절대 우리 회사에 투자 안 한다. 주식이란 건 말이죠.
        꼼꼼히 살펴보고 기반이 튼튼한….
최미주   니미 시부럴. 마셔.
다 같 이   위하여!

        다시 정지.

김연지   (방백) 대한민국으로 번져간다. 정치.

        다시 대화. 최미주, 점점 쓰러져 엎드린다.

권태호   2019년 올해 국회에 쌓여 있는 미처리 법안이 1만 4,000건이란

                  다. 이거 직무유기 아냐?

명인철   그러니까 국회의원 선거도 다가오는데 국민들이 투표권을⋯.

박복만   좌파랑 우파가 각각 중도를 얼마나 끌어들이느냐에 따라⋯.

권태호   정경유착! 언론개혁! 검찰개혁!

박복만   촛불이랑 태극기가⋯.

다 같 이   위하여!

            다시 정지.

김연지   (방백) 경제.

            다시 대화.

박복만   코스피 상장사 영업이익이 1년 만에 거의 반 토막이 나면서⋯.

명인철   마시죠!

다 같 이   위하여!

            다시 정지.

김연지   (방백) 사회.

            다시 대화.

권태호	화성연쇄살인사건의 진범이 바로⋯.
명인철	(일어나며) 거세를 해 버려야 해. 그런 놈들은!
권태호	거시기를 그냥⋯.
박복만	마셔. 마셔.
다 같 이	위하여!

다시 정지.

김연지	(방백) 교육.

다시 대화.

박복만	입시제도를 개편하는 것도 한두 번이지⋯.
권태호	마셔. 마셔.
다 같 이	위하여!

다시 정지.

김연지	(방백) 스포츠까지.

다시 대화.

권태호	왜! 이강인을⋯.
박복만	마셔. 마셔.

다 같이	위하여!

다시 정지.

김연지	(방백) 다양한 인물들, 쉴 새 없이 터지는 사건들. 서울이란 도시, 대한민국이란 이 좁은 땅덩어리에서 끊임없이 부대끼고, 경쟁하고, 공존하는 사람들. 왜? 무엇을 위해?

모두 움직이기 시작한다. 최미주는 쓰러져 자고 있고 명인철은 다른 테이블 의자에 앉아 꾸벅꾸벅 졸고 있다. 김연지, 젓가락을 또 떨어뜨린다.

권태호	연지 씨, 내가 갖다 줄게. 앉아 있어.
김연지	감사합니다.

권태호, 젓가락 가지러 간다. 박 대리, 술 취한 눈으로 연지를 노려본다.

김연지	아, 우리 박 대리님, 술이 없으시네. 한 잔 받으세요.
박복만	(잔 받으며) 연지 씨, 이쪽으로 앉아봐.
김연지	예.
박복만	연지 씨는 이쪽 일이 재밌어?
김연지	네? 뭐 아직 얼마 안 돼서… 그런데 갑자기 왜….
박복만	응? 아니. 뭐 그냥… 연지 씨는 이쪽 일이 안 어울리는 거 같아.

김연지	왜요?
박복만	너무 덤벙거려. 봐. 아까부터 계속 뭘 떨어뜨리고… 떨어뜨리고… 떨어뜨리려고 온 것 같아. 떨어뜨리려고. 복사할 때도 자꾸 빼먹고, 전화받을 때도 메모 좀 꼬박꼬박 하라니까 계속… 아니다. 처음엔 다 그렇지 뭐. 커피는 잘 타더라. 맛있어.
권태호	(젓가락 들고 와서) 아니, 요즘도 커피 심부름시키는 사람이 있어?
박복만	제가 시키는 게 아니고 알아서 가져다주는 겁니다.
권태호	(연지에게) 2년만 버텨요. 비정규직 2년 버티면 정규직 되니까.
김연지	예!
박복만	에이, 그게 되나? 2년 되기 전에 자르지.
권태호	다 그렇진 않지. 능력 인정받으면 정규직으로 채용하잖아.
박복만	(웃으며) 능력이요? 하하. 회사가 바봅니까?

자리에서 일어나 화장실로 가는 김연지.

| 박복만 | 계약직도 취직 못 해서 빌빌거리는 애들이 얼마나 많은데요. 사무보조 구인광고 내면요 몇백 명이 지원해요, 몇백 명이…. |

김연지, 자취를 감추자 태호가 말한다.

권태호	(연지 사라지자) 야, 너 취했어?
박복만	왜요?
권태호	연지 씨 앞에 있는데 왜 그래?
박복만	그러니까 제 말은요. 사무보조에 능력이 필요해요? 그냥 쓰다 버

리면 그만이지.

권태호   야, 쓰다 버리다니… 말이라도 좀.

박복만   우리도 짜증 납니다. 예? 아무것도 모르는 애들 실컷 일 가르쳐
         놓고 아, 이제 좀 쓸 만하다 싶으면 또 바뀌어? 그럼 처음부터 또
         가르쳐. 그것도 한두 번이지. 여러 번 해 보세요. 처다보기도 싫
         어진다고요. 그나마 쟤는 좀 예쁘장하니까 괜찮죠. 지난번에 일
         하던 애는 진짜 얼굴… 아우! 그냥! 아우! 내가 말을 말겠습니다.
         나만 추해집니다.

권태호   이미 늦었다. 인마.

박복만   예? 뭐가요?

권태호   (인철에게) 인철 씨, 집에 가서 자.

명인철   예? 아니요. 괜찮습니다.

박복만   이 친구, 술 잘 마신다더니만 말이야. 이봐. 술이란 건 말이야. 자
         신을 딱 컨트롤 할 수 있을 만큼만 마시는 거야. 미국에서 그런
         건 안 배웠나?

명인철   오케이. 오케이.

박복만   음. 알아들었네.

그때, 복만의 핸드폰 울린다. 인철, 계속 앉은 채로 존다.

박복만   아니, 이 시간에 누가… (핸드폰 확인하고) 하하, 김효진. (전화받으며)
         뭐야? 지금이 몇 신줄 알아? 이러면 날 가질 수 있을 거라고 생각
         했어? 응? 뭐? 진짜? 그렇구나. 알았어. 끊어. (전화 끊고 태호에게) 권
         대리님, 아까 제가 한 말 기억하세요? 전화 온다고 했잖아요. 김

효진한테.

권태호 뭐.

박복만 사장님 따님.

권태호 아, 근데?

박복만 사장님 따님이 계약직으로 들어왔대요. 머리 좋아. 정규직이 아
닌 계약직으로 취직시켜서 철저하게 속이겠다는 심보. 캬! 하여
튼 사장님 잔대가리는… 하하. 가만, 스톱! 움직이지 마! 움직이
지 마! 어디, 얼마 전에 들어온 사무보조 계약직이라면… (멍하니
생각하다 갑자기) 아! 그랬구나. (연지가 나간 화장실을 바라보며) 난 그런
줄도 모르고!

그때 김연지, 화장실에서 나온다. 박복만, 술에 취해 비틀거리며 일어
나 연지의 자리를 안내한다.

박복만 연지 씨, 오셨습… 아, 왔어요? 얼른 앉아요.

김연지 (어리둥절) 네? 갑자기 왜 그러세요?

박복만 내가 뭘요?

김연지 아니 왜 갑자기 존댓말을.

박복만 아, 내가 그랬나? 원래 존댓말 했는데…요.

김연지 취하셨나 봐요. 우리 그만 일어나요.

박복만 아냐, 아냐. 조또마때 구다사이! 싯다운 플리즈. 싯다운 플리즈!

김연지와 권태호, 어리둥절한 표정으로 복만을 쳐다보다 시키는 대로
의자에 앉는다.

박복만   연지 씨, 내가 연지 씨한테 말이야. 혹시 뭐 잘못한 거 없지?

김연지   예? 무슨….

박복만   아니, 그러니까 말이야.

그때, 갑자기 토할 것 같은 행동을 하는 최미주.

최미주   읍!

김연지   어머!

권태호   안 돼! 화장실! 화장실로 가요!

미주의 입을 틀어막으며 화장실로 데리고 가는 태호. 따라가려는 연지를 박복만이 잡아끌며 못 가게 잡는다.

박복만   (붙잡으며) 연지 씨, 됐어. 됐어. 신경 꺼.

김연지   예?

박복만   냅둬. 냅둬. 그러니까 연지 씨, 내 말은 나도 모르게 무심코… 왜 사람이 그럴 수 있잖아. 서운하게 하거나 뭐 그런 거….

김연지   그런 거 없어요.

박복만   아이 왜 없어? 그냥 말해. 내가 나를 돌아보고 싶어서 그런 거야.

김연지   정말 없어요.

박복만   그래? 표정이 그게 아닌데….

화장실에서 들려오는 소리. "팀장님, 괜찮아요?"

김연지	아, 제가 진짜 가봐야겠어요.
박복만	어허, 괜찮다니까.

연지, 복만의 손을 뿌리치고 화장실로 가는데 마침 옆의 의자에 앉아서 졸고 있던 인철이 바닥에 쓰러진다.

김연지	어머, 인철 씨 괜찮아요? (일으켜 세우며) 인철 씨, 일어나보세요.
박복만	신경 꺼. 연지 씨가 왜 이런 친구를 신경 써? 놔둬.
김연지	그게 무슨 말이에요?
박복만	괜찮다니까. 놔둬, 놔둬.
김연지	박 대리님! (정색하며) 좀 도와달라고요.
박복만	넵!

박복만, 연지와 함께 인철을 일으켜 세우는데 화장실에서 소리 들린다.

소리	박 대리! 콜택시 좀 불러!
김연지	콜택시요? 제가 부르겠습니다.

순간, 박 대리 중심을 잃고 미끄러지며 인철과 함께 바닥에 나뒹군다.

박복만	아이고! 아이고!
김연지	어머! 박 대리님! 죄송해요! 괜찮으세요?
박복만	아닙니다. 괜찮습니다. 콜택시! 제가 부르겠습니다.
김연지	아니에요. 제가 전화할게요.

박복만   됐어. 됐어. 하지 말라니깐. 내가 할게. 연지 씨는 앞으로 커피도
        타지 말고 복사도 하지 마. 그냥 '아, 회사가 이렇게 돌아가는구
        나. 뭐 그런 것만 그냥 보고 있어.

        그때, 인철이 비틀거리며 일어나 벽에 붙은 소주 광고 포스터의 여자
        연예인을 보고 말한다.

명인철   So beautiful! you are my style.
박복만   쟤 뭐라는 거야? 시끄러 인마.

        박복만이 전화를 하는 동안 인철은 계속 떠든다.

명인철   When I was young, I want to be a businessman among those
        many kinds of jobs. I know I not ready for my dream yet. But I
        also know that there is no one who can make his or her dream
        come true. So I will do all my best to make my dream come true!
박복만   여보세요? 거기 콜택시죠? 여기 혜화역 앞인데요. 예? 콜택시 아
        니에요? 엄마. 아니, 왜 엄마가 콜택시 전화를 받아. 알았어. 들어
        가. 들어간다고!
명인철   see you later.

        명인철, 복만의 뒤통수를 후려친다.

박복만   아! 뭐야?

명인철	Fuck off!
박복만	뭐 인마?
명인철	What you looking at? Look away, Dumb-ass!
박복만	고우 홈! 고우 홈!

복만, 인철을 내쫓다시피 떠민다.

명인철	my bag!
박복만	뭐?
명인철	my bag!
박복만	(인철의 가방을 건네주며) 백, 백. 오케이! 고우 홈!
명인철	risen! i'm mba. You! children education! 푸하하하! children education….
박복만	고우 홈! 양키 고우 홈!

복만, 인철을 내쫓는다.

명인철	(노래 부르며) One little, Two little, Three little children. children education!
박복만	또라이 새끼, 저거… 주사 대박이네.

명인철, 노래 부르며 퇴장한다. 그때 권태호가 밖으로 나온다.

권태호	콜택시 전화했어?

김연지	아니요. 아직….
박복만	엄마가 콜택시 전화를 받습니다.
권태호	뭐? 인철 씨는 어디 갔어?
박복만	고우 홈! 했습니다. 양키 고우 홈! 했습니다.
권태호	연지 씨, 내가 전화할 테니까 연지 씨는 팀장님한테 좀 가봐.
김연지	아, 네.

김연지, 화장실로 들어간다. 태호는 전화를 건다.

박복만	연지 씨, 연지 씨! (태호에게) 떽! 연지 씨한테 그런 거, 시키면 안 되지!
권태호	야, 너 박 대리 진짜 오늘 확… (전화통화) 예, 콜택시죠? 여기 혜화동 로터리 실내포차… 예, 맞습니다. 예, 지금 바로요. (전화 끊고) 야, 너 진짜 정신 안 차려? 연지 씨한테 왜 그래?
박복만	아까 말씀드렸잖아요. 답답하시네. 참.
권태호	뭐 임마.
박복만	연지 씨가 사장님 딸이라니깐! 참, 아! 내 정신! 권 대리님은 회사 때려치웠으니까 상관없지.
권태호	뭐?

그때, 연지 비명 들린다.

권태호	뭐야!

화장실로 뛰어들어가는 태호.

태호(소리) 아이, 이게 뭐야?

연지(소리) 아, 어떡하죠?

태호(소리) 일단 데리고 나가자.

미주(소리) 이거 놔. 아파.

미주, 사람들 뿌리치고 나와 자리에 앉는다. 미주의 머리와 옷에 구토물들이 묻어 있다.

권태호 그 위로 넘어진 거야?

김연지 예. 토하고 나서 갑자기….

권태호 (수건을 연지에게 건네며) 일단 이걸로 좀 닦아.

연지, 수건을 받아 닦으려는데 복만이 수건을 뺏는다.

박복만 권 대리님, 아무리 상관없어도 그렇지. 진짜 큰일 날라고. 자꾸 연지 씨한테 이런 거, 시키고 그럼 안 되지!

김연지 이리 주세요. 제가 할게요.

박복만 아니야. 아니야. 내가 해야지.

김연지 이리 달라고요. 진짜 아까부터 자꾸 왜 이래.

권태호 연지 씨가 좀 이해해. 이 친구 술도 많이 마신데다가 지금 연지 씨가 사장 딸인 줄 알고 그러는 거야.

김연지 네? 사장 딸이요? (어이없다는 듯) 참 내 기가 막혀서.

박복만, 태호의 말을 듣고 손가락을 입에 대며 쉬쉬거린다.

김연지   (수건을 확 뺏으며) 저 사장 딸 아니거든요.

박복만   (손가락질하며 비웃듯이) 에헤이.

김연지   진짜 아니라고요.

박복만   뻥… 치시네.

복만, 고개 숙이고 잔다. 연지, 수건으로 미주를 닦아준다.

권태호   연지 씨, 내가 대신 사과할게. 이 친구 이거 진짜 요즘 힘든 일이
          많은지….

김연지   괜찮아요.

미주, 갑자기 비틀거리며 일어나 혼자 나가려고 한다.

최미주   나 갈 거야.

권태호   연지 씨, 잡아.

김연지   네?

최미주   놔. 갈 거라고.

권태호   팀장님, 택시 오면 가야죠.

최미주   간다고. 간다고.

그때, 전화벨 울린다.

권태호	연지 씨, 콜택시 왔나 보다. 내가 잡고 있을게. 전화 좀 받아.
김연지	네.
박복만	왜 시켜? 시키지 마! 제가 전화받겠습니다.

박복만, 전화를 먼저 받는다.

박복만	예! 여기는 포차다. 실내포차!
김연지	이리 주세요! (전화 뺏고) 여보세요? 아, 네. 네. 오셨어요? 네 지금 나갈게요. 네.

갑자기 미주가 태호를 끌어안는다.

최미주	오빠.
권태호	어, 그래. 그래.
최미주	오빠 힘들었지?
권태호	아냐, 괜찮아. 가자.
최미주	나보다 나이도 많은데 내가 팀장 됐잖아. 그래서 그만둔 거 아니야?
권태호	아니야. 그런 거.
최미주	난 진짜 오빠 좋은데.
권태호	그래, 나도 좋아.
최미주	난 오빠도 좋고 정 상무님도 좋은데.
권태호	그럼, 알지.
김연지	(최미주의 옷과 가방을 챙기며) 택시 왔대요!

권태호	어 그래. 자, 택시 왔다. 가자.

갑자기 최미주, 권태호를 확 밀치며 외친다.

최미주	근데 왜 사람들이 자꾸 뭐라고 하냐고!
권태호	누가 너한테 뭐라고 그래. 아니야.
최미주	그래, 나 정 상무랑 사귄다! 나 땜에 별거 중이야. 왜? 좀 사귀면 안 돼? 유부남은 사랑하면 안 되는 거야?

정적.

권태호	안 되지.
최미주	왜 안 돼? 내가 사랑하는데. 우리 서로 사랑하는데.
박복만	(자다 깬 듯) 알았어. 알았어. 사랑해. 사랑한다고.
최미주	야, 박복만. 네가 내 사랑을 알아?
박복만	예. 사랑합니다.

자동차 경적 울린다.

권태호	팀장님, 나한테 업혀.
최미주	이부바?

최미주, 태호에게 업힌다.

권태호	연지 씨, 가방 좀 챙겨서 나와.

태호, 최미주 업고 퇴장한다. 김연지, 따라나가려는데 박복만이 연지를 붙잡는다.

박복만	연지님! 나가시면 안 됩니다.
김연지	박 대리님, 지금 최 팀장님 택시 왔어요.
박복만	저놈의 술수에 넘어가시면 안 됩니다.
김연지	이거 택시에 갖다 줘야 된다고요. 콜택시!
박복만	네 언제든지 콜! 하십시오. 제가 달려가겠습니다.
김연지	미치겠네. 정말. 권 대리님! 권 대리님!

권태호, 뛰어들어온다.

권태호	안 나오고 뭐 해?
박복만	(태호에게) 떽! 물렀거라! 사장님 따님이시다! 연지님! 저놈은 밀정이옵니다!
김연지	이거 놓으세요.
박복만	걱정 마십시오.
김연지	놓으라고요.
박복만	제가 지켜 드리겠습니다.
김연지	(갑자기 버럭) 제발 좀 놓으라고요!

손을 확 뿌리치는 연지. 그 힘에 밀려 바닥에 나뒹구는 박복만.

김연지   난 사장 딸도 아니고 소설가도 아니고 그냥 6개월 계약직 알바생
이니까!

정적.

김연지   제발 날 좀 내버려두세요. 네?

정적.

박복만   (뭔가 이해했다는 듯이) 그 비밀… 제가 지켜 드리겠습니다.

복만, 그대로 바닥에 쓰러져 잔다. 자동차 경적 또 울린다.

권태호   (밖을 향해) 예, 나가요!

태호, 멍하니 서 있는 연지의 손에서 가방과 우산을 뺏고 밖으로 나간
다. 멍하니 그 자리에 멈춰 있는 연지.

태호(소리)   예, 인덕원 사거리 아시죠? 잘 좀 부탁드립니다.

문 닫고 차 떠나는 소리 들린다. 태호 들어온다.

권태호   (조심스럽게) 연지 씨, 저… 나도 사회생활해 보니까 그런 게 있어.
그러니까… 그게 뭐냐면… 음….

김연지	(읊조리듯) 다이나믹 코리아 만세.
권태호	뭐?
김연지	다이나믹 코리아… 만세라고요.

인사 꾸벅하고 터벅터벅 우산 챙겨서 나가는 김연지. 나간 곳을 멍하니 바라보던 태호, 테이블을 치우기 시작한다. 그때, 갑자기 일어나 양복을 벗고 구두를 벗고 양말을 벗기 시작하는 복만. 그런 모습을 멍하니 바라보는 태호. 복만이 양말을 다 벗고 누우려다 태호와 눈이 마주치자 인사하며 말한다.

| 박복만 | 술 좀 마셨습니다. 주무세요. 엄마. |

다시 바닥에 누워 행복한 미소 짓는 박복만. 태호, 다가가 복만의 양말을 집어들고 한참 보더니 복만의 얼굴을 향해 집어 던진다.

| 권태호 | 집에 가. 이 새끼야. |

두리번거리며 일어나 주위 둘러보더니 다시 고개 숙이고 자는 박복만. 권태호, 다시 테이블에 앉아 소주를 한 잔 따라 마시며 창밖을 바라본다.
빗소리 점점 커진다.

막.

궁전의 여인들

다이나믹 영업 3팀

┌─   ─┐
    궁전의 여인들
└─   ─┘

분홍나비 프로젝트

여관별곡

로봇걸

등장인물

차마담 : 48세. 궁전다방의 마담.

김양 : 29세. 이혼하고 아이를 홀로 키움.

이양 : 27세. 영화배우가 되려 했으나 기획사에서 사기를 당함.

박양 : 25세. 등록금을 벌기 위해 대학을 다니며 아르바이트를 하는 중.

흐양 : 24세. 베트남에서 만난 한국남자를 찾기 위해 넘어옴.

여고생 : 18세. 공부보단 자기 나름의 인생철학으로 질풍노도의 시기
　　　　　 를 보내는 마담의 딸.

건달 : 32세. 김양을 사랑하는 수유리파 왕방울.

생수통 : 30세. 김양을 사랑하는 순수청년.

병장 : 23세. 이등병을 괴롭히고 이양을 좋아하는 말년병장.

이등병 : 27세. 이양의 전 남친. 군대에 늦은 나이에 입대함.

전당포 : 65세. 궁전다방 단골손님.

폐병쟁이 : 53세. 차마담의 남편. 시인. 교통사고로 사망했다.

그 외 손님 : 복덕방, 고시생, 백수, 야채가게, 중국집, 영어강사

때

1999년 봄

곳

서울 외곽의 궁전 다방

프롤로그

궁전다방이라고 적힌 간판.

카운터 및 주방. 출입문. 화장실로 연결된 문.

테이블과 의자들.

녹색지대 〈사랑을 할 거야〉 흘러나온다.

흐양이 청소를 하고 있다.

박양이 시험공부를 하고 있다.

이양이 앉아서 노래를 따라 부르며 화장을 하고 있다.

이양   (관객을 의식하고) 어머, 안녕하세요. 지금부터 궁전다방 오픈할 건데요. 그 전에 부탁 좀 드릴게요. 다들 핸드폰 가지고 계시죠? 저희 다방이 좀 작아서 진동소리도 굉장히 크게 들리거든요. 그러니까 다시 한번 확인하셔서 핸드폰의 전원을 꼭 꺼 주시길 바랍니다. 다 끄셨나요? 감사합니다. 그럼 궁전다방의 배우들을 소개할게요. 저는 이정은이라고 하구요. 나이는 스물일곱. 여기 궁전다방에서 일하고 있고, 사람들은 저를 이양이라고 불러요. 지금까지 살면서 저는 이런저런 일들이 있었고, 이러쿵저러쿵 해서 여기 궁전다방에서 일하게 되었는데요. 알고 싶으세요? 차차 말씀드릴게요. 소개할 사람이 좀 많아서 시간관계상 넘어갈게요. (박양에게 다가가 소개하며) 여기 얘 이름은 박소연이구요. 나이는 스물다섯. 지금 대학생인데 등록금 때문에 여기서 알바하고 있어요. 우리는 박양아! 라고 부르죠. (박양에게) 박양아, 인사해.

박양	(관객들에게) 안녕하세요. 궁전다방 귀염둥이 막내 박소연입니다. 저희 궁전다방 찾아주셔서 감사합니다.
이양	낼모레 시험이라고 공부하는 중이네요. (박양의 책을 들춰보며) 무슨 시험이니?
박양	경제학개론 수업인데요. 소셜리즘과 캐피탈리즘의 본질적인 차이는….
이양	그래. 열심히 해라. (관객에게) 경영학 전공이래요. 다방에서 일한다고 공부 못하는 애들만 있을 거라고 생각하신 거 아니죠? 편견을 버리세요. (흐양에게 다가가) 얘는 얼굴이 좀 까맣죠? 왜 그럴까요? 분장을 까맣게 해서? 얘는 한국 사람이 아니거든요. 베트남에서 왔대요. 이름은 흐엉!
흐양	응우엔 티 흐엉.
이양	뭐?
흐양	응우엔 티 흐엉.
이양	그래. 니네 나라에서 그렇게 불러. 여기선 기니까 그냥 흐엉이라고 하고.
흐양	네.
이양	베트남에서 3년 전쯤 왔대요. 거기서 한국남자를 만나서 사랑하게 됐는데 남자가 얘 버리고 한국으로 떠났대요. 그래서….
흐양	(서툰 한국말로) 버린 거 아니에요. 영남 씨 집에서 반대를 해서….
이양	아이고, 예. 알겠습니다. 그게 그거죠. 뭐. 아무튼 지금 그 남자, 영남 씨?
흐양	네. 맞아요. 영남 씨.
이양	영남 씨란 남자를 만나기 위해 한국으로 넘어왔고 여기서 일하

면서 계속 찾고 있는 중이래요. 우리는 애를 흐양이라고 불러요. 흐양아, 너 몇 살이지?

흐양	스물넷.
이양	네. 그렇답니다. 그리고….

김양이 들어온다.

김양	안녕, 애들아!
박양	오셨어요?
흐양	안녕하세요.
이양	마침 왔네요. (김양에게) 언니, 이쪽으로 와서 인사 좀 해.
김양	응? (관객을 보고) 와, 많이들 오셨네?
이양	언니는 직접 할래?
김양	뭘?
이양	소개.
김양	알았어. (관객에게) 안녕하세요. 제 이름은 김선영이구요. 취미는 독서, 특기는 십자수랑 뜨개질, 좋아하는 색깔은 핑크, 좋아하는 연예인은 김민종… 성격은 밝고 순수하고….
이양	나이.
김양	나이는 스물다섯….
이양	스물아홉이에요.
김양	네. 그렇죠. 스물다섯이란 마음가짐으로 열심히 살고 있는 스물 아홉 젊은 아가씨입니다.
이양	아가씨 아니에요. 아들 하나 있어요.

김양	야! 너 왜 그래?
이양	사실대로 말해야지 왜 거짓말을 해.
김양	그래, 나 이혼했다. 5살짜리 아들 하나 있다! 됐어? 그걸 그렇게 콕 집어서 얘기해야겠니?
박양	그래요. 이양 언니, 좀 심했다.
김양	좋은 남자 만나서 새 출발 하라고 도와주지는 못할망정!
이양	알았어. 미안! 언니는 인기 많아서 금방 좋은 남자 만날 거야. 걱정 마.
박양	(관객을 향해) 여기는 궁전다방입니다. 저희 네 사람은 이곳에서 일하고 있죠.
흐양	다방 아가씨!
박양	네. 우리는 다방 아가씨입니다. 손님들의 주문대로 커피, 녹차, 쌍화차, 대추차, 생강차, 인삼차, 율무차 등등 각종 차를 제공하고 손님들의 말상대가 되어 드리기도 하죠.
이양	지금은 1999년입니다. 20세기 마지막 해를 보내고 있죠. 세상은 21세기 밀레니엄이다 뭐다 시끌벅적하네요. 대한민국, 서울이란 도시는 재개발이다 뭐다 건물을 부쉈다 지었다 빠르게 팽창하고 있고요.
김양	궁전다방이 원래 서울 중심지에 있는 유명한 다방이었거든요. 그런데 점점 밀려나서 여기 변두리까지 오게 되었대요, 라고 말하고 싶은 거지?
이양	다방의 역사. 우리나라에서 다방은 문화, 예술과 밀접한 관련이….
박양	그만! 언니, 그 얘기 시작하면 우리 공연 너무 길어진다.

흐양	대충 끝내고 장사해야 할 거 같은데.
김양	아무튼 다방의 이미지나 인식이 많이 변질되었으나 우린 여전히 건전한 일터에서 열심히 일하는 고급인력들이다! 라고 정의 내리고 마무리하기로!
이양	오케이.

마담이 들어온다.

차마담	잠깐만. 내 소개가 아직 남은 것 같은데?
이양	마담 언니에요. 궁전다방의 안방마님.
차마담	끝이야?
김양	나이 40세.
박양	몸매 33-34-35. 완벽한 A라인.
흐양	성격 원더풀! 완전 좋아.
차마담	반가워요. 여러분. 차숙경이라고 합니다. 오늘 관객분들 인상이 너무 좋으시다. 저는 여기 궁전다방을 5년 넘게 운영하면서 딸아이를 혼자 키우고 있답니다. 아, 여기 아가씨들도 뭐 제 딸들이나 마찬가지죠. 호호.

여고생, 들어온다.

여고생	진짜 딸 여기 두고 뭐하는 거야?
이양	마담 언니의 진짜 딸, 김연희 양입니다.
여고생	방년 18세! 공부는 못하지만 쫄지 않는다. 그게 제 철학이죠. 인

생 뭐 있나요? 하고 싶은 일 하면서 열심히 살다가 찐하게 사랑하다가 멋지게 죽는 거! 그게 인생이죠. 안 그래요?

차마담   너 하고 싶은 일이 뭔데?

여고생   글쎄, 고민 중.

박양   연희야, 친구들 삥이나 뜯지 마.

흐양   삥? 삥이 뭔데?

여고생   삥 안 뜯어. 그냥 때렸음 때렸지. 그런 짓은 안 해.

차마담   저희 딸이 저래요. 에휴. 누구는 그러더라고요. 이게 다 애비 없이 자라서 그런 거라고….

여고생   갑자기 아빠 얘긴 왜 해! 나 갈 거야!

여고생, 퇴장한다.

김양   기지배, 성깔 하난 알아줘야 한다니깐.

차마담   저년 저거 대학은 갈 수나 있을지 모르겠다. 누구 닮아서 저러는지 참.

이양   연희가 그래도 엄마 걱정 얼마나 하는데. 언니 걱정 마요. 질풍노도의 시기잖아요.

박양   그래요. 언니! 속상해하지 말고 노래나 한 곡 뽑아줘요. (관객에게) 트로트 기가 막히게 부르시거든요.

흐양   노래해! 노래해!

차마담   얘들은 다짜고짜 갑자기….

차마담, 갑자기 마이크처럼 무언가 움켜쥐고 김지애의 〈얄미운 사람〉

을 부르기 시작한다. 차마담의 노래를 이어서 김지애의 〈얄미운 사람〉 배경음악으로 오버랩된다. 손님들 들어오고 장사 시작된다. 모두 분주히 움직이기 시작한다. 노래가 나오는 동안 이양이 관객들에게 말한다.

이양　　오늘도 궁전다방의 하루가 시작되었습니다.

전당포, 들어온다.

이양　　전당포, 정 사장이 오늘도 어김없이 찾아왔네요. 저희 단골이시죠.

차마담과 아가씨들은 손님들 주문받고 말상대 해주느라 바쁘다. 이후 여러 손님들이 들어오는데 남자 배우 세 명이 바로바로 변장하고 손님 행세를 한다. 복덕방, 들어온다.

복덕방　(핸드폰 보며) 판교… 대박.
이양　　복덕방, 최 사장.
복덕방　박양아, 생강차 생강은 갈지 말고 통째로 퐁당. (퇴장)

고시생, 들어온다.

고시생　대한민국은 민주공화국이다.
이양　　고시생, 최군.

고시생	다방 커피요.
이양	나도 사 줄 거지?
고시생	(퇴장하며) 대한민국의 주권은 국민에게 있고 그 권력은 국민으로부터 나온다.

백수가, 들어온다.

백수	(콧노래 흥얼거리며) 내 손을 잡아봐.
이양	백수 총각, 허군.
백수	휴지 좀 빌릴게요! (퇴장)

야채 가게, 들어온다.

야채	전당포 벌써 왔네.
전당포	어이 야채!
이양	야채가게, 장 사장.
전당포	어디 가?
야채	바빠.
전당포	어디 가는데?
야채	바쁘다니까! (퇴장)

중국집, 들어온다.

중국집	(중국어) 짜장면, 짬뽕, 탕수육.

이양	중국집 사장, 짜오젠뚱.
중국집	쟈스민 차 한 잔.

중국집, 자리에 앉으면 영어강사 등장한다.

영어강사	오! 이양. 롱 타임 노 씨.
이양	영어강사, 토미 리차드.
영어강사	다방커피 둘 둘 하나 플리즈.
이양	이렇듯 다양하고 많은 사람들이 삶에 지친 몸과 마음을 달래고, 추스르기 위해.
김양	또는 내 미모에 반해 어떻게 손이라도 한번 잡아볼 목적으로!
흐양	아니면 그냥 약속 잡기 편해서?
박양	에이, 그냥 시간 때우러?
이양	제각각 자신의 목적을 달성하기 위해 이 궁전다방을 찾아오곤 합니다. 우린 생각합니다. 산업전선에서 열심히 고군분투하는 그들이 좌절하지 말고 힘내서 열심히 살았으면 좋겠다고. 다방은 그렇게 서민들의 휴식처와 안식처, 만남의 장소로 오래오래 지속되길 바란다고.

이양이 말하는 사이 모든 손님들 퇴장하고 전당포와 김양만 남는다.

이양	그러던 어느 날! 첫 번째 이야기, 건달과 생수통!

이양, 퇴장한다.

1장 - 건달과 생수통

전당포가 앉아서 김양과 수다를 떨고 있다. 전당포의 겨드랑이가 흥건히 젖어 있다.

전당포   김양아.

김양   사장님 설탕 다섯 개 맞지?

전당포   달게.

전당포, 김양의 어깨에 손을 올린다.

김양   아, 뭐야….

전당포   흐흐, 김양아 내가 어제 손금을 봤는데, 봐 줄게.

김양   응, 사장님 오래 살지?

전당포   그럼, 난 오래 살지. 김양아 내가 손금 봐 줄까?

김양   (자리 반대로 옮기며) 아니.

전당포   김양아, 넌 바다가 좋아? 산이 좋아?

김양   음, 나는….

전당포   아직 대답하지 마. 하나, 둘, 셋 하면 동시에 대답하는 거야. 알겠지?

김양   알았어.

전당포   하나, 둘, 셋!

김양   (동시에) 바다!

전당포	(동시에) 산!

잠시 당황하는 전당포.

| 전당포 | 하하하! 우리 김양이 바다를 좋아하는구나? 김양아, 나는 그렇게 생각해. 우린 아직 점점 닮아가는 과정 속에 있다고. 그럼 하나만 더 해 볼까? 짬뽕이 좋아? 짜장면이 좋아? 자, 하나, 둘, 셋! (동시에) 짬….
김양	(동시에) 짜장면!
전당포	(짬뽕이라고 하려다) 짬…짜면!
김양	뭐야?
전당포	짬짜면 몰라? 짬뽕이랑 짜장면이랑 반씩 있는 거.
김양	둘 중 하나만 해야죠! 짬뽕 할라고 그랬지?
전당포	우린 서로 다른 매력에 조금씩 끌리고 있는 게 틀림없어. 사랑이라는 게 참 그런 것 같아. 그래, 난 짬뽕을 좋아했지. 그런데 널 알고 난 후, 왠지 짬짜면이 좋아지기 시작한 거야. 조금 있으면 금방 짜장면이 좋아질걸? 이것만 봐도 난 너로 인해 조금씩 변해 가고 있다 이 말이지….

전당포, 삐삐 울린다.

김양	삐삐 왔어요.
전당포	아니. 지금 나에게 삐삐 따위는 중요하지 않아.
김양	사모님한테 또 혼나지 말고 빨리 확인해 봐요. 여기로 전화 오면

어쩌려구.

전당포   알았어.

전당포, 삐삐 확인하고는 카운터로 전화하러 간다.

김양   사모님이지?

전당포   에헴.

전당포, 전화 거는데 박양과 흐양 들어온다.

박양   다녀왔어요. (전당포를 보고) 어머, 사장님! 나 안 그래도 전당포에
         물건 맡길 거 있는데….

전당포   (통화) 어! 여보! 나 잠깐 출장 나왔어. 그게 어디냐면….

김양   박양아! 쉿!

박양   아아, 사모님한테 전화하는 중이시구나.

김양   참, 어떻게 됐어? 영남 씨 찾았어?

박양   아니. 주소대로 가 봤더니 재개발한다고 싹 허물고 공사 중이더
         라구요.

김양   그래? 그럼 이제 어떡해?

박양   아무래도 심부름센터 같은데 맡기는 게 나을 거 같아요.

김양   그래. 돈은 좀 들어도 헛고생은 덜 할 거 아냐. 흐양아, 그렇게 하
         자.

흐양   (울먹이며) 도대체 어디로 갔는지 모르겠어요. 번호도 바뀌고 주소
         도 바뀌고… 친구들도 모른다고 하고… 영남 씨, 일부러 저 피하

는 건 아니겠죠?

김양   모르지. 우리야 뭐 영남씬지 호남씬지 그놈이 어떤 놈인지 본 적
       도 없으니… 그런데 친구들도 모른다고 하는 건 좀 그렇다. 작정
       하고 숨으려고 하는 거 아니면 친구들이 모를 리가 있나?

흐양   (버럭) 그런 거 아니에요! 영남 씨는 절 사랑한다구요!

전화 통화하던 전당포, 깜짝 놀라며 수화기에 대고 말한다.

전당포   아니, 여보! 그게 날 사랑한다는 게 아니고… 모르는 여자야. 갑
       자기 길에서 왜 소릴 지르고 지랄인지 모르겠네. 여기? 여기 시
       장이야! 시장!

전당포, 아가씨들한테 도와달라고 손짓한다.

김양   (마지못해) 골라! 골라! 골라! 단돈 오천 원. 아, 싸다. 싸다.

박양   오징어 사세요. 오징어! 마른오징어가 한 묶음에 이천 원!

김양   사장님 이거 얼마에요?

흐양   (울먹이며) 오늘 장사 안 해요!

전당포   들려? 그치? 그렇다니깐. 하하. 알았어. 이따 들어갈 때 붕어빵
       사갈게. 응. 끊어.

전당포, 전화 끊고 손수건을 꺼내어 겨드랑이 땀 닦으며 자리로 돌아
온다.

김양	사모님한테 안 걸렸어요?
전당포	뭐? 걸리긴 뭘 걸려! 지가 뭐 알면 어쩔 건데? 하하. 신경 쓰지 마.
박양	아이고, 그때도 그렇게 큰소리치다가 붙잡혀서 소 끌려가듯….
전당포	(말 돌리며) 어! 흐양! 왜 울어? 무슨 일 있어?
흐양	아니에요. 아무것도.
전당포	울었는데 뭘!
김양	사장님, 우리 흐양 오늘 좀 내버려둬요.
전당포	왜?
박양	흐양아, 저쪽에서 좀 쉬어.
흐양	네.

흐양, 다른 테이블로 간다. 곧이어 전화벨 울린다.

박양	네 궁전다방입니다. (기뻐하며) 수통 오빠! 오늘요? 잠시 만요. (부엌 쪽 돌아보며) 한 통만 갖다주세요. 네 빨리 오세요. (웃으며) 먼저 끊으세요. 네.
김양	오늘 수통 씨 오신데?
박양	네, 언니. 수통 오빠 너무 멋있지 않아요? 키도 크고 눈썹도 진하고 피부도 까무잡잡해서 완전 제 스타일이에요.
김양	난 잘 모르겠던데. 근데 동굴 목소리 그건 좋더라.
박양	성대에 꿀 바른 목소리?
전당포	(낮은 음성) 음, 아아, 이런 거?
박양	아니요. (주머니에서 목걸이 꺼내며) 사장님, 이 목걸이 맡기면 얼마나 쳐줄 수 있어요?

전당포	(목걸이 보며) 어디 보자.
김양	왜? 돈 필요해?
박양	저 다음 학기 등록금 부족해서요.
김양	그래도 이거 아끼는 목걸이잖아.
박양	빨리 돈 벌어서 찾으면 되죠. 뭐.
전당포	어디 보자, 목걸이 보자. 많이 쳐줘야 20만 원쯤?
박양	어머, 이거 진짜 사파이어예요. 비싼 건데 그거밖에 안 돼요?
김양	그래요. 부모님이 물려주신 거래요. 좀 더 쳐줘요.
전당포	허허 참, 이거 곤란한데.
박양	조금만 더요. (애교) 사장님. 네? 네?
전당포	에이, 그래! 뭐 우리 박양 하루 이틀 본 사이도 아닌데! 30에 해 줄게!
박양	감사합니다! 사장님 최고! 이따 전당포로 가지고 갈게요. 커피 다 드셨네. 서비스로 따끈따끈한 율무차 한 잔?
전당포	땡큐! 김양아, 요번 주 주말에 뭐해?
김양	나 일하지.
전당포	속초로 바다나 보러 갈까?
김양	어, 나 바빠. 돈 벌어야지.

박양은 주방으로 가고 전당포는 김양이랑 다시 수다를 떠는데 건달, 선물포장을 한 손에 들고 등장한다.

흐양	어서오… (건달을 보고) 김양 언니!

김양, 건달을 보고 표정 굳는다. 건달은 김양과 전당포 앞으로 다가간다.

전당포   뭐야? 당신 뭐야?

건달   (전당포에게) 어이, 나 김양한테 볼 일 있으니까 자리 좀 비켜 주쇼.

전당포   뭐? 어이? 허허 참내! 떽! 젊은 친구가 어른한테 그러면 쓰나? 거, 나보다 나이도 한참이나 어린 것 같은데… (건달이 험상궂게 노려보자) 이쪽에 앉으시죠. (삐삐를 보며) 아이쿠, 맞다. 와이프가 붕어빵 사 오랬지? 김양아, 흐양아 나 간다잉!

전당포, 황급히 나간다.

박양   어머, 사장님! 율무차 드시고….

전당포   (급히) 아니야, 너 먹어.

건달, 전당포가 앉았던 자리에 앉고는 선물을 테이블 위에 올려놓는다. 슬쩍 눈길 주고는 다시 외면하는 김양. 박양은 흐양이 있던 테이블로 가서 김양과 건달을 주시한다.

김양   이러지 마.

건달   너 주려고 일부러 산 거야. 뜯어나 봬.

김양   됐어. 필요 없어.

건달   혹시 알아? 보면 마음 바뀔지?

김양   이런다고 내가 달라질 거 같아?

김양, 일어서서 나가려는데 손목을 잡아채서 다시 자리에 앉힌다. 그러고는 선물포장지를 확 뜯어서 김양의 얼굴 앞에 내민다.

건달   갖고 싶어 했잖아. 핸드폰.

박양과 흐양 동시에 외친다.

박양/흐양   핸드폰! (조용히 감탄) 우와!
김양   네가 주는 거라면 다이아를 갖다 줘도 안 받아!
건달   왜? 왜!
김양   네가 싫으니까! 주먹 좀 쓴다고 똘마니들 끌고 다니며 폼 잡는 것
        도 싫고! 나이트에서 기도 봐 주면서 돈 받는 것도 싫고! 툭 하면
        술 마시고 욕하고 사람 패고!
건달   김선영!
김양   내 이름 부르지 마. 너 같은 새끼가 부르라고 우리 아빠, 엄마가
        지어주신 이름 아니니까.

멍하니 서 있는 건달. 그때, 생수통 들어온다.

생수통   생수 왔습니다!

김양, 일어선다.

김양   어서 오세요.

건달	야, 앉아.
박양	(좋아라) 어머! 생수통 오빠! 저기 주방 쪽에 놓아 주세요!
생수통	네.

생수통, 생수를 들고 주방 쪽에 내려놓는다. 침묵을 깨고 건달이 무릎을 꿇고 말한다.

건달	내가 잘못했다. 우리 다시 시작하자. 나 지금도 널 사랑해. 네가 없는 난 단 하루도 살 수 없어. 난 널… 행복하게 해 줄 수 있어 나 능력 있는 거 알지. 너뿐만 아니라 네 아들까지도 내가 다 책임질 게.
김양	어쩌지? 난 널 더 이상 사랑하지 않는데?
건달	남부럽지 않게 해줄게.
김양	사랑하지 않는다고! 그리고 뭐? 우리 준영이도 행복하게 해준다고? 준영이가 뭘 좋아하는지 알긴 아니? 그깟 장난감 몇 개 사주고 놀이공원 몇 번 데려갔다고 준영이가 행복해할 것 같니? 준영이한테 정말 필요한 게 뭔지는 아니? 꺼져. 역겨우니까.

생수통, 장부 꺼내서 박양에게 내민다.

생수통	여기 사인해 주시면 됩니다.
박양	네네. 여기요. 호호.
건달	말 다했냐?
김양	아니! 마지막으로 부탁하는데… 내 앞에 다신 나타나지 마. 제발.

건달	너… 내가 이렇게까지 하는데 어떻게 나한테… 씨발 진짜.
김양	뭐? 씨발?
건달	그래. 씨발! 뭐? 뭐!
김양	그렇지. 그게 너야. 네 본모습이 어디 가겠어? 그래서 넌 안 돼.
건달	씨발! 다방에서 레지나 하는 주제에… 미친년이 좀 좋아해 주니까 아주….

김양, 테이블에 있던 물컵의 물을 건달의 얼굴에 확 부어 버린다.

김양	당장 꺼져! 이 깡패 새끼야! 내가 한 번 속지 두 번 속을 줄 알아? 꺼지라고! 이 쓰레기 같은 새끼야!

건달, 김양의 머리채를 잡아채고 김양을 때리려고 한다.

건달	야, 너 요새 안 맞았더니 내가 누군지 까먹었지. 오냐오냐 해 주니까 이게….

김양과 흐양, 비명 지른다. 생수통, 달려들어 건달을 뒤에서 붙잡는다.

건달	뭐야? 이거 안 놔? 씨발! 놓으라고!

생수통과 건달의 싸움으로 번진다.

흐양	박양아, 경찰에 신고해. 빨리!

박양	알았어요!

건달, 분을 못 이겨 웃통을 벗는다. 문신이 온몸에 있는데 문신도 엉성하고 몸매도 초라하다. 본인도 그걸 느꼈는지 다시 바로 웃옷을 입는다.

건달	아오, 진짜 내가… 너 뭐야? 너 기둥서방이야? 네가 뭔데 끼어들어? 아무 상관 없는 새끼는 빠지라고!
생수통	이 여자! 내 여자야!
건달	뭐?
박양	네?
흐양	와우.
생수통	이 여자! 김선영! 내가 사랑하는 여자라고!

건달, 실실거리며 웃는다.

건달	와. 이게 지금… 어이가 없네. 선영아. 진짜냐? 그새 이 새끼랑 눈 맞은 거야? 어? 아하, 그래서 그랬구나? 이년 이거 완전 걸레 같은 년이네.
생수통	뭐?
건달	왜? 너 내가 누군지 알아?
생수통	누군데?
박양	(통화) 거기 경찰서죠? 여기 궁전다방인데요.
건달	나 수유리파 쌍방울이야!
박양	(통화) 여기 수유리파 쌍방울이 행패를 부리고 있어요!

건달	(박양에게) 너 전화 안 끊어?
박양	빨리 와주세요! (재빨리 끊는다.)
건달	이 쌍년들! (품속에서 칼 꺼내며) 오늘 다 죽여 버린다.
흐양	꺅!
생수통	어이, 쌍방울! 너 수유리파였어?
건달	왜? 어디서 들어는 봤냐?
생수통	너 서초동파 알지?
건달	서초동파? 알지.
생수통	그럼 서초동파 생수통도 알겠네.
건달	생수통? 전설의 생수통?
생수통	전설의 생수통이라…. 그렇게 부르는구나.
건달	근데? 그게 뭔 상관….
생수통	그게 나야.
건달	(깜짝 놀라) 1989년! 강남 스탠드바 조폭사건 때 약관의 나이로 혼자서 10명을 때려눕혔다는 전설의 생수통이 너라고? 이럴 수가! 몰라봐서 죄송합니다! (돌변) 라고 할 줄 알았냐? 생수 들고 "생수 왔어요!" 하면 다 생수통이냐? 이건 뭐 개나 소나 다 생수통이래. 덤벼 봐, 새끼야. 네가 진짜 생수통인지 아닌지는 붙어 보면 바로 뽀록날 테니까! 만약 너 생수통 아니면 오늘 제삿날 되는 거야. 알겠냐?

건달, 생수통에게 넘빈다. 단숨에 팔을 꺾어 제압하는 생수통.

| 건달 | 아! 놔! 안 놔? |

생수통, 건달을 놓아준다. 다시 덤비는 건달과 생수통의 격투.

건달 쓰러진다.

건달   싸움 좀 하네? 하지만 네가 진짜 생수통일 리는 없지. 생수통은 그
      사건 때문에 경찰의 수사망을 피해 홍콩으로 도망갔거든. 하하.

생수통 작년에 다시 들어왔어. 소문나면 여기저기서 귀찮게 할까 봐 혼
      자 조용히 들어왔지. 참, 휘발유 형님은 잘 계시나?

건달   (걱정스럽게) 아유, 간경화 증세가 악화되서 요즘 어찌나 힘들어
      하시는지… (정신 차리고 돌변) 그건 왜 물어! 휘발유 형님을 안다고
      네가 생수통이란 증거는 없어! (갑자기) 잠깐만. 삐삐. (삐삐 꺼내 확인
      하는 척) 뭐? 828253? 빨리빨리 가야겠네. 너 오늘 운 좋은 줄 알아
      라.

생수통 삐삐 온 거 맞아?

건달   그래. 이거 광역삐삐라서 지하에서도 굉장히 잘 터져.

생수통 아무 소리도 안 났는데?

건달   진동으로 해 놨어!

생수통 삐삐 줘봐. 맞나 확인해 보게.

건달   (화제 돌리려는 듯 소란스럽게) 아 맞다! 맞다! 맞다! (김양에게) 너 그 핸드
      폰 내놔.

김양, 핸드폰을 건네주는 척하다 바닥에 떨어뜨린다.

핸드폰 깨진다.

건달   어? 내 핸드폰.

김양   (부서진 핸드폰을 건달한테 던지며) 여기. 됐냐?

건달   액정 깨졌잖아. 나도 아직 삐삐 쓰는데… 그리고 너 생수통! 아니, 생수통 사칭하는 새끼! 다음에 걸리면 죽을 줄 알아!

건달, 퇴장한다.

흐양   (멀리 내다보며) 갔어요. 쟤 쫄아서 간 거예요. 진동 안 왔어요.

박양   생수통 오빠! 어디 다친 데 없어요? 웬일이야 정말.

흐양   괜찮으세요?

생수통   네. 괜찮습니다.

김양   (박양에게) 진짜 경찰에 전화한 거야?

흐양   아니지. 쇼한 거지. 딱 봐도 보이는데.

박양   역시 우리 흐양 눈치 빨라.

김양   마담 언니한테는 비밀로 해줘. 괜히 걱정하실라.

박양   (생수통에게) 근데 오빠, 진짜 조폭이었어? 뭐? 서초동파 생수통? 진짜 오빠에요?

생수통   아니에요. 어디서 주워들은 얘기예요. 그런 사람이 있었다고.

박양   그렇죠? 이렇게 반듯하고 매너 좋은 분을 그런 조폭들이랑 비교하다니! 죄송해요.

김양   박양아, 마담 언니 곧 오시겠다. 음악 틀고 장사 준비하자.

박양   네네.

박양, 카운터로 음악을 고르러 간다.

흐양	신나는 거, 쿨 듣자. 쿨!
박양	오케이! 생수통 오빠, 잠깐 앉아서 커피 한잔하고 가요.
흐양	제가 타 드릴게요.
생수통	아니, 또 다음 배달이⋯.
흐양	앉으세요!

흐양, 생수통을 강제로 앉히고 주방으로 간다. 생수통, 김양과 마주앉게 된다.

김양	저⋯ 감사합니다.
생수통	아닙니다. 괜찮으세요?
김양	네.
박양	아까 진짜 멋있었어요. (흉내) 이 여자, 김선영! 내가 사랑하는 여자라고! 꺄아!
흐양	순간적으로 나 진짜라고 믿었잖아. 어우, 지금도 설레어. 콩닥콩닥.
박양	오빠, 순발력 진짜 좋으시다. 어떻게 바로 그 순간에 딱⋯.
생수통	진짭니다.
김양	네?
생수통	진심입니다. 저 진짜로 선영 씨 좋아해요.
흐양	에이.
박양	장난치지 마세요. 수통 오빠⋯.
생수통	아니요. 장난 아닙니다. 곧 정식으로 고백하려 했는데⋯ 이제 더 이상 제 마음 숨기고 싶지 않습니다. 작년에 생수통 배달을 시작

하면서 선영 씨를 처음 보고 단 한순간도 제 머릿속에서 떠난 적이 없습니다. 더 이상 혼자 끙끙대기 싫습니다. 제가 행복하게 해 드리겠습니다. 저 선영씨 사랑합니다.

모두 그 자리에 굳어 버린다. 동시에 박양이 고른 음악이 흘러나온다. 쿨의 〈작은 기다림〉

박양   젠장.

이양이 등장해 관객에게 말하는 동안 모두 퇴장한다.

이양   그렇게 누군가는 새로운 사랑을 시작했고, 누군가는 사랑을 놓쳐 버렸습니다. 궁전 나라 김공주가 생수 나라 생왕자님을 드디어 만나게 된 거죠. 좋겠다! 연애 밭에 풍덩 빠져 버렸네. 아, 누구는 연애 한번 하기도 힘든데 이렇게 잘 사귀는 사람들, 주위에 꼭 있어. 그죠? 저요? 저도 연애 몇 번 해 봤어요. 진짜예요. 제 얘기 해 드려요? 두 번째 이야기, 병장과 이등병.

2장 - 병장과 이등병

마담이 등장한다.

차마담	이양아, 너 혼자서 뭐하니. 불 꺼 놓고.
이양	불이요?
차마담	불 켜! 가뜩이나 지하라 답답해 죽겠는데 불 꺼 놓고 뭐하는 거야? 천장에서 자꾸 물소리도 나고 짜증 나 죽겠는데!
이양	아니에요. 그게 아니라 금붕어 먹이 주고 있었어요.

차마담, 객석 쪽으로 다가와 관객을 바라본다.

차마담	(관객을 보고 흐뭇한 표정 지으며) 이 녀석들 많이 컸지? 이쪽 벽을 어항으로 가득 채우길 잘했어. 이 아이들이 있으니까 다방이 고급스러워 보이잖아. 그렇지?
이양	네, 궁에 가면 잉어들 막 있잖아요. 그런 거 같아요.
차마담	어머, 그러네. (금붕어 먹이 뿌리는 시늉) 자, 많이 먹고 무럭무럭 자라라!
이양	언니, 그런데 일찍 오셨네요?
차마담	길게 들을 것도 없더라고.
이양	담임이 왜 보자는 건데요? 연희가 또 사고 쳤어요?
차마담	아니, 진학상담. 이러다 대학 못 간다고. 차라리 미용기술이나 제빵 기술 이런 거 배워 보는 게 어떠냐고 그러더라.
이양	좋죠! 그런 자격증 하나 있으면 먹고 살 순 있잖아요. 그럼 우리 다방도 빵 팔 수 있는 건가. 바쁘겠는데.
차마담	이양아, 장난하니? 그래도 시도는 해 봐야지. 지금 아니면 언제 또 이렇게 공부하겠어? 안 되겠다. 강제로 시키는 수밖에.
이양	지금까지도 안 한 공부를 이제 시킨다고 하겠어요?

차마담	그래, 그러면 되겠다!
이양	뭐가?
차마담	박양이 대학생이잖아. 박양한테 우리 연희 좀 가르치라고 하면 되겠네!
이양	언니! 박양 학교 다니면서 일하는 것도 힘들어하는데 연희까지 가르치라고? 그리고! 여기서 일 끝나면 밤 9신데 언제 가르쳐?
차마담	여기서 낮에 손님 없을 때 틈틈이 가르치면 되지!
이양	여기서?
차마담	내가 사장인데 안 될 게 뭐 있어!

그때, 흐양이 울먹이며 들어온다. 한 손에 커피 보자기를 들고.

이양	흐양아, 너 왜 그래?
차마담	무슨 일 있었어?
흐양	(서툰 한국말로) 배달시킨 군인이 티켓 끊어달라고….
차마담	뭐? 이 쌍놈의 새끼! 내가 노래방으로 배달시킬 때부터 왠지 꺼림칙하다 했어! 그래서 뭐라고 했어?
흐양	우린 그런 거, 안 한다고 얘기했는데도 계속….
이양	계속 엉겨 붙어?
흐양	껴안고 뽀뽀하려고 그래서 밀치고 겨우 도망 나왔어요.
차마담	그 새끼, 어디 있어? 노래방? 새파랗게 어린놈들이 누나들을 희롱하고 말이야. 못된 것만 배워가지고….

모두 멈춘다.

이양	(관객에게) 네, 그렇습니다. 90년대 들어서서 첨단 인테리어로 무장한 커피숍들이 생겨나면서 다방은 도심의 변두리와 중소도시 농어촌 지역을 전전하게 됩니다. 결국 일부 다방들은 살기 위한 몸부림으로 '티켓다방'이란 퇴폐화의 길을 걷게 되기도 하구요. 우리 궁전다방도 변두리로 밀려나긴 했지만 마담 언니는 굳건히 다방의 정통성을 지키겠다고 다짐을 하고….

모두 다시 움직인다.

차마담	흐양아, 앞장 서!
이양	우리 마담 언니 또 흥분했다.
흐양	언니! 전 괜찮아요. 참으세요.
차마담	됐어. 말리지 마.

그때, 병장 계급장을 단 군인이 등장한다.

차마담	깜짝이야. (병장을 보고) 오, 너냐? 네가 우리 흐양을 희롱했냐?
병장	희롱이요?
차마담	(멱살을 잡고) 그래, 이 자식아! 여기가 어디라고 따라 들어와?
병장	왜 이래요? 아줌마.
차마담	아줌마?
흐양	언니, 이 사람 아니에요.
차마담	아니긴 뭐가 아니야!
이양	(병장을 알아보고 마담에게) 심 병장이네. 자주 왔었잖아. 언니, 기억

안 나?

차마담   환영합니다. 기억나요. 이양아 안내해 드려.

이양   네에! 심병장. 이쪽으로 와.

병장, 이양과 함께 테이블에 앉는다.

이양   뭐 마실래?

병장   저, 커피 한 잔 주세요. 다방커피.

흐양   제가 타드릴게요. 언니는?

이양   (병장에게) 나도 사줄 거지?

병장   그럼요.

이양   난 홍차.

흐양   커피 하나 홍차 둘 접수.

병장   네?

흐양   나도 먹자 새끼야.

흐양, 주방에서 커피랑 홍차를 준비한다.

병장   뭐야.

이양   (말리는 듯) 한국말이 서툴러서 그래. 혼자 왔어?

병장   아니요. 한 명 더 올 거예요. 휴가 복귀하는 길이에요.

이양   아하, 같이 복귀하기로 했구나?

병장   예, 짜증 나요. 제 부사순데, 이등병이라서 복귀 안 할지도 모른
다고 같이 들어오래잖아요.

이양	무슨 휴가?
병장	말년휴가요. 저 다음 주에 제대해요. 저번에 말했는데.
이양	어머, 정말? 와, 축하해. 좋겠다!
병장	그래서 제 부사수한테 요즘 인수인계하는 중인데, 이 새끼, 얼마 전에 입대해서 완전 어리바리 골통이에요. 아, 그 새끼 때문에 요즘 골치 아파 죽겠어요. 곧 올 거예요.
이양	어떻게 골통인데?
병장	유학 갔다 온답시고 늦게 입대해서 나이는 엄청 많은데 말귀를 못 알아듣는 거예요. 제가 군수과잖아요. 워드 치는 것도 독수리 타법에, 한참 설명해도 "잘 못 들었습니다!", "잘 못 들었습니다!" 아유, 진짜 완전 고문관이에요, 고문관.
이양	고문관?
병장	아, 왜 그 있잖아요. 문제 사병.
이양	몇 살인데?
병장	스물일곱인가?
이양	나랑 동갑이네. 늦게 들어가서 힘들겠다.
병장	근데 누나, 전에도 생각한 건데 누나 진짜 동안인 거 같아요. 어디 가면 어려 보인단 말 많이 듣죠?
이양	뭐, 좀….
병장	남자친구 아직 없어요?
이양	없어.
병장	그럼 나랑 사귈래요?
이양	뭐?
병장	나 제대하면 바로 복학해서 1년만 다니면 졸업해요. 우리 아버지

가 사업하시는 거, 제가 물려받는다고 말했죠? 저랑 사귀면 누나 이런 데서 일 안 하고 평생 놀고먹게 해드릴게요. 어때요?

이양   야, 나 연하랑은 안 사귀어. 너 지금 몇 살이지?

병장   스물셋이요.

이양   네 살 차이나 나네. 내가 너무 많아. 안 돼.

병장   네 살 차이가 뭐가 많아요. 나, 위로 여덟 살까지 사귀어 봤는데!

이양   아 됐어. 복학하면 어리고 예쁜 후배들 많을 텐데 걔네랑 놀아.

병장   아 싫어요. 누나가 완전 제 스타일이란 말이에요.

흐양, 커피랑 홍차 가지고 온다.

흐양   커피 나왔습니다.

이양   고마워. 아, 얘 어떠니? 스물다섯인데. 예쁘지?

병장   아, 누나. 진짜 이럴 거예요? (얼굴 보고 코웃음) 아니잖아요.

흐양   (서툰 말로) 나도 너 싫어 새끼야. 못 생긴 게.

흐양, 홱 돌아서서 간다.

이양   하하.

병장   뭐야.

여고생, 교복을 입고 가방을 들고 들어온다. 한쪽 볼에 반창고를 했다.

여고생   나 왔어.

차마담	너 이 시간에 왜 와? 또 땡땡이쳤어? (여고생의 얼굴을 보고) 너 얼굴 왜 이래?
여고생	괜찮아. 체육시간에 놀다가 살짝 긁혔어.
차마담	살짝 긁힌 정도가 아닌 거 같은데? 봐봐.
여고생	괜찮다니까.
차마담	너 또 싸웠냐? 넌 무슨 여자애가 허구한 날 싸움질이야?
여고생	나, 물이나 한 잔 줘.
흐양	내가 줄게요.
차마담	아이고, 내가 못 살아 증말. 아까 니네 담임선생님 만났다.
여고생	왜?
차마담	너 이러다 대학 못 간대.
여고생	그까짓 대학 안 가면 그만이지.
차마담	그럼 뭐할 건데.
여고생	엄마 나 말할 거 있어.
차마담	뭔데?
여고생	나 이종격투기 배워.
차마담	뭐? 이종 뭐?
흐양	우와.
여고생	이종격투기. 배운 지 2주 됐어. 수강료는 내가 알아서 낼 테니까 말리지 마.
차마담	이종… 그게 뭐냐?
이양	치고받고 싸우는 거 있어요. 복싱 같은 건데 발로 차고 꺾고….
차마담	너 그럼 그거 하다가 얼굴 그런 거야?
여고생	나 소질 있대. 웬만한 남자들보다 잘한대.

차마담   환장하겠네.

여고생   엄만 꿈이 뭐였어? 다방 마담이 꿈이었어?

차마담   몰라 이년아. 갑자기 웬 꿈 타령이야?

여고생   나도 내 인생이 있어. 내 인생을 위해 내가 하고 싶은 거 선택할 수 있는 나이라구.

차마담   치고박고 싸우는 게 꿈이야? 그거 해서 먹고 살 수나 있어?

여고생   엄마. 사람이 먹고살기 위해 사는 거라면 산다는 게 무슨 의미가 있어? 개, 돼지랑 다를 게 뭐가 있냐구.

차마담   제대로 먹고살지도 못하면 개, 돼지 되는 거야. 맹추야.

여고생   돈은 먹고살 만큼만 벌면 돼. 그 정도는 뭘 해도 벌 수 있어. 그리고 이종격투기 선수 되면 경기 한 번 할 때마다 출전료 나와.

차마담   그럼 일단 대학 가. 대학 가면 네가 뭘 하든지 안 말릴게.

여고생   좋아. 그럼 내가 가고 싶은 과 갈게.

차마담   무슨 과.

여고생   이종격투기 학과.

차마담   그런 과가 있어?

여고생   있어.

차마담   미치겠네.

여고생   됐지? 얘기 끝.

여고생, 퇴장한다. 차마담 따라나가며.

차마담   야, 너 이리 안 와? 난 얘기 안 끝났어! 이연희!

이양   에휴, 우리 마담 언니 속 좀 끓겠네. 흐앙아, 오늘 조심해라. 고래

싸움에 새우등 터질라.

흐양　오케바리.

이양　저년 저거 한국인 다 됐네. 오케바리는 콩클리쉬 아냐?

흐양　모르겠는디요.

이양　아쭈. 사투리까지.

병장　누나.

이양　응?

병장　누난 꿈이 뭐였어요?

이양　갑자기 꿈은 왜 물어?

병장　고삐리 여자애가 꿈 얘길 하길래.

이양　나는… (쓸쓸한 듯) 내 꿈이 뭐였더라.

병장　멋진 남자 만나서 시집가는 거?

이양　아니. 난… 배우가 되고 싶었지.

병장　와, 잘 어울려요. 누난 연예인처럼 예쁘니까.

이양　고맙다.

병장　그러고 보니 누구 닮은 거 같은데?

이양　누구?

병장　글쎄요. 아, 그 왜… 아… 이름이 생각 안 나네. 요즘 티비 나오고 생머린데.

이양　김희선?

병장　아니에요. 아 이름이 생각이 안 나네.

이양　그런 소리 가끔 들어. 누구 닮았다. 누구 닮았다. 그럼 뭐해. 지금은 다 포기했는데.

병장　왜요?

이양	사기 당했거든. 연예기획사에서 데뷔시켜 준다고 돈 가져오라고 해서 갖다줬더니 들고튀었어. 부모님이 뼈 빠지게 벌어서 모아 주신 건데.
병장	아, 그랬구나.
이양	그 바람에 우리 집 말아먹고, 엄마 돌아가시고, 첫사랑이랑 헤어지고… 생각하기도 싫다.
병장	그게 몇 살 땐데요?
이양	스무 살 때.
병장	누나.
이양	응?
병장	우리 삼촌이 그쪽에 있는데 소개시켜 줄까요?
이양	됐다. 이 나이에 무슨.
병장	왜요? 아직 창창한데.
이양	네 걱정이나 해. 넌 아버지 사업 물려받는다고?
병장	네.
이양	그럼 원래 꿈이 사업가였어?
병장	아니요. 전 꿈 같은 거 없어요.
이양	왜?
병장	이 나라에서 꿈은 무슨. 그냥 적당히 먹고 살면 되는 거죠. 아, 있다. 초등학교 다닐 때, 임대업자 되는 게 꿈이었어요.
이양	임대업자?
병장	네. 땅이랑 건물 많이 갖고 임대업으로 먹고사는 거죠. 월세 꼬박꼬박 들어오잖아요. 일 안 하고 그냥 가만히 앉아서 놀고먹는 거죠.

이양	초등학생 꿈이 임대업이라니. 아이구야.
병장	그런데 지금은 새로운 꿈을 꾸고 있어요.
이양	뭔데?
병장	누나랑 결혼하는 거요.
이양	잘 나불대네. 멘트 쩐다. 쩔어.
병장	우와, 손님한테 나불댄다니! 여기 서비스가 엉망이네.
이양	너 나이트 가서 여자 이런 식으로 꼬시지?
병장	누나, 나 인기 장난 아니에요. 나이트 가서 룸에 앉아 있으면 여자애들 진짜 줄 서요.
이양	그럼 걔네랑 놀아.
병장	그런 애들 열 트럭 갖다줘도 누나랑 안 바꿔. 진짜예요!

여고생 들어오고 차마담 따라서 들어온다.

여고생	딱 5분 만이야!
차마담	알았어. 흐양아, 나 시원한 냉커피 한 잔 줘.
흐양	네.
여고생	난 아이스티.

흐양, 커피 타러 가려는데 이양이 일어서며

이양	내가 도와줄게. (병장에게) 잠깐만.

병장도 벌떡 일어난다.

병장	누나 나 싫어요?
차마담	뭐?
병장	좋아. 그럼 나랑 한 달만 사귀자!
여고생	얼쑤.
이양	(차마담에게) 얘, 장난치는 거예요. 신경 쓰지 마세요. 호호.
병장	나 장난 아니에요. 아직도 모르겠어요? 내가 왜 외출, 휴가 때마다 여기 오는지? 나, 누나 사랑해요.
차마담	아이쿠야.
여고생	난리 났네.

이등병, 두리번거리며 들어온다. 흐양이 인사하는데.

흐양	어서오….

이등병, 병장을 보고 큰 소리로 경례한다.

이등병	충성!
차마담	어우, 시끄러! 여기선 조용히 좀 해!
병장	조용히 해 새끼야. 일로 와.

이등병, 병장 쪽으로 오는데 이양을 보고 멈칫한다. 이양, 이등병을 보고 깜짝 놀라 멍하니 바라본다.

병장	뭐해? 앉아.

이등병   예, 알겠습니다!

이등병, 병장 옆에 앉는다.

병장   얘예요. 아까 말한 그 고문관. 야 탈모.

이등병   탈모!

병장   야 너 두발 정리 안 하냐? 이등병이 병장보다 길어. 야 너 대답 안
        하냐?

이등병   이병! 박경태!

병장   조용히 하라구. 아, 이 새끼, 눈치 진짜 없네. 밖에선 적당히 하라
        니까.

이등병   (크게) 예! 알겠….

병장   야.

이등병   (작게) 예, 알겠습니다.

병장   너 여기는 처음 와 보지?

이등병   (작게) 예, 그렇습니다.

병장   인사해. 여기는 나랑 결혼할 형수님.

이등병   ….

병장   뭐 해? 인사하라니까.

이등병   안녕하십니까.

병장   어때요? 딱 보기에도 어리바리하죠? 내가 이 새끼 때문에 군수과
        장한테….

이양   오랜만이네.

잠시 정적.

병장　뭐야. 아는 사이에요?

이양　심병장. 잠깐 자리 좀 비켜 줄래?

병장　뭐야. 어이없네. 이 새끼랑 어떻게 아는데요?

이양　잠깐이면 돼.

병장　(이등병 뒤통수를 치며) 야.

이등병　….

병장　어쭈, 관등성명 안 대? (뒤통수 더 세게 치며) 야, 박경태!

이등병　(그제야) 이병, 박경태.

병장　너 내 여자랑 어떻게 아는 사이야? 어?

이양　내가 왜 네 여자야?

병장　누나 잠깐만요. 야, 박경태.

이등병　….

병장　(뒤통수 또 치며) 씨발! 대답 안 해?

이양　(버럭) 좀 비켜달라고!

병장　누나 지금 나한테 소리질렀… 아놔. 진짜.

병장, 나가려다 돌아서서.

병장　누나, 나 누나한테 방금 프러포즈한 거 알죠? 나 아직 대답 못 들었는데. 아냐, 이따 다시 얘기해요.

병장, 어이없다는 듯 씩씩대며 군복 주머니에서 담배 꺼내 들고 나간다. 이양과 이등병, 한동안 말이 없다.

이양　　여기서 이렇게 만나네. 7년 만이지?

이등병　…．

이양　　유학 가서 좋았어? 연락도 끊고 편지 답장도 안 하고. 한 백 통은
　　　　보낸 거 같은데 읽어는 봤니?

이등병　여기서 일해?

이양　　왜? 이상해?

이등병　부모님은?

이양　　엄마는 그때 쓰러지셔서 몇 년 후에 돌아가시고, 아버지는 지방
　　　　에 계셔.

이등병　미안하다.

이양　　됐어. 그런 말 듣고 싶지 않아.

이등병　알잖아. 우리 부모님 반대 심했던 거. 나도 가기 싫었어.

이양　　가끔 그런 생각 했어. 만약 내가 사기 안 당하고 배우로 잘 됐으
　　　　면 너랑 어떻게 됐을까? 과연 네가 한마디 말도 없이, 어느 날 갑
　　　　자기! 그렇게 미국으로 훌쩍 떠났을까?

이등병　그런 건 나한테 중요하지 않아.

이양　　넌 중요하지 않았을지 모르지만, 너희 부모님은 중요했겠지.

이등병　나도 힘들었어.

이양　　그렇게 너 갑자기 사라지고 내가 그동안 어떻게 살았는지 알아?

이등병　나도 네 생각 많이 했어. 하지만….

이양　　그럼 답장 한 통이라도 보냈어야지! 부모님이 아무리 반대하셨
　　　　어도 그 정도는 할 수 있는 거 아니야?

이등병	난 네 편지 한 통도 읽지 못했어!
이양	뭐?
이등병	부모님이 날 기숙사로 보냈어. 네가 집으로 편지를 보냈다는 사실을 한참 후에야 알게 됐어. 그래서 그제야 답장을 보냈는데….
이양	이사 갔지. 그게 언젠데… 아….
이등병	지금처럼 삐삐라도 있었으면 어떻게든 너랑 통화할 수 있었을 텐데… 연락할 방법이 없었어. 그래서 난… 너도 날 잊었을 거라 생각하고….

병장, 들어온다.

병장	(웃으며) 누나, 내가 담배 피우다가 진짜 웃긴 생각났어. 들어봐. 둘이 커플인거야. 근데 비운의 커플인거지 7년 만에 만나고 편지 엇갈리고 드라마처럼….

사이.

병장	(눈치 보고) 뭐야, 진짜야? 진짜 둘이 사귄 사이야?
이양	….
병장	야, 박경태.
이등병	(작게) 이병 박경태.
병장	관등성명 똑바로 안 대? 박경태.
이등병	(조금 크게) 이병 박경태.
병장	더 크게 새끼야!

이등병	(악에 바쳐) 이병! 박경태!
병장	너 지금 개기냐? 씨발놈아.
여고생	아 진짜 그만 좀 하시지!
병장	고삐리 넌 뭐야?
차마담	내 딸이다! 이 새끼야!
병장	(이등병에게) 야, 너 밖으로 나와. 너 오늘 뒤졌어.
이양	우리 얘기 아직 안 끝났어.
병장	우리? 아오! 야마도네 진짜! 이 고문관 새끼랑 진짜 그렇고 그런 사이였어?
이양	이 새끼, 저 새끼 하지 마. 너보다 네 살이나 형이야!
병장	여긴 군대야! 난 이 새끼, 사수라고! 지금 이 새끼 편드는 거야? 뭐, 둘이 떡이라도 쳤냐?

이등병, 병장의 멱살을 잡고 한 손을 번쩍 치켜들었다가 멈춰서 부르르 떤다.

| 병장 | 어쭈, 너 지금 미쳤냐? 이러다 한 대 치겠다? 쳐 봐. 치면 어떻게 되는지 알지? 영창 가서 인생 조지는 거야. 쳐 봐. 쳐 보라고! |

갑자기 날아 차기로 병장을 날려 버리는 여고생.

| 여고생 | 난 영창 안 가도 되겠지? 난 민간인이니까. |

병장, 비틀거리며 일어나 여고생에게 덤빈다.

| 병장 | 이 고삐리년이 뒤질라고! |

여고생, 병장의 주먹을 가볍게 피하고 그대로 카운터 펀치!
병장, 그대로 기절.

| 여고생 | 찌질하다. 사내새끼가. 얘기, 마저 하세요. |

이양, 이등병에게 다가가 앞에 선다.

이양	복귀 몇 시까지야?
이등병	여덟시.
이양	아직 세 시간 남았네. 소주 한잔하자. 나와.

이양, 먼저 나가고 이등병, 차 마담에게 인사 꾸벅하더니 따라나선다.

차마담	쟤 퇴근 한 거니? 말도 없이?
여고생	엄마, 언니들한테 너무 오냐오냐해 주는 거 아냐?
차마담	(여고생의 머리끄덩이를 잡고) 너나 잘해 이년아!
여고생	아아! 아파!
차마담	너 이종격투긴지 삼종격투긴지 진짜 할 거야?
여고생	대학 가면 맘대로 하게 해 준다며? 이종격투기 학과 가면 될 거 아냐! 5분 지났어.

여고생, 퇴장한다.

차마담	진짜 그런 과가 있어? 너 뻥치는 거지?
여고생	(밖에서) 아, 진짜 있어!

흐양, 관객에게 말한다.

흐양	사랑은 흘러가는 구름 같은 것. 잡힐 듯 잡히지 않고 보일 듯 보이지 않는. 두 사람 보니까 난 그 사람이 또 생각났지 뭐야. 내 사랑, 영남 씨! 영남 씨도 분명 어딘가에 있을 텐데…. 혹시 내가 그를 찾는 것처럼 그도 나를 찾고 있는 건 아닐까?
병장	혹시 경남이나 경북 쪽에 있지 않을까요? 영남 씨니까 경남, 경북….
흐양	이 분위기 어쩔?
병장	죄송합니다. 근데 누구한테 말하는 거예요?
흐양	금붕어들이요.
병장	아하, 금붕어들이 말을 알아들어요?
흐양	깼으면 나가시죠.
병장	예?
흐양	정신 차렸으면 꺼지라구.
병장	아, 예. (나가면서 궁시렁궁시렁대며) 내 역할이 완전 악역이라 참… 괜히 미움만 사구, 호응도 없구. 베트남 여자한테 개무시당하구…. 진짜, 못 생긴 게.
흐양	야! 너 일루 와! 야!

병장, 퇴장한다.

흐양	(상냥하게) 아무튼, 애들아. (금붕어에게 먹이 주는 시늉) 난 그렇단다. 영남 씨를 믿어. 반드시! 이 연극이 끝나기 전에 꼭 만날 수 있을 거라고! 참, 근데 너희들, 마담 언니 남편은 누군지 궁금하지 않니? (관객 중에 누가 대답하면) 어? 금붕어가 말을 하네? 환청인가? 그럼 지금부터 내가 마담 언니 남편 얘기를 살짝 해 줄게. 아주 살짝. 그게 이 연극의 세 번째 이야긴데 듣기 싫으면 바로 마지막 이야기로 넘어가고. 어떻게… 넘어가? 들어? (관객 또 말하면) 와, 금붕어가 떼로 말해. 자, 세 번째 이야기는 짧으니까 잘 들어 봐. 정말 짧아. 그러니까 2년 전에 있었던 일이지. 세 번째 이야기, 마담과 폐병쟁이.

3장 - 마담과 폐병쟁이

폐병쟁이, 기침을 하며 등장한다. 콜록콜록!

흐양	마담 언니의 남편. 이름은 이순태. 시인. 담배를 엄청나게 사랑하는 애연가. 손에서 담배가 떠날 날이 없음. 사실, 실제로 계속 담배를 피우고 있어야 하나 요즘 세상에 좁은 실내에서 담배를 피우는 것은 관객분들이 싫어하시니 연기가 자욱하고 담배 쩐내가 이 극장을 가득 채우고 있다고 각자 상상하면서 봐 주시길 바람. (냄새나는 듯) 아우, 답답해. 연기, 콜록콜록.

폐병쟁이, 담배에 불도 안 붙이고 열심히 담배 피우는 연기를 한다.

흐양   지금도 열심히 담배를 피우는 중.

흐양, 퇴장한다. 폐병쟁이, 기침도 하며 열심히 글을 쓰고 있다.

폐병쟁이   됐어! 드디어 완성했어! 나의 이백팔십네 번째 시! 제목 '잃어버린 수업!' 이 시를 통해 이 나라의 썩어 빠진 교육제도를 향해 날카로운 비판의 칼날을 들이대는 거야! 공교육 대신 사교육이 판을 치고! 선생들의 권위는 바닥까지 추락하고! 학교폭력! 왕따! 입시전쟁! 정답은 하나라고 가르치는 천편일률적인 교육! 이렇게 가다간 역사조차 자신의 안위를 걱정하고 포장하는 정치가들에 의해 하나의 사실로만 기록되고 기억되길 강요당하게 될 거야! 사람을 알고, 사람을 믿고, 사람을 사랑하기보다는 나만 잘살면 된다, 이 경쟁에서 살아남아야 한다, 좋은 대학 가고 좋은 직장 취직해서 돈만 많이 벌면 성공한 인생이라는 가치관을 강제로 주입하는 이 나라의 교육제도! 정말 섬뜩하고 소름이 끼치지. 그래, 이제 이 시를 세상에 내놓는 거야. 백 년의 역사를 관통하고 천 년의 역사를 예견하는 위대한 역작이 탄생한 거야! 하하하하!

차마담, 등장한다. 자욱한 담배 연기에 인상 쓰며 손을 휘젓는다.

차마담   담배 좀 밖에서 피라니까!

폐병쟁이	아니! 내 영감은 담배연기와 함께하지. 니코틴이 나의 뇌를 돌게 하고, 내 심장을 요동치게 해. 담배 없인 못 살아, 정말 못 살아.
차마담	그럼 나 없인 살 수 있지?
폐병쟁이	그건 말할 수 없어.
차마담	뭐야?
폐병쟁이	아니, 당신 없이도 못 살지. 당신은 내 생계를 책임져 주니까. 당신이 없다면 난 굶어 죽게 될 거야. 콜록콜록!
차마담	내가 미친년이지. 하고 많은 남자 중에 왜 내가 폐병쟁이 시인을 택해서. 어휴, 속 터져 증말.
폐병쟁이	난 당신의 선택을 강요하지 않았어. 분명히 당신 스스로 날 선택했지.
차마담	그래! 시 읊으며 담배 피우는 모습이 멋져 보여서 그랬다! 그러니까 내가 미친년이지. 내 눈에 뭐가 씌어서 돌아 버린 거야. 내가.
폐병쟁이	연희는 자?
차마담	안 그래도 연희 문제로 상의할 게 있어.
폐병쟁이	뭔데?
차마담	연희가 인문계 고등학교 안 가겠대. 여상 가겠대. 여상!
폐병쟁이	잘됐군.
차마담	뭐가 잘 돼?
폐병쟁이	공부는 스스로 하는 거야. 자기 스스로. 흥미 없으면 강요하지 말아야 해. 그건 지옥 속으로 자식을 떠미는 거나 마찬가지니까.
차마담	개소리하지 말고! 아니 요즘 세상에 대학을 안 나오는 게 말이 돼?
폐병쟁이	그런 어리석은 부모들의 생각들이 이 나라 교육을 개판으로 만

든 거야. 알겠어? (시를 쓴 원고를 들고 흔들며) 이게 뭔지 알아?

차마담　당신이 쓴 위대한 역작이겠지. 이백팔십네 번째 시!

폐병쟁이　빙고! 무한경쟁을 요구하는 한국 사회에 대한 경고지. 아무리 인
　　　　터넷이 발달하고 문명이 발달한다 해도 경쟁을 부추기는 각박한
　　　　사회분위기 속에서는 생존을 위해 저마다 할 일이 너무 많기 때
　　　　문에 마음을 터놓고 대화할 상대가 적어지고 관계가 도구적으로
　　　　변할 수밖에 없어. 이 같은 사회관계망의 붕괴는 결국 개인의 삶
　　　　의 질과 사회통합을 위협할 뿐이고! 내가 이러고 있을 때가 아니
　　　　지. 당장 출판사에 가야겠어. (밖으로 나가려고 준비하며) 여보, 이 시
　　　　만 발표되면… 어쩌면 더 이상 이 나라에서 추악한 꼴로 타락하
　　　　지 않을 수도 있어. 그럼 이 나라의 진정한 봄이 오는 거지. 그리
　　　　고 우리에게도 진정한 봄이 오겠고.

차마담　제발 그랬으면 좋겠네요.

폐병쟁이　당신은 여전히 귀여워. 나, 갔다 올게.

폐병쟁이 밖으로 향하는데.

차마담　제발 그만 좀 해! 도대체 그 시가 뭔데? 당신이 쓴 그 시 한 편이
　　　　이 세상을 바꿀 수 있다고? 진짜 그렇게 생각해? 그게 뭐라고 날
　　　　이렇게 힘들게 하니?

폐병쟁이　(나가려다 돌아서서) 이 시는 아직 세상 밖으로 나오지 못한 우리의
　　　　아이들을 위한 시야. 밝음과 순수함을 간직하고 세상의 추악함
　　　　에 물들지 않은 그들에게 이 시는 말하고 있지. 얘들아, 학교 안
　　　　이 전쟁터라면 학교 밖은 지옥이란다. 너희들에게 인생의 목표

는 경쟁이 아니라 성숙에 있음을 어떻게 말해줄 수 있을까. 그리고 마지막 구절에서 이렇게 말하지. 과연 이 꽃밭에서 피어나는 꽃들에게 희망이 있을까.

차마담   염병.

폐병쟁이, 차 마담을 한번 스윽 쳐다보고는 묵묵히 퇴장한다.
흐양, 들어온다.

흐양   염병. 그것이 마담 언니가 자신의 남편에게 한 마지막 말이었지. 폐병쟁이 시인께서는 출판사로 가는 길에 교통사고로 돌아가셨거든. 세상을 바꿔보겠다는 신념으로 쓴, 이백팔십네 번째 마지막 시가 적힌 원고를 손에 쥐고… 그렇게 그는 이 지옥 같은 세상을 떠난 거야. 마지막 네 번째 이야기. 왕자 따위 필요 없어.

4장 - 왕자 따위 필요 없어

박양이 여고생에게 공부를 가르쳐주고 있다. 다른 테이블에선 전당포가 흐양과 대화를 하고 있다.

박양   아니지. 그게 아니지! 여기서 이거를 빼고 이렇게, 이렇게… 모르겠어?

여고생   (끄덕끄덕) ….

박양	안다고? 모른다고?
여고생	몰라.
박양	미치겠네. 야, 너 고등학교 2학년이 이걸 모른다는 게 말이 돼? 이거 중2 수학이야.
여고생	나 중1 때부터 공부 끊었다니깐.
박양	이게 무슨 담배냐? 끊게?
여고생	수학 말고 다른 건 잘할 수 있어.
박양	그래도 절반은 맞춰야지. 10문제 중에 2개?
여고생	좀 풀어 볼라고 하다 그런 거지!
박양	그냥 찍어도 이거보단 낫겠다!
여고생	알았어. 그럼 수학은 그냥 찍는 걸로!
박양	(버럭) 야!
전당포	(깜짝) 에헤이, 깜짝이야.
여고생	언니, 성질 좀 죽여. 내가 좀 부족하긴 하지만 그래도 이렇게까지 나한테 뭐라고 하는 건 좀 아닌 것 같아. 솔직히 말해서 난 언니가 상담 좀 받아봐야 된다고 생각해.
박양	무슨 상담?
여고생	정신과 상담.

박양, 벌떡 일어나자 여고생 달아난다. 전당포 주위를 맴돌며 쫓고 쫓는다.

박양	너 거기 안 서?
여고생	봐. 이거 봐! 성질이 이렇게 더러우니까 남친이 없지!

박양	너 이년, 잡히기만 해 봐.
전당포	아이구, 정신 사나워서 원! 지금 뭐하는 거야!

박양, 여고생 목덜미를 잡는다.

여고생	아! 놔. 이거 놔라.
박양	잘 들어. 난 남친을 못 사귀는 게 아니라 안 사귀는 거야.
여고생	뻥치시네. 왜? 왜?
박양	시끄러. 일로 앉아.

박양, 여고생을 자리에 앉힌다.

박양	좋아. 수학은 접고 영어 해 보자.
여고생	오 마이 갓!
박양	영어책 꺼내.

여고생, 하기 싫어 죽겠다는 표정으로 책가방을 뒤적거린다.

전당포	(박양에게) 박양아! 아니, 다방에서 뭔 놈의 공부야. 공부는! 분위기 도 칙칙한데 신나는 뽕짝이나 한 곡 걸쭉하게….
박양	(매섭게) 지금 공부하는 거 안 보여요?
전당포	아니, 보이긴 하는데… (주눅 들어서) 나도 눈 있어. 그게 왜 안 보이 겠어.
흐양	사장님, 가만있으라니깐. 으이그….

이양, 배달 다녀온다. 손에 보자기를 들고 있다.

이양의 표정이 어둡다.

박양   언니 왔어? 근데 표정이 왜 그래?

여고생   (이양을 보고) 군인 남친이랑 또 싸웠겠지 뭐.

이양, 의자에 털썩 앉아 울기 시작한다.

흐양   언니, 왜 그래?

박양   말해 봐. 무슨 일인데 그래?

흐양   (이양에게 다가가) 언니, 경태 씨 만나러 갔던 거 아냐?

이양   위병소에 배달 갔는데… 글쎄, 경태 씨가 이제 그만 오라고….

박양   뭐? 왜?

이양   자기 제대하면 또 미국으로 바로 가게 됐다고….

여고생   헉! 쓰레기네.

흐양   이 시발새끼. 병장 달았다고 우리가 축하파티까지 해 줬더니.

여고생   흐양 언니, 욕 발음 좋다. 퍼펙.

흐양   괜찮아? 네가 가르쳐준 대로.

여고생   (엄지 척) 나이스 샷.

흐양   쌩큐.

여고생   웰컴 투 코리아.

박양   아 시끄럽고, 물 한 잔!

흐양   네. 지송. (주방으로 간다.)

여고생   (흐양한테 팔짱 끼고 따라가며) 괜찮아. 괜찮아. 기죽지 마. (박양을 쩨려본다.)

박양	(이양에게) 언니, 그럼 경태 씨랑 헤어진 거야?
이양	(고개 끄덕) ….

전당포가 위로라도 하려는 듯 다가온다.

전당포	이양아, 사랑은 원래 아픈 거야. 아프고 아프다가 아름다워지는 거지. 다이아몬드도 처음에는….
박양	사장님, 저희 오늘 장사 끝.
전당포	응?
박양	(등 떠밀며) 오늘 일찍 닫는다구요. 흐양아, 간판불 꺼.
흐양	네네.
박양	내일 또 오실 거죠? 출근도장 찍으시니까 뭐….
전당포	어? 그렇지 뭐. 나야 개근상 감이지. 근데 나 계산도 안 했는데….
박양	어차피 외상 하실 거잖아요. 자, 그럼 안녕히 가세요. 내일 봬요!

전당포, 퇴장당한다.

전당포	(밖에서 밝게) 고마워! 안녕! 씨유 투머로우!
박양	(이양에게) 언니, 우리 술 마실래?
이양	아니야. 술은 무슨….
여고생	그래, 다들 나가서 술이나 한잔하고 와. 나 혼자 조용히 공부하고 있을게.
박양	됐거든? 너 공부 안 하고 놀 생각인 거 다 알아.
여고생	아냐.

박양	가게 문 닫고 여기서 먹자. 언니, 괜찮지?
이양	마담 언니는?
박양	김양 언니랑 뭐 어디 갔다 온다고 나갔어. 곧 오겠네. 오면 끼라고 하지. 뭐. 오랜만에 여자들끼리 한 잔! 오늘 내가 소맥 제대로… 아니다 양주 마시자. 양주 마시고 나이트 가서 부킹하고 박경태 그 새끼 다 잊어버리자. 이 밤을 불태워 버리는 거야! 어때 콜?
이양	(고개 끄덕) 콜.
박양	흐양아, 족발 시켜.
흐양	옛썰!

김양이 한 손엔 소주가 든 봉지와 포장된 야채곱창 안주를 들고 등장한다.

김양	잠깐! 족발보단 곱창이지!
여고생	우와! 곱창 콜!
박양	이야, 타이밍 기가 막히네.

차마담도 따라서 등장한다. 한 손엔 케이크를 들었다.

차마담	자, 모두 모였지?
흐양	오셨어요?
차마담	(이양을 보고) 뭐야? 이양아, 너 울었니?
김양	왜? 무슨 일 있어?

박양	그게 어떻게 된 거냐면….
김양	개새끼.
박양	응?
김양	그런 놈은 그냥 미국으로 가라고 해.
차마담	그래. 어찌 박경태 그 새끼 하는 짓이 그럴 거 같더라. 키도 쪼그만 게.
여고생	(케이크를 보고) 엄마, 그런데 그 케이크는 뭐야? 무슨 날이야?
차마담	이거? 오늘… 환송회 한다. 박양아 술 좀 꺼내와.
흐향	환송회?
김양	일단 자리 좀 만들어볼까요? 모두 테이블 가운데로!

모두 어리둥절해하며 테이블 이동한다.

흐향	저기… 족발 시킬까요?
김양	내가 곱창 싸 왔어.
박양	그래, 소주엔 곱창이지!
흐향	네. 난 족발이 더 좋은데.
차마담	시끄럽고! 자, 모두 앉고 일단 다들 한 잔씩 하자. 연희는 콜라마시고!

모두 잔 채운다.

차마담	다 같이 원 샷!

모두 어리둥절한 상태로 원 샷 한다.

여고생   엄마, 이제 말해 봐. 누구 환송회야? 엄마 어디 가?

차마담   이년아, 널 두고 내가 어딜 가냐? 음, 선영이 이번 주까지만 일 하
              기로 했어.

박양   네?

흐양   왜요?

이양   언니, 다른 일자리 구했어?

김양   그게 아니고… 나 이민 가. 다음 주에.

여고생   이민?

흐양   이민이 뭐에요?

박양   다른 나라로 가서 사는 거.

이양   어디로?

모두 김양을 주시한다.

김양   가나.

여고생   가나? 가나가 어디야?

박양   아프리카.

모두 한동안 말이 없다.

여고생   왜 그런 데로 가나?

흐양, 갑자기 울기 시작한다.

김양   야, 너 왜 울어.

흐양   너무 멀어서요. 이제 보고 싶어도 못 보잖아요.

김양   못 보긴 왜 못 봐. 비행기 타면 금방이야.

이양도 따라서 운다.

차마담   아이구, 초상났냐?

김양   너네 진짜 왜 그래….

이양   왜 말 안 했어?

김양   이민 절차가 시간이 좀 걸리기도 했고… 정확한 날짜가 안 나와
       서.

차마담   내가 그러라고 했어. 미리 알아서 좋을 거 없다고.

김양   가나 대사관에서 오늘 최종 승인이 났어.

여고생   그래서 엄마 오늘 같이 갔다 왔구나?

박양   왜 하필 가나예요? 호주도 있고, 캐나다도 있고….

김양   우리 준영이 때문에… 준영이 아프리카를 정말 좋아하거든. 티
       비도 동물 다큐만 본다니까…. 웃기지. 여섯 살짜리가 만화 같은
       거 안 보고. 그리고 아프리카에서 가나가 살기 괜찮다고 하더라
       고. 한국인들도 꽤 있고….

침울하다. 이양이 소주를 따르더니 벌컥 마신다.

이양	생수통 때문에 그러는 거지?
김양	아니. 그 사람이랑 아무 상관 없어.
이양	생수통이랑 안 헤어졌다면 언니가 정말 가나까지 이민을 가려고 생각했을까?
박양	생수통이랑 헤어졌어?
흐양	언제?
김양	한 달 전쯤. 내가 헤어지자고 했어.
여고생	어쩐지! 생수통 아저씨 바뀌어서 이상하다 싶었어.
이양	생수통, 알고 보니 유명한 조폭이더래.
박양	와, 자긴 그 사람 아니라더니! (일어서며) 아무래도 안 되겠다. 오늘 박경태랑 생수통 그 새끼들 다 죽여 버려야겠어. 흐양 언니 무기 챙겨.
김양	앉아 있어. 그거랑 아무 상관 없어. 내가 헤어지자고 한 이유는! 남자에게 의지하고, 남자 때문에 속앓이 하면서, 남자만 바라보고 사는 게 싫어서야. 나 혼자서도 얼마든지 준영이 잘 키울 수 있는데 왜 내가 남자 때문에 그래야 하지?
차마담	에휴, 남자가 문제다. 문제.
흐양	그래! 남자 따위 필요 없어!
이양	근데 왜 갑자기 이민이냐고.
김양	사실, 한국에서는 키울 자신이 없더라고. 아빠 없다고 수군거리고, 손가락질하고 무시하고…. 좋은 대학 가기 위해 비싼 학원비에 과외비에 그 돈 들여서 대학 보내도 말도 안 되는 등록금이다 뭐다, 어우 벌써부터 지친다. 어딜 가든 경쟁해야 하고 서로 밟고 무시하고 비난하고…. 이런 곳에서 준영이 키우고 싶지 않았어.

공부 못해도 되니까, 경쟁 안 해도 되니까, 그냥 밝고 건강하고 행복하게 키우고 싶어.

흐양   그래 언니. 난 언니를 믿어요.

박양   맞아. 분명히 우리보다 더 고민하고 생각했을 거야.

여고생   21세기, 내년에 새천년이 와도 우린 이럴까요? 이렇게 대학 때문에 젊은 청춘들이 아파하고 죽어 가야 할까요?

차마담   너 대학 안 간다, 그딴 소리 하기만 해봐.

여고생   어차피 올해 1999년에 휴거 온다던데.

흐양   그게 뭐예요?

박양   지구 멸망한다고.

흐양   예? 올해요?

김양   다 뻥이야. 믿지 마.

박양   아이고, 설마 그런 일이 있을까요? 차라리 몇 년 후에 있을 2002년 월드컵 때 4강 갈 거라고 하면 믿겠네.

다 같이 건배하고 마신다.

박양   됐고! 김양 언니 한마디 해요.

김양   어쨌든 나 없더라도 모두 잘 지내고, 정은이는 더 이상 박경태한테 미련 두지 말고!

이양   걱정 마. 진짜 끝이야.

김양   소연이는 학교 졸업하고 꼭 멋진 커리어우먼이 되길 바라고….

박양   알았어. 돈 많이 벌 거야.

김양   흐엉은… 솔직히 말하면 영남 씨 포기하고 네 인생을 위해 살라고 말하고 싶은데, 싫어할 거 같아서….

흐양   언니, 그런 말 하지 마세요. 전요. 영남 씨 꼭 찾을 거예요. 참, 심
        부름센터에서 어제 연락 왔는데요. 소재지 파악했대요. 곧 연락
        닿을 거래요!

박양   정말?

여고생   대박! 어디래?

흐양   원양어선 타고 고기 잡으러 다니느라 소재파악이 힘들었대. 지
        금 한국에 들어와 있대.

이양   그럼 곧 만나겠네!

흐양   네!

모두   축하해!

모두 얼싸안고 함께 기뻐해준다. 이 광경을 보던 차 마담, 한잔 원샷
하고는 흐뭇하게 바라보며 훌쩍거린다.

여고생   엄마, 울어?

차마담   내가 이 다방 이름을 왜 궁전다방이라고 지었는지 아니?

이양   왜요?

차마담   공주님같이 살라고. 대접받고 사랑받고. 멋진 왕자님 만나서 행
        복하게 살고. 여길 거쳐 가는 너희들이 어디 가서 무얼 하든 꼭
        그렇게 살았으면 좋겠어. 인간으로, 여자로 태어났으니 그럴 자
        격 있어.

김양   언니는 이거 언제까지 할 거예요? 여기 재개발 곧 될 거라고 소문
        도 들리던데.

차마담 글쎄.

박양 언니, 이거 접고 커피숍으로 바꿔요. 저기 이대 앞에 스타벅스라고 생겼는데….

차마담 스타버스? 그게 뭔데?

박양 버스가 아니고 스타벅스! 미국 커피숍 체인점인데 이대에 1호점 올해 처음으로 생긴 거래요. 사람 진짜 많대요.

차마담 아니, 뭔 커피를 체인점까지 해. 그냥 둘 둘 하나로 타서 나가면 되지.

박양 그런 다방 커피 말고. 요즘 현대인들은 입맛이 까다로워져서 안 돼.

이양 그래요. 언니, 나도 얘기 들었어. 다방은 이제 사람 안 와요.

차마담 그럼 우리 공주님들은 어쩌고?

김양 알바생으로 일하면 되지. 서빙 보고.

여고생 엄마. 공주, 공주하니까 진짜 닭살이다. 다들 전혀 공주 같지 않은데.

흐양 어? 나 진짜 공주 맞는데.

박양 공주라니?

여고생 공주병이냐?

흐양 그게 아니고, 저희 조상이 베트남 왕족이었어요. 체제가 바뀌면서 왕족들이 사라졌지만 안 그랬으면 전 진짜 공주였을 거예요. 베트남 공주.

이양 야, 그렇게 따지면 나도 마찬가지야. 나는 전주 이씨거든! 이성계의 후손이라고!

김양 난 경주 김씨야!

차마담	그건 어딘데?
김양	신라 경손왕의 후손!
박양	와, 난 밀양 박씬데.
여고생	그건 또 뭐에요?
박양	박혁거세 후손. 신라를 세운 사람!
김양	뭐야. 그럼 우리 조상이 니네 조상 아래인 거야? 뒤늦게 왕 한 거야?
이양	그럼 뭐 해. 박혁거세는 알에서 태어났는데….
차마담	어쩐지 소연이 날계란 많이 먹더라.
여고생	뭐야. 그럼 조류 아냐? 알에서 태어났으면?
박양	야, 김연희, 뒈지고 싶냐?
여고생	나 이종격투기 선수야. 붙어 볼래?
김양	근데 우연이지만 진짜 신기하다. 그럼 여기 공주가 네 명이나 있는 거네.
흐양	마담 언니는 차 씨잖아. 차 씨는 뭐 없어요?
이양	무수리 아냐?
차마담	어이구, 왕족이면 뭐하고 무수리면 어때? 지금은 돈 있고 빽 있는 놈이 전부인 세상인데!
박양	아니요. 돈 있어도 불행한 사람 많죠. 그냥 우리는! 몸 건강히 오래오래 사랑하면서 행복하게 사는 걸로! 자, 다 같이 건배할까요?
김양	모두 잔 채우시고!

모두 잔 채운다.

박양	제가 궁전의 여인들! 외치면 오래오래 행복하자! 외치는 겁니다. 아시겠죠?
모두	네!
박양	궁전의 여인들!

다들 외치려는 순간, 다방의 전화벨이 울린다.

이양	뭐야!
흐양	이 중요한 순간에!
여고생	웬열!
박양	내가 받을게.

박양, 전화받는다.

| 박양 | 여보세요? 네, 맞는데요. 흐엉. 네. 네? 지, 진짜요? 흐엉, 빨리빨리! |

흐엉이 전화 다시 받는다.

흐양	네. 전화 바꿨습니다. 지금요? 바로 앞이라고요? 네! 네!
이양	뭐야? 뭐야?
박양	영남 씨! 영남 씨! 심부름센터랑 같이 왔대! 이 앞에!
흐양	어떡해! 어떡해! 언니, 나 어떡하죠?
여고생	영남 씨 맞대? 확실하대?

김양	일단 진정해. 진정!
차마담	어머, 야 이거 어떡하니? 지저분해서. 치울 시간도 없네.
박양	괜찮아. 괜찮아!
흐양	나 떨려. 어떡해.
이양	얼마 만에 보는 거야?
박양	한 8년?
김양	뭐야. 미성년자 때 만난 거네?

문 두드리는 소리 들린다.

소리	계세요?

모두 호들갑.

김양	왔다! 왔다!
여고생	끼아아아!
차마담	조용!! 흩어져! 자연스럽게.

차마담, 분위기 있는 노래 튼다.

차마담	네! 들어오세요!
박양	침착해! 침착해!
이양	잘생긴 거 맞지? 못생겼으면 너 죽어.
김양	쉿!

낯선 남자가 들어온다.

영남   여기 응우웬 티 흐엉씨….

못 생겼다. 2:8 가르마에 어딘가 모자라 보이기까지 할 정도이다.
흐양은 좋다고 뛰어가 영남과 감동의 포옹을 하고 흐느낀다.
다른 사람들은 못생겼음에 실망하지만 축하해준다. 즐겁게.

흐양   더 멋있어진 거 같아요!
영남   정말 보고 싶었어! 찾아줘서 고마워!

다시 포옹한다. 키스해! 키스해! 사람들 외치고 뽀뽀하면.

차마담   자, 여러분. 기념이니까 모두 사진 찍을게요! 연희야, 엄마 카메
라 가져와.

여고생, 카메라를 자신의 가방에서 꺼낸다.

차마담   그게 왜 거기서 나와?
여고생   우리가 남이야? 서운하게.

여고생, 카메라를 셀카포즈로 치켜든다.

차마담   너 뭐하니?

여고생   셀카. 자 하나 둘 셋!

모두 환하게 웃는 표정으로 정지 동작.

막 내린다.

궁전의 여인들

다이나믹 영업 3팀

분홍나비 프로젝트

분홍나비 프로젝트

여관별곡

로봇걸

등장인물

최영희 : 여, 27세. 연쇄살인사건의 용의자. (4장의 손정아 역할)

한재구 : 남, 76세. 1997년 탈북한 사학자. 친일파의 후손.

권영실 : 여, 43세. 연쇄살인사건을 맡은 담당 검사.

장현주 : 여, 27세. 연쇄살인사건의 새로운 용의자. (4장의 김옥정 역할)

박규철 : 남, 55세. 서울중앙지검장. 친일파의 후손.

김충렬 : 남, 40세. 북한으로 납북된 독립운동가. 손정아의 남편.

한창길 : 남, 34세. 한재구의 아버지. 친일파.

때

2019년.

1944년.

곳

검찰청 취조실과 프레스룸.

충칭, 대한민국 임시정부 처소

1장

검찰청 취조실.
밖으로 연결된 문.
테이블과 의자.
최영희가 의자에 앉아서 중얼거리고 있다.

최영희   하나의 태양 아래 하나의 민족이 존재하며, 하나의 국토 위에 하
              나의 나라가 존재한다. 육신 안에 정신이 있고 껍질 안에 본질이
              있으니 어느 누가 내 나라, 내 혼을 마다하고 우리의 정신을 바꾸
              려 하는가. 죽기를 두려워 말고 살기를 바라지 아니하며….

              문 열리고 권영실, 상자 하나를 들고 들어온다.
              중얼거림을 멈추는 최영희.
              권영실, 의자에 앉아 상자 안에서 서류를 꺼내어 훑어본다.

권영실   방금 중얼거리던 거 뭐니?

최영희   ….

권영실   난 권영실 검사야. 지금부터 난 너한테 질문을 할 거고 넌 그 질
              문에 답변을 하면 돼. 협조를 잘해 주면 재판에서 어느 정도 정상
              참작이 될 수도 있고 그러다 보면 형이 좀 낮춰질 수도 있고. 알
              겠니?

최영희   ….

권영실	이름 최영희. 올해 나이 27세. 4명을 살해한 연쇄살인사건에 연루되어 있음.

사이.

권영실	북한에서 언제 넘어왔다고?
최영희	열일곱 살.
권영실	(서류를 보며) 2009년 10월… 10년 전이네?
최영희	네.
권영실	왜 탈북했어?
최영희	살고 싶어서.
권영실	가족들은?
최영희	죽었어요. 모두.
권영실	북에서?
최영희	네.
권영실	어떻게?
최영희	처형당했어요. 즉결심판.
권영실	탈북하고 지금까지 뭐했어?
최영희	탈북자 교육받고 대안학교 다녔어요. 그만뒀지만.
권영실	왜?
최영희	별로 배울 게 없어서요.
권영실	탈북청소년들은 대학 특례입학제도가 있는데 대학을 가지 왜?
최영희	관심 없어요.
권영실	그럼 생계는? 직업 없었어? 국가에서 나오는 보조금으론 부족했

을 텐데.

최영희   가끔씩 알바 했어요.

권영실   무슨 알바?

최영희   그냥 이것저것.

권영실   이것저것 뭐?

최영희   편의점, 전단지, 우유배달, 호프집 서빙… 그냥 닥치는 대로.

권영실   수제품 브로치 만들어서 노상판매도 했지? 연희동, 서초동, 잠실
          에서.

최영희   ….

권영실   대답 안 해도 상관없어. CCTV 이미 다 확보했으니까. 왜 사람 많
          은 대로변에서 팔지 않고 인적도 드문 그런 골목에서 판매를 했
          지? 누군가 관찰하기 위해서 그런 거 아냐?

권영실, 상자 안에서 사진 몇 장을 꺼내어 최영희 앞에 내민다.

권영실   (사진 속을 가리키며) 분홍나비 모양의 브로치. 네가 만든 거.

최영희   ….

권영실   네가 살던 집에서 이 브로치 몇 뭉치가 나왔어.

최영희   ….

권영실, 사진 몇 장을 찾아 가리킨다.

권영실   그리고 이 사진. 이것도. 이것도. 네 명의 피해자들 사체 위에 모
          두! 이 브로치가 놓여 있었어. 무슨 의미지? 이걸 왜 놓은 거야?

최영희	….
권영실	최영희, 대답해.
최영희	네. 제가 죽였어요. 네 명 모두.
권영실	왜?
최영희	….
권영실	왜!
최영희	알려야 하니까.
권영실	뭘 알려?
최영희	그들의 만행.
권영실	쉽게 설명해 봐.
최영희	분홍나비. 그게 뭘까 궁금하게 될 테고 그러면 세상이 그들의 만행에 주목하게 될 테니까.
권영실	그들이 어떤 짓을 했는데?
최영희	학살했어요.
권영실	누구를?
최영희	독립군들을.
권영실	그게 무슨 소리야? 피해자들이 독립군들을 학살하다니. 지금 2019년이야.
최영희	그들의 아버지들이 그랬죠.
권영실	그들의 아버지들? 그럼 독립군들을 학살한 사람들의 자식이라서 죽였다는 거야?
최영희	네.

권영실, 기가 찬다는 듯이 허탈한 웃음.

권영실	너 지금 미친 척하는 거니? 미친 척하면 벌 안 받을 거 같아?
최영희	….
권영실	좋아. 어차피 쉽게 말할 거라곤 예상 안 했어. 공범 있지?
최영희	….
권영실	아니면 누가 망만 봐 달라고 했어? 도와달라고? 아니면 누가 시켰나?
최영희	….
권영실	말해! 배후가 누구야?
최영희	차라리 간첩이냐고 물어보시죠.
권영실	그래, 너 간첩이야? 사람 죽이려고 넘어왔어?
최영희	시킨 사람, 배후, 공범… 아무도 없어요. 저 혼자 한 일이에요.
권영실	그럴 리가 없잖아. 스물일곱 여자애 혼자서 성인 남자 네 명을 모두 죽였을 리 없잖아. 배후가 없다면 네가 왜? 무슨 이유로 사람을 죽이냐고.
최영희	다시 말하지만, 독립군을 학살한 자들의 자식이라서 죽였어요. 간도특설대의 후손들.
권영실	뭐?
최영희	독립군 토벌을 위한 친일파 특수부대 간도특설대의 핵심 간부 14인의 자식들. 그들을 연쇄적으로 죽이고 분홍나비를 남기면 매스컴, 인터넷에서 난리가 나겠죠. 그러면 아비의 만행이 세상에 알려질 테고 합당한 죗값을 치렀음을 알게 될 것이고, 그제야 모든 것은 순리대로, 제자리로 돌아갔음을 모두가 직시하게 되는 거죠. 인과응보. 그게 바로 세상의 이치임을.
권영실	친일파의 자식이라서 죽였다니… 지금 그게….

최영희	단순한 친일파가 아니라 독립군들을 끝까지 찾아내고 색출해서 잔혹하게 살해한 악질 중의 악질들. 간도특설대 핵심간부 14인!
권영실	그래, 그 사람들이 죽어 마땅한 놈들이라고 치자. 그럼 그 사람들을 죽이지 왜 자식들을 죽여? 자식들이 무슨 죄가 있다고?
최영희	피는 절대로 바뀌지 않으니까.
권영실	뭐?
최영희	대대손손 그 혈통은 이어져요. 반드시.
권영실	좋아. 그럼 네가 뭔데… 왜 그들을 처형해?
최영희	아무도 하지 않으니까. 제가 희생할 수밖에요.
권영실	왜 네가 희생해야 해? 그냥 남들처럼 신경 안 쓰고 살면 되잖아.
최영희	그럴 수 없어요.
권영실	왜?
최영희	난 손정아의 환생이니까요.
권영실	뭐?
최영희	난 그녀의 대업을 이어야 하는 숙명을 안고 다시 태어난 거라고요.
권영실	환생?
최영희	손정아. 1915년에 태어나 79세의 나이로 1993년 7월 18일에 사망. 지금의 나, 최영희로 1993년 7월 18일에 다시 태어나 끝내지 못한 대업을 이루려….
권영실	손정아가 누군데?
최영희	(권영실을 물끄러미 바라본다.) ….
권영실	그게 누구냐고.
최영희	교과서만 공부하셨군요. 교과서 너무 믿지 마세요. 편찬위원 중

에도 친일파 많으니까.

권영실   손정아가 누군데!

최영희   1915년 4월 8일 출생하여 1993년 7월 18일 사망. 김원봉 단장이
         만든 조선의용대 소속으로 1942년 임시 정부에 의해 창설된 한
         국광복군에 합류. 이후, 김구 선생을 비롯한 임시 정부 요원들의
         신변을 보호하다 1943년 특수임무를 부여받고, 군사시설 파괴,
         교란, 친일파 숙청의 임무를 수행한 독립운동가.

권영실   그게 너라고?

         권영실, 서류를 훑어본다.

권영실   1993년 7월 18일… 그래서? 그녀가 사망한 날이 네가 태어난 날
         과 일치하니까 환생한 것이다?

최영희   그냥 사실을 말해준 것뿐이에요. 믿고 안 믿고는 검사님 마음이
         죠.

         기가 차다는 듯이 최영희를 바라보는 권영실.

권영실   그럼 계획대로 됐으니 기분 좋겠네? 네 말대로 세상이 발칵 뒤집
         혔으니. 방송, 신문, 인터넷에서 아주 난리가 났잖아. 그럴 수밖
         에. 기업가, 판사, 대학 총장, 그리고 머리에 별을 세 개씩이나 단
         대한민국 육군 중장을 살해했으니. 그런데 뭐? 환생? 대업? 정말
         기가 차서… 왜? 친일인명사전에 등록된 친일파가 5천 명이라고
         하던데 그 자식들 다 찾아서 죽이지? 최영희, 잘 들어. 네가 설사

손정아의 환생이라고 해도 네 육신이 살인을 했기 때문에 넌 죗값을 치러야 해. 손정아가 살았던 일제강점기에는 그런 행동이 독립운동가로 영웅대접을 받았겠지만 지금은 그런 시대도 아니고… 피해자들은 그저 억울하게 살해당한 거야. 아버지가 친일파였기 때문에 그 자식들을 죽였다는 게 지금 말이 된다고 생각해?

최영희　그럼 조선시대에 역모를 꾀했다는 이유로 삼족을 멸한 건 말이 되나요?

권영실　지금이 조선시대야?

최영희　그들은 더 살기 좋은 나라를 만들려고 했을 뿐이죠. 부패하고 썩어 빠진 권력을 바꾸기 위해 단지 시도만 했다는 이유로 아들, 손자, 손녀, 하인들, 심지어 마당에 묶어 놓은 강아지 새끼마저 모조리 다 죽였죠.

권영실　그러니까….

최영희　해방 뒤, 좌익이니 우익이니 혼란했던 1950년대! 책 글자도 못 읽고 민주주의가 뭔지 공산주의가 뭔지 이데올로기가 뭔지도 모르는 국민들이 빨갱이로 내몰려 영문도 모른 채 논밭에서 일하다 끌려가 총살당하고 그 총알이 아깝다고 수백 명씩 산 채로 구덩이에 생매장당한 것은 말이 되나요? 제주 4.3사건, 보도연맹 학살, 거창 양민 학살, 노근리 양민 학살, 함평 양민 학살! 모두 이 나라 군인들의 소행이죠. 군인들은 명령에 의해 움직이죠. 그 명령을 내린 사람들은 그 죗값을 치렀나요? 그들이 몇 명을 죽였을까요? 내가 죽인 4명? 친일파 5천 명? 제주 4.3사건으로 학살된 양민만 따져도 3만 명이 넘어요. 전국적으로 그들이 학살한 양민의 숫자는 수십만 명이라고요! 그 후손들은 자신의 부모가 어디

서 어떻게 죽었는지도 모른 채 고통 속에서 살아갔죠! 불과 오육
십 년밖에 안 된 일이에요. 이건 말이 되나요?

권영실   그러니까 그때랑 지금이랑 다르다고!

최영희   그럼 왜 그때의 살인마들은 지금도 영웅이랍시고 교과서에 떡
하니 실려 있고 동상까지 만들고, 이 나라의 독립을 위해 싸우다
희생당한 독립투사들은 아무도 기억하지 못하는 거죠? 세상은
달라졌는데? 문명이 아무리 발달했어도 세상은, 인간의 추악함
은 조금도 달라지지 않았어요. 시대를 막론하고, 언제나 말도 안
되는 참극은 늘 발생했죠! 해방 후에도 이 나라에선 항상! 그 참
극들이 뭔지는 일일이 다 열거하지 않아도 잘 아시죠?

사이.

권영실   너 이런 식으로 가다간 최소 무기징역이야.

최영희   알아요.

권영실   재수 없으면 사형선고 받아서 죽을 수도 있어.

최영희   네.

권영실   너 이제 스물일곱 밖에 안 됐어. 두렵지도 않니?

최영희   죽음이 두려웠다면 아예 시작도 안 했겠죠.

권영실   판사가 네 말을 들으면 뭐라고 할지 정말 궁금하다. 도대체 뭘 위
해 이러는 거야? 도대체 무슨 생각으로 환생을 했다는 둥 헛소리
를 하냐고. 그 말을 누가 믿는다고?

최영희   ….

다른 공간, 조명이 밝으면 서울지검장, 박규철이 보인다.

박규철은 취조실 안, 최영희를 주시하고 있다.

박규철, 핸드폰에 무언가 입력한다.

권영실의 핸드폰에 문자가 오는 소리.

권영실, 핸드폰 확인하더니 밖으로 나가려고 일어선다.

최영희   한재구.

권영실   뭐?

최영희   97년에 탈북한 사학자. 한재구.

권영실   ….

최영희   제가 손정아의 환생이라는 걸 증명해 줄 사람이죠. 제 말을 믿지 못하겠으면 그 사람한테 물어보세요.

권영실, 최영희를 노려보다 취조실 밖으로 나간다.

박규철이 있는 공간에 권영실이 들어온다.

권영실   지검장님, 언제 오셨어요? 아직 제대로 밝혀낸 게….

박규철   됐어. 일단 브리핑 자료 정리해.

권영실   네?

박규철   보니까 답 없어.

권영실   내일 직접 발표하신다면서요. 뭐라고 하시려고요?

박규철   어차피 자백했잖아. 그럼 됐지, 뭐. 그다음부터야 뭐 수사 경위만 우선 정리해서… 말 만들기 하면 되지. 중간발표니까 좀 더 기다려달라고 하고. 계속 수사 중이라고.

권영실	그래도 대략적인 건….
박규철	지금 너 저 어린년한테 놀아나고 있는 거 모르겠어? 말꼬리나 잡고 개똥 같은 소리나 지껄이고 있잖아! 시간 낭비야. 딱 보면 몰라? 미친년이잖아. 미친년! 정신과 전문의 붙여서 진단서 받고 재판에 넘겨. 뭐? 환생? 참 내….

박규철, 퇴장한다. 홀로 남아 최영희를 바라보는 권영실.
권영실, 관객을 향해 말한다.

권영실	그렇게 최영희를 처음 만났습니다. 1993년에 사망한 독립운동가 손정아, 스스로 손정아의 환생이라는 그녀의 말을 당연히 아무도 믿지 않았습니다.

암전.

2장

검찰 프레스룸. 단상 위에 마이크가 놓여 있다. 기자들의 웅성거리는 소리. 서울중앙지검장, 박규철이 문서를 들고 등장한다. 플래시가 번쩍거리며 터진다. 뒤이어 권영실이 등장해 옆에 선다.

박규철	수사 결과 발표에 앞서 최영희에 의해 유명을 달리하신 피해자

분들의 명복을 빌고 아직까지 감당하기 어려운 고통을 겪고 계신 유족들께도 다시 한번 깊은 애도와 위로의 뜻을 전합니다. 지금부터 연쇄살인범 최영희 사건 중간 수사 결과를 발표하겠습니다. 서울중앙지방검찰청은 일명 분홍나비 연쇄살인사건 피의자 최영희에 대한 수사 결과, 경찰에서 송치된 연쇄살인 4건으로 기소할 예정입니다. 피의자, 최영희는 2019년 10월 27일 경찰에서 피해자 김 모 씨 외 3명에 대한 범행을 순순히 자백함에 따라 신속히 이 사건의 진상을 규명하고 여죄 등 의혹을 해소하고자 형사 2부장을 주임검사로, 검사 3명을 더하여 전담수사팀을 편성하고, 피해자들의 사체를 국과수에 분석, 의뢰하였습니다. 10월 29일 송치 이후에는 최영희의 집을 압수수색하는 현장에 주임검사를 직접 파견하여 현장에서 수사를 지휘하는 한편, 범행에 사용된 것으로 추정되는 여러 가지 증거를 확보하는데 총력을 기울였습니다. 그 결과, 피의자는 10년 전인 2009년 10월, 17세의 나이로 압록강을 홀로 건너 상해로 넘어갔으며 그곳에 위치한 상해 대한민국 총영사관을 통하여 입국한 탈북자임이 밝혀졌습니다. 피의자는 국내에 들어온 이후, 달라진 환경의 변화로 인해 심리적으로 매우 불안한 상태를 보인 것으로 확인되었으며 대안학교를 다녔으나 주변 또래의 친구들과 잘 어울리지 못하다 결국 자퇴하고 아르바이트로 겨우 생계를 이어왔고 이 과정에서 혼자 있는 시간이 거듭되면서 환각, 환청들의 이상증세가 온 것으로 확인되었습니다. 또한, 사건 현장에서 발견되었던 분홍나비 표식은 피의자가 직접 만들어 팔던 수제 브로치로 살해 현장을 벗어나는 과정에서 실수로 떨어뜨린 것을 확대해석한 것으로 추정하고 있습니다. 향후 수사 계획은 정신과 전문의 및 심리상담사와의 지속적인 면담을 통해 구체적인 살해 경위와 동기를 조사할 계획입니다. 이상입니다.

기자1(소리) 피해자들과 관계는 아무것도 밝혀진 게 없나요?

기자2(소리) 공범 없이 단독 범행이란 말씀이십니까?

기자3(소리) 북한에서 보낸 간첩일 가능성은 없는 겁니까?

기자4(소리) 피의자 최영희가 분홍나비 브로치에 대해 언급한 건 없었습니까?

박규철 (퇴장하며) 아아, 추후 진상이 밝혀지는 즉시 바로 발표할 테니까 조금만 기다려주시기 바랍니다. 예, 예. 감사합니다.

박규철, 황급히 퇴장한다. 따라서 퇴장하는 권영실.

암전.

3장

검찰청 취조실.

한재구와 권영실이 마주앉아 대화 중이다.

권영실 결국, 최영희를 전혀 모른다는 말씀이시네요.

한재구 그렇지요. 마주친 적도 없고 들은 적도 없는 이름인데 왜 저를 불러달라고 했는지 도무지 알 수가 없습니다. 허허.

권영실   (한재구의 서류를 정리하며) 아무튼 오늘 최영희와의 면담 과정에서 발
　　　　생하는 모든 일, 또는 모든 대화는 사건이 종결될 때까지 누구에
　　　　게도 절대 발설해선 안 된다는 점, 꼭 당부 드립니다.

한재구   예, 걱정 마십시오. 잘 알고 있습니다. 특히 언론 쪽 입단속을 조
　　　　심해야겠죠.

권영실   네.

한재구   그런데 저도 참 궁금한 게… 분홍나비…. 그 의미가 뭐랍니까?
　　　　발표 보니까 아직 정확히 밝혀진 것 같진 않던데.

권영실   오늘 선생님이 최영희와 면담하시면서 좀 밝혀주시죠. 속 시원
　　　　하게.

한재구   아, 그런 겁니까? 하하하.

권영실   독립운동가 손정아. 아시나요?

갑자기 웃음을 멈추는 한재구.

한재구   예… 광복군 소속으로 독립운동을 하셨던 훌륭한 분이라고 알고
　　　　있습니다.

권영실   자신이 손정아의 환생이라고 주장하고 있습니다.

한재구   최영희 씨가요? 어허… 환생이라….

권영실   자신이 손정아의 환생이란 사실을 선생님이 밝혀 주실 거랍니
　　　　다.

한재구, 표정 심각해진다.

권영실	맞나요?
한재구	뭘 말입니까?
권영실	선생님이 증명해 주실 거라는 최영희의 말.

대답 없이 뭔가 생각에 잠기는 한재구. 유심히 지켜보는 권영실.

한재구	글쎄요… 최영희 씨가 왜 그런 말을 했는지 모르겠습니다.

노크 소리 들린다.

권영실	마침 왔네요. 우선 만나 보시죠.

취조실 문 열리고 최영희가 들어온다.
최영희, 한재구를 잠시 바라본다.

권영실	(일어서며) 이쪽으로 앉아.

권영실, 자리를 비켜주고 최영희, 자리에 앉는다.

권영실	네 말대로 한재구 선생님을 모서 왔어.
최영희	(한재구의 얼굴을 유심히 쳐다보며) 맞네요.
권영실	자, 이제 네가 손정아의 환생이라는 사실을 증명해야겠지?
한재구	검사님, 죄송하지만 제가 최영희 씨한테 먼저 묻고 싶은 게 있는데…. (사이. 최영희에게) 최영희 씨, 우리가 만났던 적이 있었나요?

살아온 세월이 길다 보니 혹, 내가 기억을 못 하는 걸 수도 있겠지만. 여하튼, 본인이 손정아 선생의 환생이라는 것을 내가 증명할 수 있다고 했다는데. 무슨 이유로 그런 말을 한 건지….

최영희   당신은 날 모르겠지만 난 당신에 대해 많은 것을 알고 있거든요.

한재구   나에 대해서요?

최영희   네.

한재구   그게 뭡니까?

최영희   당신의 기억, 당신의 존재가 나, 손정아를 반드시 증명하게 될 거에요.

한재구   허허….

최영희   1944년 7월생, 올해 나이 76세. 97년 탈북 이후, 남한에서 북한의 실상을 알리는 몇 권의 도서출판, 북한의 근현대사 및 김일성, 김정일에 대한 초청 강연으로 활발히 활동.

한재구   맞습니다. 모두가 다 알고 있다시피 난 북한의 70년대부터 90년대까지의 근현대사가 전문 분야죠. 그런데 최영희 씨가 말하는 독립운동가 손정아 선생의 활동 시기는 1930년부터 50년대 초반, 다시 말해 대부분 임시 정부 시대입니다. 나와는 아무런 관련이 없는 시기의 사람인데….

최영희   당신의 아버지가 임시 정부 요원이었죠. 한독당 선전부, 한창길.

한재구   ….

최영희   아닌가요?

한재구   맞습니다.

최영희   아버지에 대한 기억이 없죠? 당신이 태어난 해에 돌아가셨으니까.

한재구	(사이) 그렇습니다. 기억은 없지만, 아버지에 대해서는 어머니로부터 늘 전해 들어서 잘 알고 있습니다. 근데, 지금 그게 중요한가요?
최영희	1944년 11월, 중국 충칭의 대한민국 임시 정부 처소에서 당신 아버지를 만났었죠. 이것도 말씀해주시던가요? 당신 아버지가 죽은 날인데?
권영실	최영희.
한재구	괜찮습니다. (사이) 제 아버지가 임시 정부 처소에서 변을 당하셨다는 이야기는 익히 들어 잘 알고 있습니다. 당시에 독립운동을 한다는 것이 그렇게 늘, 목숨을 내놓고 할 수밖에 없는 일이었지요. (사이) 최영희 씨, 혹시 북에서 날 만난 적이 있나요? 손정아 말고 최영희로.
권영실	최영희는 93년에 북한에서 태어났어요. 선생님이 97년에 탈북하셨으니까 만났다고 하더라도 아주 어렸을 겁니다.
한재구	아, 그렇군요.
최영희	왜요? 최영희로 당신을 만난 게 중요한가요?
한재구	아닙니다. 그저… 아무에게도 말하지 않았던 아버지 일을 어찌….
최영희	조선독립결사단.
한재구	(흠칫 놀라고) ….
최영희	아시죠?
권영실	그게 뭐죠?
최영희	북한 내 친일파들을 암살하기 위해 만든 비밀조직. 1951년에 북한으로 납북된 독립운동가, 김충렬이 만든 조직이죠.

권영실	(한재구에게) 선생님, 맞습니까?
한재구	최영희 씨 조선독립결사단 조직원이었습니까?
최영희	네. 탈북할 때까지 활동했죠.
한재구	(당황한 듯) 아….
최영희	왜요? 당황스러운 일인가요?
한재구	아, 아닙니다. 탈북 이후, 20여 년 동안 결사단에 대해 들은 바가 전혀 없어서….
최영희	그럼 왜 숨기려 하시죠?
한재구	숨기다니 뭘 말입니까?
최영희	김충렬의 제자이자 조선독립결사단의 일원이었던 당신의 존재가, 나 손정아를 증명해줄 수 있을 텐데요.
한재구	숨긴 게 아니라… 허허…. 그렇습니다. 난 김충렬 선생의 제자였소. 선생이 살아 계실 당시, 북한에서 남한의 실상, 독립운동과 임시 정부의 역사, 그리고 손정아 여사의 업적에 대해 익히 배워 잘 알고 있습니다. 근데 내가 손정아 선생에 대해 알고 있다는 사실이 당신이 손정아의 환생이라는 것을 증명하는 겁니까? 내가 살아 온 동안 그분들에 대해서 듣고 본 게 있다고 최영희 씨가 손정아의 환생으로 되는 거난 말입니다! 최영희 씨, 왜 그런 망상에 사로잡혀있는 겁니까. 당신의 그런 행동이, 이 나라 독립을 위해 싸우다 돌아가신, 많은 훌륭한 분들을 욕되게 한다는 걸 모르시오!
최영희	어릴 때부터 악몽을 꿨죠.
한재구	….
최영희	피 묻은 태극기를 나에게 주면서, 가슴 찢어지도록 통곡하던 사람들. 깊은 물 속에서 한없이 허우적거리는 나… 목이 잘린, 온몸

이 찢겨진 시신을 끌어안고 울고 있는 내 모습. 난 매일같이 눈물 범벅이 되어 잠에서 깨어났어요. 그러다 열일곱 살이 되던 때, 조선독립결사단 명단이 유출되어 부모님이 반동분자로 몰리게 되었죠. 결국, 우리 가족 모두 즉결심판으로 총살당했어요. 아버지, 어머니, 두 동생 모두. 난 숨어서 그 광경을 생생히 목격했어요. 그리고 쫓아오는 군인들을 피해 산속으로 달아나다 절벽에서 떨어져 의식을 잃었는데, 그때부터 끔찍했던 악몽의 기억들이 조각조각 맞춰졌어요. 마치 흩어져 있던 퍼즐들이 제자리를 찾아가듯이. 압록강 근처까지 달아났는데 처음 와 본 압록강이 전혀 낯설지가 않았어요. 신기한 일이었죠. 몇 번이나 와 본 것처럼 너무나 익숙했어요. 혼자 압록강을 건너 상해로 건너갔어요. 그곳에서 옛 임시 정부의 거리, 건물들을 보는데 너무나 많은 장면들이 마치 실제로 제가 겪은 것처럼 선명하게 떠올라 그 자리에 주저앉아 버렸죠. 얼마나 울었는지 몰라요.

한재구　그때부터인 거요? 당신이 손정아의 환생이라고 믿게 된 게?

최영희　믿게 된 게 아니라 기억하게 된 거죠. 나 손정아의 전생을!

　　　　최영희, 갑자기 숨을 거칠게 내쉰다.

최영희　(혼잣말로 중얼거리듯) 1930년 3월. 열다섯의 나이에 폭탄이 든 가방을 들고 조선총독부 청사에 잠입하여 경시청 총감 나카야마 쇼고와 그의 부관들을 암살했다. 소란을 틈타 간신히 도망칠 수 있었고 산속에서 열흘 넘게 숨어 지내며 풀을 뜯어 먹고 빗물만 마시다 의열단 단원들을 만나 압록강을 건너 상해로 갔다. 그들은 나를 김원봉 단장에게 데려갔고 그는 나에게 손을 내밀며 말했다. '우리와 함께하자.' 난 그 손을 잡고 한 치 망설임 없이 대답했다. '네.'

한재구   이게 뭐하는 짓이야!

최영희의 모습에 한재구와 권영실, 당황한다.

최영희   1932년 윤봉길 의사가 홍구 공원에서 수통 폭탄을 던져 일본 장성들을 살상하자 일본군은 임시 정부를 소탕하기 위해 혈안이 되었어요. 김원봉 단장은 의열단을 소집했어요. 우리는 그때부터 보이지 않는 곳에서 임시 정부를 지원하기 시작했어요. 임시 정부가 상해를 떠나 10년이 넘는 도피 생활을 하는 동안 그 임무는 계속됐죠.

최영희, 갑자기 일어나 테이블 위의 물건들을 치우고 무언가 가리키며 설명하기 시작한다.

최영희   상해에서 절강으로 강서, 구강, 무한을 거쳐 호남, 장사, 광동, 삼수, 오주, 계평, 유주, 귀주, 사천 그리고 마지막 정착지, 충칭! 일본군은 온 중국 땅을 뒤지며 임시 정부를 추적해 왔죠. 그리고 급기야 1938년 독립군과 임시 정부를 소탕하기 위한 특수부대를 창설했죠. 간도특설대. (한재구에게) 아시죠?

한재구   ….

최영희   조선인을 토벌하기 위해 조선인으로 구성된 특수부대! 이래도 내가 망상을 하는 걸로 보여? 더 얘기해줄까?

권영실   최영희, 앉아.

최영희   당시에 일본군은 2차 세계대전을 위한 준비로 병력을 집중하고 있었죠. 한반도와 만주 지역은 이미 강점하고 있는 지역이라 그다지 중요하지도 않고 독립군이 귀찮게 해도 소규모 게릴라전에 그쳤어요. 고심하던 일본군은 조선인끼리 서로 싸우고 죽이도록 만들죠. 민족 분열 전략. 그럼 자신들은 피 한 방울 안 흘리고 목적을 달성한다는 거죠. 마치 개싸움 구경하듯이 즐기면서.

권영실   최영희, 그만해!

최영희   광복이 되자 바로 해산한 그들은 마치 독립운동을 위해 싸우다 개선한 용사들처럼 자신들을 위장했고, 한국전쟁이 발발하자 반공을 위해 싸우는 전쟁 영웅으로 탈바꿈했죠. 그들은 지난날의 과오를 모두 덮어버린 채 대한민국의 정치적, 군사적 주요 요직에 배치되어 권력을 이어가게 되었고, 결국 그들의 막강한 힘으로 진실이 밝혀지는 것을 철저히 막고 있는 거죠.

한재구는 심기가 불편한 듯, 여유 있던 어투에서 반말로 바뀐다.

한재구   그래서 그들을 살해한 건가? 그들이 간도특설대와 관련이 있어서?

최영희   네. 간도특설대 핵심간부 14인의 후손들.

한재구   간도특설대가 악행을 저지른 건 사실이야. 같은 동포들을 잔혹하게 살해했지.

최영희   포로로 잡은 독립군들의 머리를 잘라 일렬로 매달고, 무고한 민간인의 배를 죽창으로 갈라 내장을 주워담는 모습을 깔깔거리며 구경했죠. 산나물을 뜯던 여자들을 강간하고 그들의 성기에 총구를 쑤셔 박았죠. 멀쩡한 임산부와 아이들을 구덩이에 파묻고….

한재구 그만! 이제 와서 그게 다 무슨 소용이야!

최영희 당신의 아버지 한창길! 우릴 죽이러 왔었던 한창길! 바로 그가 그런 참혹한 만행을 저지른 핵심간부 14인 중에 한 명이었잖아!

한재구 (당황하여) 그건 아버지가 한 짓이야. 아버지는 이미 죽었어. 내가 태어난 해에 돌아가셨다고! 그들 모두 늙고 병들어 이미 이 세상에 없어. 그땐 그들도 어쩔 수 없었고 살기 위해 명령대로 움직여야 했던 가슴 아픈 역사일 뿐이야! 왜 그 후손들까지 그 죄가 대물림되고 무고하게 죽어야 하냔 말이야!

최영희 오염된 피가 잉태한 혈통은 그대로 오염되어 번진다. 그게 조선독립결사단의 철칙이죠.

한재구 조선독립결사단의 시대는 끝났어. 지금은 독립운동을 할 필요가 없는 시대라고!

최영희 그래서 김충렬을 죽었나요?

한재구 뭐?

최영희 당신이 탈북한 이유! 조선독립결사단을 만든 내 남편! 김충렬을 살해하고 그 보복이 두려워 남한으로 망명 신청한 거잖아. 봐, 내 말 맞지? 그 아버지에 그 아들. 혈통은 그대로 오염되어 번진다. 당신도 똑같이 그렇게 오염됐잖아!

최영희, 벌떡 일어나 볼펜을 손에 쥐고 한재구의 목을 찌르기 위해 달려든다.

권영실	최영희! 이거 놔!

권영실이 뜯어말리고 그 사이 빠져나오는 한재구.

최영희	죽일 거야. 반드시 내가 널 죽일 거야!
권영실	나가세요. 빨리요!
한재구	검사님. 이 방에서 있었던 일은 비밀로 좀… 부탁합니다.
권영실	알았으니까 나가라고요!

한재구, 서둘러 취조실을 빠져나간다.

최영희	거기 서! 거기 서!
권영실	정신 차려!

따귀를 때리는 권영실.
휘청거리며 볼펜을 바닥에 떨어뜨리는 최영희.
권영실, 볼펜을 주워 넣는다.

권영실	너 한재구 불러달란 이유가 죽이려고 부른 거야?

최영희, 망연자실한 표정으로 힘없이 의자에 앉는다.
권영실, 복잡한 표정으로 한숨 쉰다.

최영희	검사님.

권영실	왜?
최영희	아직도 제가 손정아라는 사실을 못 믿으시겠죠?
권영실	글쎄.
최영희	나라는 내 나라요 남들 나라가 아니다. 독립은 내가 하는 것이지 따로 어떤 사람이 하는 것이 아니다. 김구 선생님 말씀이죠. 전 그 말씀대로 내 할 일을 한 것뿐이에요.

사이.

권영실	나도 네 말을 듣고 손정아에 대해 조사를 좀 해 봤어. 김구 선생을 비롯한 많은 독립투사들과 함께 임시 정부를 지키며 독립운동을 하셨더군. 왜 이런 분의 업적을 아무도 알리지 않았을까?
최영희	저뿐만이 아니에요. 일일이 열거하기도 힘들만큼 독립을 위해 헌신하신 많은 분들이 있는데 역사는 그분들을 제대로 기록해주지 못했죠. 역사는 권력에 의해 기록되는 것이고, 그 권력을 쥔 자들은 자신들이 유리한 쪽으로만 기록하는 법이니까.
권영실	우리가 처음 만났을 때 혼자서 시를 외우고 있던 것 같은데 손정아가 감옥에 갇혔을 때 썼던 시 맞지? (문서를 뒤적이더니 찾아서 보며) 하나의 태양 아래 하나의 민족이 존재하며, 하나의 국토 위에 하나의 나라가 존재한다. 육신 안에 정신이 있고 껍질 안에 본질이 있으니 어느 누가 내 나라, 내 혼을 마다하고 우리의 정신을 바꾸려 하는가. 죽기를 두려워말고 살기를 바라지 아니하며….
최영희	6.25 때 부역죄로 투옥되었어요. 아무것도 모르고 죄 없는 많은 국민들이 그렇게 빨갱이라는 오명을 뒤집어썼죠. 그 사람들은

그저 쌀을 준다는 말만 믿고 명단에 이름만 적었을 뿐인데, 인민
군들이 밥을 해주고 재워 주지 않으면 죽이겠다고 총칼을 겨눠
서 단지 살아야겠다는 생각으로 그랬던 것뿐인데…. 다시 돌아
온 국군은 우리를 감옥에 처넣거나 잔인하게 학살했죠. 그때 난
감옥에 있으면서 너무나 원통하고 분해서 그 마음을 그렇게 시
를 지어 달랠 수밖에 없었어요.

사이.

권영실, 서류를 넘기고 다른 시를 읽는다.

권영실   그래? 그럼 이 사람은 누구야?

그리운 내 벗은 어데만큼 왔으려나.
압록강 저 너머는 찬바람이 세이 불어
여기 이미 꽃 핀지도 모르려나.
그리운 내 벗아 분홍빛 나비 되어
저 좁은 창틈으로 나 데리러 어여 오소.

최영희, 갑자기 서글피 운다.

권영실   최영희….

권영실, 관객을 향해 말한다.

권영실   최영희는 전생의 기억을 제게 말해주었습니다. 손정아로서 살면
       서 겪었던 오래전, 어느 한순간을 말이죠. 해방을 1년 앞둔 1944
       년 11월, 중국 충칭의 대한민국 임시 정부 처소에서 일어난 일이
       었습니다.

       암전.

4장

1944년. 7월. 충칭, 대한민국 임시 정부 처소.
테이블 위에 보자기로 싼 물건이 놓여 있다.
김옥정이 몹시 초조하고 긴장한 얼굴로 의자에 앉아 있다.
테이블 위에 보자기와 문밖을 번갈아 보며 누군가를 기다리고 있다.

김옥정   왜 안 와….

       잠시 후, 김옥정이 인기척을 느끼고
       보자기를 챙겨 부엌으로 몸을 숨긴다.
       손정아가 등장한다.
       김옥정, 손정아를 확인하고 황급히 나온다.

김옥정   정아야!

손정아	깜짝이야! 옥정아….
김옥정	왜 이제 와.
손정아	미안… 회의가 좀 길어졌어.
김옥정	(밖을 살피며) 누구 따라온 사람 없지?
손정아	그래. 받아 왔어? (사이) 김옥정!
김옥정	어! 그래…. 나 지금 심장이 너무 두근거려서….
손정아	어디 봐.

손정아, 김옥정이 보자기를 건네자 테이블 위에서 보자기를 풀러 총을
확인한다.

김옥정	맞아?
손정아	그래. (김옥정을 안으며) 고생했다.
김옥정	오는 길에 혹시나 누구 마주치면 어떡하나 내가 얼마나 노심초
사했는지….
손정아	이렇게 담이 약해서야 독립운동할 수 있겠어?
김옥정	맞아. 나 독립운동 안 하련다. 그냥 어르신들 뒷바라지나 하련다.
손정아	(피식 웃는다.) ….
김옥정	그런데 이 총 누가 쓰는 거니? 혹시 정아 너야?
손정아	그건 나도 몰라. 아마 거사 직전에 정하거나 김구 선생님이 따로
말씀하시겠지. 아무튼 우린 전달만 하면 돼.
김옥정	그래….
손정아	누구한테 얘기하지 않았지?
김옥정	어? 그럼! 이 일은 너랑 나 말고는 임정 분들 그 누구도 알아서는

안 된다고 선생님께서 엄히 말씀하셨잖니.

손정아   그래…. 잘했다. 거사가 끝날 때까지 우린 아무것도 모르는 거야. 알았지?

김옥정   어…. 근데 정아 너는 안 무서워?

손정아   응? 뭐가?

김옥정   나는 이거 치마폭에 넣고 오면서 혹시나 발사되면 어떡하나 얼마나 무서웠는데…. 너는 참 담도 크다. 난 멀리서 총소리만 들어도 오금이 다 저리던데….

손정아   (사이, 총을 건네며) 자, 너도 한번 해 봐.

김옥정   뭘?

손정아   (총을 잡아 김옥정에게 쥐어 주며) 이렇게 두 손으로 꼭 쥐고 검지를….

김옥정   (뿌리치며) 아냐, 됐어!

손정아   해 봐. 너도 총을 쏠 줄 알아야지. 무슨 일이 생길 줄 모르는데.

김옥정   (머뭇거린다.) ….

손정아   옥정아. (사이) 김옥정!

김옥정   깜짝이야! 너 또 그런다. 난 정아 네가 김옥정! 이러고 부를 때가 제일 무섭더라. 꼭 뭔 일을 치를 사람처럼…. 옥정아, 할 때는 그리 다정하면서.

손정아   간도특설대 놈들이 귀주까지 넘어와서 독립군들 잡아다 죽이고 있다는 소문이 있어. 귀주면 여기까지 오는 것도 금방이야. 언제 들이닥칠지 몰라. 그러니까 만약을 대비해야지.

손정아   옥정아…. 김옥정!

김옥정   알았어.

손정아   탄창은 이렇게 빼서 총알은 여기다 이렇게 넣으면 돼. (탄창을 결합하고) 장전은 여기를 꽉 잡고 이렇게 뒤로. 조준은 팔을 쭉 뻗어서….

김옥정, 손정아 앞에 어느새 서 있다.

김옥정   (애써) 해 볼게….
손정아   (총을 건네며) 그래….

김옥정, 손정아에게 조심스레 건네받는다. 손정아가 설명한 대로 탄창을 빼보고 다시 결합하고 조심스럽게 들어 조준을 해 본다.

김옥정   탄창은 여길 누르고 이렇게 빼서 총알은 여기다 이렇게 넣고…
          (탄창을 결합하고) 장전은 여기를 꽉 잡고 이렇게 뒤로. 조준은 팔을
          쭉 뻗어서….

이때 밖에서 인기척 들린다.
잠시 귀 기울이는 두 사람.

김충렬(소리) 계단 조심하게. 건물이 오래돼서 성한 데가 별로 없어.
한창길(소리) 아, 예.

김옥정, 깜짝 놀라 총을 황급히 두고 부엌으로 들어가 버린다.

손정아   옥정아!

손정아, 보자기와 총을 챙겨 김옥정을 따라 퇴장한다.

김충렬과 한창길, 등장한다.

한창길, 선물을 들고 있다.

김충렬   (등장하며) 여기네. 들어오게.

한창길   (등장하며) 예.

손정아, 부엌에서 등장한다.

손정아   오셨어요?

김충렬   아, 마침 있었구만.

이어서 김옥정이 등장한다.

김충렬   (옥정을 보고) 아, 같이 계셨습니까? 인사하십시오. (한창길을 소개하며)
         여기는 나와 같은 한독당 선전부 한창길 선생.

한창길   안녕하십니까. 처음 뵙겠습니다.

손정아   안녕하세요.

김옥정   안녕하세요.

김충렬   한창길 선생은 주로 북경 쪽 선전부에 있는데 앞으로의 활동이
         아주 기대되는 친구야.

한창길   (손정아에게) 혹시… 손정아 선생? 맞습니까?

손정아   예.

한창길   아! 이거 정말 영광입니다. 한국광복군의 영웅이라고 여기저기

서 어쩌나 칭찬이 자자하던지….

손정아 별말씀을요.

한창길 제가 손정아 선생을 이렇게 직접 뵙게 될 줄이야! 하하. 참, 두 분 곧 결혼을 앞두고 있다고 들었습니다. 이거 축하드립니다.

김충렬 이 친구 이거! 선전부 정보력이 대단하단 소문은 들었네만 이런 고급정보까지 알고 있을 줄은 몰랐는데? 정아야, 내가 얘기한 거 아니다. 하하.

한창길 선전부 일로 근처에 왔다가 김 주임님께 인사도 드릴 겸 이렇게 오랜만에 찾아뵙게 됐습니다. 갑자기 불쑥 찾아와서 실례가 된 건 아닌지 모르겠습니다.

손정아 아닙니다. 잘 오셨습니다. (옥정을 보고) 여기는 제 동무 김옥정이라고 합니다.

한창길 아, 그럼 광복군에 함께…?

김옥정 아닙니다. 저는 바느질이랑 빨래 같은 소일거리나 하면서 기웃거리는 게 일인걸요. 임정 분들 하시는 일에 훼방이나 안 놓으면 다행이죠.

김충렬 하하. 훼방이라니요. 아주 큰 보탬이 되시는데 무슨 소릴….

김옥정 그렇게 말씀해주시니 정말 다행입니다.

손정아 (한창길에게) 요즘 검문이 심해졌던데, 오는 길은 힘들지 않으셨습니까?

한창길 예, 별일 없었습니다. 참, 이거 받으십시오.

김충렬 내가 괜찮다고 극구 사양했는데도 이 친구 고집이 어디 보통이어야 말이지. 하하.

한창길 기력 회복에 좋은 약재라고 해서 좀 사왔습니다. (약재 보따리를 건네며) 달여 드시면 됩니다.

손정아   (어쩔 수 없이 받으며) 이러지 않으셔도 되는데….

김옥정   저는 이만 가보겠습니다. 말씀들 나누십시오.

김충렬   아니, 저희 때문에 가시는 거면 괜찮으니 조금 더 계시지요. 이
         친구가 양과자도 사왔는데 맛도 좀 보시고… (한창길에게) 자네 괜
         찮지?

한창길   예, 그러시죠. 이 양과자가 맛이 정말 기막히다고 합니다.

         김옥정, 난처한 표정으로 손정아와 눈빛을 주고받는다.

김충렬   그렇게 하시죠.

손정아   (옥정에게) 그래. 좀 더 있다 가. 그럼 제가 간단히 마실 차랑 해서
         좀 내오겠습니다.

김옥정   같이 해.

         김옥정, 다급한 듯 부엌으로 들어간다.
         손정아, 약재 보따리와 양과자 봉투를 들고 따라 들어간다.

손정아   (들어가며) 말씀 나누고 계십시오.

김충렬   (한창길에게) 앉게.

한창길   예.

         한창길, 자리에 앉는다.

한창길	그나저나 김 주임님이 머무시는 처소가 생각보다 넓진 않습니다. 생활하는 데 불편하진 않으신지요.
김충렬	허허. 이 친구 새삼스럽게. 망명생활이라는 게 다 그렇지. 우리가 언제 편하자고 이 일을 시작했나. 이 정도도 감지덕지야.
한창길	아, 예….
김충렬	그리고 자네 북경 생활에 비하면 나야 뭐, 고생도 아니지. 안 그런가?
한창길	김주임님, 무슨 그런 말씀을….
김충렬	자네랑 제수씨가 고생이 많네. 지내기 불편하진 않나?
한창길	불편할 게 뭐 있겠습니까. 그저, 상황이 변하는 대로 맞춰 가는 거죠.
김충렬	그렇지. 자네 말이 맞네. 다 그렇게 맞춰 가며 사는 거지.

사이.

김충렬	참, 제수씨 이제 출산할 때 다 되지 않았나?
한창길	얼마 전에 백일 지났습니다.
김충렬	아, 그래? 내가 이거 정신이 없구만. 아까 만나자마자 물어본다는 걸…. 그래, 아들이야 딸이야?
한창길	아들입니다.
김충렬	하하. 이 친구 이거 나보다 백배는 낫구만. 난 이제야 장가 좀 가 볼까 하는데, 자넨 벌써 아버지가 돼 있었구만.
한창길	네, 그래서 요즘은 어깨가 더 무겁습니다.
김충렬	이름은? 이름은 지었나?

한창길   한재구라고 지었습니다.

김충렬   한재구. 이름 참 멋지게 지었구만. 한재구···. (생각에 잠긴 듯) 자네
         아들은 해방된 조국에서 살아야 할 텐데···.

한창길   그러게 말입니다···.

         사이.

한창길   혹시, 선생님 거처도 이 근처입니까?

김충렬   어? 아, 그렇지. 선생님뿐만 아니라 임정 사람들 모두, 여기 가까
         이 모여 살면서 서로 돕고 위안도 되고. 그러는 거지. 참, 자네 아
         직 선생님 뵌 적이 없다고 했던가?

한창길   예, 이번 기회에 뵙고 인사라도 드렸으면 합니다.

김충렬   글쎄, 상해에 다녀오신다고 하셨으니 며칠 더 걸릴 듯한데. 아마
         이번엔 뵙기 힘들 거야.

한창길   그렇군요. 그런데 아까 보니 임시 정부 청사에 사람이 별로 없더
         군요. 그래도 국무위원 몇 분 정도는 뵐 줄 알았는데···.

김충렬   요즘 정당들 간에 싸움이 잦아지면서 다들 어찌나 바쁘신지···
         얼굴 한 번 뵙기가 여간 힘들어야 말이지.

한창길   이곳 상황이 그렇게 많이 안 좋습니까?

김충렬   좀 복잡해. 얼마 전부터 군소 정당들이 난립하기 시작하더니, 요
         즘 임정 안이 하루도 잠잠할 날이 없네. 언제쯤이나 뜻을 하나로
         모을 수 있을는지···. 간도특설대 놈들이 우릴 잡으려 혈안이 되
         어 돌아다니고 있는 판에, 이 얼마나 답답한 일인가. 내가 요즘
         이것 때문에 잠을 다 설치네.

한창길	예, 그렇군요.
김충렬	참, 자네 혹시 백상혁이라고 들어봤나?
한창길	예? 아, 예. 간도특설대의 수장 아닙니까.
김충렬	그렇지. 그자의 악행이 차마 입에 담지도 못할 만큼 끔찍하다네. 사람의 얼굴을 하고 어떻게 그런 짓들을 할 수 있는지, 조선사람으로서 일제의 앞잡이가 되어 내 민족 내 동포를 학살하고 그런 만행을 훈장으로 여기며 일황 앞에 무릎 꿇고 혈서까지 쓰면서 충성을 맹세하고…. 그런 놈들을 보고 있으면 이제는 일본놈들보다 그런 자들에게 더 화가 치밀어 오른다네.
한창길	어지러운 시대가 낳은 아픔 아니겠습니까. 이런 시대에 살면서 어쩔 수 없이 한쪽을 선택해야 하는 이 현실이 안타까울 뿐입니다.
김충렬	안타깝다니? 그게 무슨 말인가? 저자들의 선택이 어쩔 수 없다니?
한창길	일본의 총칼 앞에 힘없이 굴복할 수밖에 없는 대부분의 조선인들을 두고 하는 말입니다.
김충렬	난 지금 백상혁 같은 무리들을 말하는 거 아닌가.
한창길	그들 또한 결국엔 굴복을 넘어서 천지가 뒤바뀐 세상에 순응하기 위해 돌아선 것 아니겠습니까.
김충렬	자네 지금 무슨 정신으로 그런 말을 하고 있나. 지금 그게, 내 나라 독립을 위해 싸우고 있는 자의 입에서 나올 소리인가? 저들의 만행은 그 어떤 이유로도 용납될 수 없는 거네. 절대로 합리화되어선 안 된다 이 말이야! 저들은 그저, 자신들의 안위를 위해 민족을 배신하고 일제의 앞잡이로 일황의 개가 되어 버린 자들이야 우리가 반드시 처단해서 흐트러진 이 민족의 정신과 정기를

바로 잡을 생각을 해야지, 왜 그자들의 현실을 이해하려고 하냔 말이야! 한창길 선생, 정신 똑바로 차리시게. 우린 지금, 일제가 만들어 놓은 이 치욕의 역사를 끊기 위해 목숨을 걸고 싸우고 있는 사람들이야. 우리가 흔들리고 무너질수록 지금의 이 말도 안 되는 일들은 계속 반복될 걸세.

한창길 (사이) 김주임님, 지금 조선이 어떠한지 정녕 모르십니까? 창씨개명을 하지 않았다는 이유로 순사들이 그 자리에서 배를 가르고 목을 베는 판입니다. 목숨이 아깝지 않은 사람이 어디 있겠습니까. 단지 살기 위해 나서지 못하고 결국엔 굴복한 것뿐인데 그것을 모두 싸잡아서 손가락질하고 욕할 수는 없는 것 아니겠습니까. 대체 언제까지 그들에게, 무작정 저항하고 싸우라고만 강요해야 한단 말입니까?

김충렬 무작정 저항하란 말이 아니지 않은가!

손정아, 시끄러운 소리에 놀라 나온다.

김충렬 뜻을 모아 방법을 강구해야지! 목숨이 아깝다 하여 아무런 저항도 하지 않고 제대로 싸워 보지도 않고! 그저 뒤에서 지켜만 보겠다, 이건가? 내 나라의 독립을 다른 그 누가 해줄 거라 생각하나. 내가 하지 않으면 얻을 수 없는 것이 독립일세! 그 과정 속에서 목숨을 걸어야 한다면, 내 목숨으로 주권을 되찾을 수 있다면! 이 한 목숨 기꺼이 바치겠네.

손정아 (김충렬에게 다가가며) 왜 이러십니까. 진정하십시오.

한창길 주임님의 생각이, 임정의 생각이 모두의 생각이라고 단언할 수 있습니까? 이 민족이, 곳곳에 있는 모든 동포가 다 그런 마음이라고 무엇을 근거로 단언할 수 있습니까!

손정아 예? 그게 지금 무슨….

한창길 그저 이곳 임시 정부 사람들의, 몇몇 독립군들의 생각은 아닙니까? 주임님만의 생각일 수 있습니다. 대부분의 조선인이 다 그렇게 생각하지도 그런 생각을 할 만큼 훌륭하지도 않습니다.

김충렬 독립운동은 훌륭한 사람이 하는 게 아니네. 이 나라 국민이라면 마땅히 해야 할 일이지. 우린 이 시대에 사는 사람으로서 후손들을 위해 잘못된 것은 반드시 바로잡아야만 하는 그 책임이 있는 걸세!

한창길 그 책임을 왜 우리가 저야 합니까?

김충렬 한창길 선생!

한창길 멍청하고 무능한 왕이 저지른 잘못입니다. 왜 우리가 희생당해야 하냔 말입니다. 이 나라의 독립을 걱정하기 전에 당장 내가 살아야 하는 것이 현실입니다. 어쩔 수 없는 현실!

김충렬 자네는 이렇게 살아도 상관없다 이건가? 어쩔 수 없었다는 이유로 훗날 자네 아들이, 내 아비는 살기 위해 굴복한 자라 여긴다 해도 부끄럽지 않겠냐 이 말이야. 창길이! 목숨을 연명하는 것과, 삶을 살아가는 것은 같지 않네!

한창길, 총을 꺼내어 김충렬을 겨눈다.

손정아 왜 이러십니까!

김충렬 자네 지금….

한창길　　전 세계가 격변하고 있을 때 무능한 조선은 무얼 하고 있었습니까? 이곳 임시 정부 사람들처럼 서로 내가 옳다 너희는 틀렸다 하며 분열하지 않았습니까? 그런 낡은 조선을 일본이 발전시키려 하는데, 동아시아를 넘어 세계의 중심이 되도록 해주겠다는데, 왜 그걸 버리고 당신들 마음대로! 당신들의 세상으로! 다시 낡고 무능한 세상으로 바꾸려 하십니까. 조선이 망하고! 대한제국이 무너지고, 어지러운 세상의 혼란을 틈타 권력을 잡아보려고 이 민족을 희생시키고 있는 건 아니냔 말입니다!

김충렬　　이보게, 한창길!

　　　　　탕! 한창길이 김충렬을 쏜다. 김충렬은 어깨에 총을 맞고 쓰러진다.
　　　　　주방에서 찻잔 떨어져 깨지는 소리 들린다.
　　　　　한창길, 주방을 향해 총을 두 발 쏜다.

손정아　　옥정아!

　　　　　손정아, 김옥정에게 가려 하자 한창길이 손정아와 김충렬을 겨눈다.
　　　　　김충렬이 손정아를 붙잡으며 총구 앞에 선다.

한창길　　이런 무능한 조선이 독립이 된다 한들, 이 민족을 지킬 수 있을 거라 생각하십니까? 이제 천황의 신민으로 살지 않는다면 죽을 수밖에 없습니다.

김충렬　　한창길! 똑똑히 들어라! 세상을 바꾸려는 것이 아니야. 우리가 잃어버린 것을 다시 되찾으려는 것일 뿐이지. 네 아들은 주인 된 나라에서 살게 해야 하지 않겠나!

한창길   내 아들에게도 천황의 신민으로 사는 것이 운명입니다.

김충렬   한창길!

한창길   우루세! 오레노 나마에와 신이치 히로따다! 텐노…!

한창길이 김충렬과 손정아를 쏘려는 순간 안에서 총소리가 난다.
한창길, 총에 맞은 채 부엌으로 시선을 향한다.

한창길   (부엌으로 힘겹게 총을 겨누며) 텐노… 헤이카 까라… 시지시떼….

다시 한번 총소리가 나고, 한창길의 이마를 관통한 듯 꼬꾸라진다.
이어서 총을 겨누며 김옥정이 등장한다.
넋이 나간 표정의 김옥정.

손정아   옥정아….

김옥정   정아야….

김옥정, 손정아를 향해 돌아서는데 가슴에 피가 번져 있다.
총을 떨어뜨리며 쓰러진다.

손정아   김옥정!

손정아, 김옥정에게 달려가 부축한다.

김충렬	사람을 데려올게!

김충렬 다친 팔을 붙잡은 채 뛰어나간다.

손정아	옥정아… 정신 차려… 김옥정!
김옥정	너 또 그런다….
손정아	미안… 미안해.
김옥정	정아야… (피가 번진 자신의 치마를 보며) 분홍나비다… 우리 고향 떠나올 때 같이 봤던 그 분홍나비.
손정아	그래….
김옥정	정아야. 나 이제 독립운동 안 하련다.
손정아	그래… 안 해도 돼… 하지 말자… 우리 독립운동하지 말자… 안 해도 돼….
김옥정	나 그냥 나비 돼서 그때 그 분홍빛으로 나비 돼서 내 고향 산천 날아다니며 유랑이나 하며 살련다.
손정아	그래… 그러자….
김옥정	미안해.
손정아	아니야… 괜찮아….

김옥정, 손정아의 품에 안겨 눈을 감는다.
김옥정의 치마에 피가 번져 간다.

손정아	옥정아… 김옥정! 그래…. 하지 말자. 안 해도 돼. 독립운동 하지 말자. 하지 말자.

손정아 흐느낀다.

암전.

5장

현재. 검찰청 취조실.

손정아   그들은 그렇게… 내게서 소중한 사람을 빼앗아 갔어요.

사이.

권영실   그것 때문인 거야? 분홍색 나비 브로치. (서류에 적힌 시를 읽는다.) 그
리운 내 벗아 분홍빛 나비 되어… 저 좁은 창틈으로 나 데리러 어
여 오소….

권영실, 잠시 말을 잇지 못한다.

최영희   바로 잡을 것은 반드시 바로 잡아야 하고 죽어야 할 사람은 반드
시 죽어야 한다. 내 신념의 상징인 셈이죠.

권영실   신념? 신념이라….

최영희   한없이 믿고 바라는 것.

사이.

최영희   검사님은 어떤 신념을 갖고 있죠?

사이.

권영실   (고민하다) 글쎄….

사이.

권영실   오늘은 여기까지 하자.

권영실, 일어서는데 박규철이 문을 벌컥 열며 뛰어들어온다.

권영실   (깜짝 놀라) 지검장님.

박규철, 숨 가쁘게 몰아쉬며 최영희를 바라본다.

박규철   야, 최영희. 최영희!
권영실   왜 그러세요?
박규철   역시 혼자가 아니었어.
권영실   그게 무슨…?
박규철   한재구가… 한재구가 살해당했어!
권영실   네?

깜짝 놀라는 권영실.

권영실과 대조되는 담담한 얼굴의 최영희.

암전.

6장

취조실.

박규철과 장현주가 테이블을 사이에 두고 앉아 있다.

장현주의 손에는 수갑이 채워져 있다.

권영실, 박규철 뒤에 서서 지켜보고 있다.

테이블 위에 상자가 있고, 몇 장의 사진과 서류가 놓여 있다.

박규철	왜 죽였어?
장현주	….
박규철	(버럭) 왜 죽였어!

사이.

박규철	(권영실에게) 이년 이름 뭐라고?
권영실	장현주입니다.
박규철	야, 장현주. 둘이 아는 사이 맞지? 최영희랑.

장현주   ….

박규철   대답해!

장현주, 비웃듯 고개 까딱거린다.

박규철   아니, 어떻게… 길거리 한복판에서 총을 쏠 용기가 나지? 그것도
        스물일곱밖에 안 먹은 년이? 그리고 현장에 당당히 서 있어? 경
        찰 올 때까지! 권 검사, 이거 어떻게 받아들여야 되는 거야? 어린
        놈의 새끼들이 겁대가리를 상실했잖아. 이년들이! 어? 나 원 참
        씨발!

권영실   ….

박규철   (권영실에게) 한재구 죽기 전에 여기서 최영희가 죽일 듯이 달려들
        었다며? 너 그거 봤으면 한재구 내보낼 때 전담형사 한 명 붙여서
        신변 보호 요청했어야 할 거 아냐. 안 그래?

권영실   ….

박규철   야, 권영실!

권영실   죄송합니다.

박규철   피해자가 검찰에서 취조받고 나가자마자 살해를 당했어. 지금
        난리야. 난리. (권영실의 머리를 밀며) 어떻게 처리할 거야? (다시 세차게
        머리를 밀며) 응? 어떻게 처리할 거냐고!

장현주   법대로 처리해주세요.

박규철   뭐?

장현주   법대로 처리해 달라고요.

박규철   (기가 찬 듯) 야, 니네 분홍나비 년들, 모두 몇 명이야? 너네 말고 또

있지?

장현주   아니요.

박규철   너희처럼 미친 애들 또 있을 거 아냐. 모두 몇 명이야?

장현주   저희 둘뿐이에요.

박규철   지금 네가 다닌 학교, 가족, 친구 싸그리 다 조사 중이야. 어? 어
차피 다 나오게 돼 있어. 고생시켜서 열 받게 하지 말고 빨리빨리
다 털어놔. 전부 다 몇 명이야?

장현주   지금까지 4건의 살인사건 모두 영희랑 함께한 거고, 이번 한재구
살해는 저 혼자 그랬어요.

박규철   (한숨) 너도 한재구가 친일파 자식이라고 죽인 거야?

장현주   간도특설대 후손이요.

박규철   그래. 간도특설대. 그거 자식이라고 죽였다?

장현주   네.

박규철   너 뭐가 그렇게 당당하니? 사람을 5명이나 죽인 년이.

장현주   나 알아요? 언제 봤다고 반말이야? 서울중앙지검장이면 그래도
돼?

사이.

박규철   미치겠네. 정말. 이거 세상이 어떻게 되려고 이러지 이거? 어?

권영실, 박규철을 진정시키듯이 묻는다.

권영실   (사진 가리키며) 이거 사냥용 총, 어디서 구했어?

장현주	훔쳤어요.
권영실	어디서?
장현주	삼촌 가게에서요. 삼촌이 총포사 해요.
권영실	총포사?
장현주	사냥용 총도 팔고, 공기총도 팔고….
권영실	최영희랑 정확히 어떤 사이지? 동갑이면 친구 사인가?
장현주	네.
권영실	둘이 어떻게 만난 친구지?
장현주	대안학교에서 만났어요. 열여덟 살 때. 처음 영희랑 만났을 때부터 우린 자매처럼 가깝게 지냈어요. 마치 또 다른 나를 만난 것처럼. 답답한 현실, 출구가 보이지 않는 긴 암흑 속에서 한줄기 빛을 만난 것처럼 서로를 알아봤죠.
권영실	최영희는 탈북 청소년이었어. 북한의 제도, 북한의 이념과 사상에 젖어 있었고. 다른 교육을 받으며 자랐다고. 하지만 넌 아냐. 넌 대한민국에서, 대한민국 교육제도 하에서 성장했다고. 그런데 최영희와 네가 어떻게 같을 수 있니?
장현주	난 그래서 더 충격을 받았는데…. 내가 배운 것들이 정말 맞는 걸까? 나한테 가르쳐주지 않은 것은 뭐지? 도대체 뭐가 맞는 거지? 난 도대체 누굴 믿어야 하지? 세상에 드러난 것과 드러나지 않은 것은 무엇인지, 무엇이 진실이고 무엇이 거짓인지! 우리가 믿고 있던 모든 것이 정말 믿어도 되는 진실인지! 인간의 추악함, 가증스러움! 오히려 배우고 가진 자들이! 오히려 힘 있는 자들이! 더 많이 뺏고! 더 많이 속이고! 더 많이 죽이고! 저 새끼 봐요. 지검장이란 새끼가 약자에게 갑질하는 꼴을! 이 나라 교육을 충실히

받고 자라면 저런 새끼가 되는 건가요?

박규철   이 씨발년이 터진 입이라고 어디서 감히…!

장현주   박규철! 당신 아버지도 간도특설대였지! 박승현! 일본 이름 하야시 기치고로! 일제 패망 뒤 육군사관학교 입대! 6.25 전쟁에서 북한군을 물리친 공로로 이승만 정권에서 육군참모총장을 거쳐 5.16 쿠데타 뒤 군사재판에서 혁명검찰부장을 맡아 박정희의 충실한 개가 되었고! 이후 국회의원에 당선되어 김영삼 정권의 안보특보를 맡았고! 1998년 뇌경색으로 사망했지.

사이.

장현주   간도특설대 14인 중 6번째 핵심간부, 박승현. 그리고 그의 아들, 대한민국 현 서울중앙지검장 박규철. 바로 당신.

고요하다.

박규철   그래서 지금 날 죽이겠다고?

장현주   우리가 왜 순순히 잡혀 왔을까?

정적을 깨고 박규철, 장현주의 뺨을 때린다.
박규철, 의자를 집어 들어 장현주를 내려치려 한다.

권영실   지검장님!

박규철, 의자를 든 채 매섭게 장현주를 노려본다.

장현주   쳐. 내일 신문기사 재밌겠네.

사이.

권영실   지검장님….

사이.

박규철, 의자를 집어 던지듯 내려놓는다.

권영실   여긴 제가 정리하겠습니다.

사이.

권영실   지검장님.

사이.

박규철, 머리를 쓰다듬고 옷매무새를 가다듬고는 밖으로 나간다.
권영실, 한동안 말을 잇지 못한다.

장현주   많이 놀라셨나 봐요?

장현주, 쓰러진 의자를 다시 일으켜 세우고 의자에 앉는다.

장현주   계속하시죠.

사이.

권영실   일부러 잡혀 왔다고?

장현주   네.

권영실   왜?

장현주   공포.

권영실   무슨 공포?

장현주   내가 죽을 수도 있다는 공포.

권영실   지검장님을 진짜 살해하겠다는 거야?

장현주   두고 보면 알겠죠.

권영실   네 자신의 인생을 여기에 다 거는 거야? 너희 인생은 없어?

장현주   윤봉길 의사가, 안중근 의사가 자신의 안위를 걱정했을까요? 독립을 위해 싸웠던 모든 독립투사들이 자신의 인생을 걱정해서 독립을 외쳤을까요?

권영실   우리 독립했잖아. 대한민국. 민주주의 국가로, 자주독립국가로 독립한 지 올해 70년이 넘었어. 지금 왜 독립을 위해 싸우냐고!

장현주   잔재 청산! 외형적 독립이 아닌 정신적, 실제적 독립! 수없이 희생당하며 죽어간 그들이 여전히 우리를 지켜보고 있어요. 자신들의 신념을 이어달라고.

권영실   그래? 그래서 살인을 하고 분홍나비 브로치를 남긴 거야? 너희들

의 그 신념을 모두에게 알리려고? 그러면? 세상은 그것이 옳은
일이라고 생각할까? 너희의 그 신념이 이 세상에 어떻게 전해질
것 같니? 저들을 살해하는 것으로 너희들이 생각하는 진실을 세
상에 알려봤자 대한민국 법은! 그저 너희들이 미쳤거나 아니면
미친 척하는 살인범이라고밖에 말하지 않아!

장현주   그럼 법을 바꿔야죠.

기가 막힌 듯, 큰 한숨을 쉬는 권영실.

사이.

권영실, 결심한 듯 테이블 위에 놓인 상자 안에서 일기장을 꺼낸다.

권영실   이거 네 일기장 맞지?
장현주   네.

권영실, 일기장을 펼쳐 읽는다.

권영실   2010년 3월 7일. 새 학기라서 그런지 아직 어수선하다. 말없이 창
밖만 보는 아이에게 자꾸 시선이 간다. 이름은 최영희. 자기소개
시간을 통해 작년에 탈북했다는 얘기를 들었다. 영희가 궁금하
다. (페이지를 넘기고) 3월 9일. 점심시간에 꽃밭에 물을 주고 있는
영희에게 말을 걸었다. 영희는 사람보다 꽃이 더 좋다고 했다. 무
엇이 그녀를 그렇게 만들었을까? 그녀의 상처를 보듬어 주고 싶

다. (페이지를 넘기고) 3월 13일. 영희와 친구가 되었다. 영희가 국사 선생님과 언쟁을 하고 교실 밖으로 뛰쳐나가자 나도 영희를 쫓아나갔다. 영희는 나에게 물었다. 날 믿을 수 있겠냐고. 난 영희와 약속했다. 그녀를 영원히 믿고 따르기로.

권영실, 일기장을 대충 훑어본다.

장현주   일기란 혼자만의 기록인데 예의가 없으시네요.
권영실   사건 해결을 위해서라면 이야기는 달라지지. 고마워. 사건의 중요한 단서가 될 테니까.

권영실, 일기장과 서류를 챙겨서 밖으로 나가려 한다.

장현주   어때요?
권영실   (나가려다 멈칫하고) 뭐가?
장현주   제 글솜씨. 괜찮나요?
권영실   글쎄. 좀 더 읽어 봐야 알겠는데?
장현주   그렇구나. 끝까지 꼭 읽어주세요. 뒤로 갈수록 점점 더 흥미진진해지거든요.

권영실, 다시 일기장을 펼쳐서 뒤쪽을 읽기 시작한다.

권영실   2010년 9월 8일… 영희가 자퇴했다. 더 이상 학교에 세뇌당하기 싫다고 했다. (페이지 넘기고) 2011년 5월 20일, 영희를 만났다. 공장에서 일하다 부당하게 해고당한 소현이와 함께. 소현이도 영희와 친해지고 싶어 했다. (페이지 넘기고) 2011년 12월 12일, 시민운동가 은경이 우리 모임에 합류했다. (페이지 넘기고) 2012년 8월 15일, 광복절 기념 비밀모임이 이뤄졌다. 나와 소현, 은경, 은주, 성희, 선영, 수진… 우린 영희의 주도 아래 밤새 토론을 했다. (페이지 넘기고) 2013년 4월 13일….

장현주   임시 정부 수립일이죠.

권영실   드디어… 분홍나비 결사단이 결성되었다.

장현주   분홍나비 프로젝트. 우리의 신념을 실천하기 위해 간도특설대 14인에 대항하는 분홍나비 결사단 14인!

권영실, 일기장을 떨어뜨리고 비틀거린다.

권영실   얘네… 다 어디 있어? (번뜩) 지검장님…!

권영실, 황급히 퇴장한다.
장현주, 권영실이 떨어뜨린 일기장을 들고 읽는다.

장현주   2013년 4월 13일. 드디어 분홍나비 결사단이 결성되었다. 영희는 발대식 연설에서 이렇게 말했다.

최영희, 연설문을 들고 등장한다. 최영희는 무대 한가운데 서서 2013년 4월 13일 당시로 돌아가 연설문을 낭독하기 시작한다. 최영희가 연설문을 읽는 동안 20대로 보이는 여자들이 하나둘씩 등장하기 시작한다. 그녀들은 모두 연설문을 손에 들고 있다.

최영희 1948년 정부 수립 후에 대한민국은 친일파 숙청을 위한 반민족 행위 처벌 특별법 제정 근거를 마련했다. 그래서 반민특위를 설치하였으나, 1949년 이승만의 비호를 받은 친일 경찰들이 물리적 테러로 와해시켰다. 그 사건을 계기로 친일파 숙청 시도는 끝이 났다. 그에 더하여 헌법 100조에 의한 일제법령과 미군정법령의 존속규정으로 일제하의 제도와 법령체계가 그대로 유지되었고, 그렇게 살아남은 친일파들이 그대로 지배 세력으로 주요 직책을 장악했다. 그것은 미군정 복무자들의 신분을 보장하는 헌법 103조에 의하여 자연스럽게 이루어져서 완전히 친일파 세상을 완성했다. 그들은 민족주의자들까지 모조리 좌파로 몰아서 고문, 투옥, 박해를 비롯해 집단학살까지 자행하였다. 그러한 사정 속에서 친일파의 비행을 비판하는 세력은 거의 모두 좌익으로 몰려 박해당했다. 한국전쟁 당시에 용공 혐의로 수십만이 피살당했다. 제주4.3사건, 보도연맹학살, 거창 양민학살, 노근리 양민학살, 함평 양민학살…. 그 사람들은 친일파가 낙인찍었듯이 빨갱이라기보다는 그저 좋은 세상에서 잘 먹고 잘 살기를 바라는 평범한 국민들이었다.

최영희가 연설문을 낭독하는 동안, 20대 여자들 12명이 모두 등장함으로 장현주와 최영희를 포함한 분홍나비 14인이 모두 관객을 향해 도열하게 된다.

최영희	이에 우리는!
다함께	이에 우리는! 임시 정부가 수립되었던 4월 13일을 시작으로! 역사가 심판하지 못한 친일파들, 그중에서도 가장 우선적으로 제거해야 할 간도특설대 14인의 후손들을 제거하여! 이 나라, 독립을 위해 싸우다 희생당한 순국선열의 정신을 이어받을 것을 맹세한다!

분홍나비 14인은 하늘을 향해 선언문을 뿌린다.
그녀들의 결의에 찬 표정들.

최영희	비록 죽음이 우리 앞을 가로막는다 할지라도!

암전.

7장

권영실, 책상 앞에 앉아 무언가 만지작거리고 있다.
그녀의 손에는 최영희가 만들었던 분홍나비 브로치가 쥐어져 있다.
권영실, 분홍나비 브로치를 보다가 사건 파일 위에 올려놓는다.
그리고 관객을 향해 말한다.

권영실	바로 며칠 뒤, 이소현이란 이름의 세 번째 분홍나비 결사단원이 체포되었습니다. 혐의는 서울중앙지검장 살해 미수였습니다. 일

기장에 적혀 있던 최영희의 두 번째 친구였습니다.

사이.

권영실   분홍나비 결사단은 그들을 벌하는 것으로 그녀들이 생각하는 진실을 세상에 말하려 했습니다. 하지만 세상은 그것이 옳은 일이라고 생각하지 않았습니다. 저는 그녀들을 계속 추적해야 했습니다. 간도특설대 14인 중에 6명의 후손들이 살해당했고 아직 8명의 후손들이 남아 있기 때문입니다. 제가 이 사건을 조사하면서 궁금했던 것은 최영희 한 사람에게 나머지 13명의 평범한 대한민국 여성들이 어떻게 동화되었을까 하는 점입니다. 그녀들의 가슴속에 이 역사가 만들어낸 우리 사회에 대한 분노가 자리하고 있었던 걸까요?

사이.

권영실   정신과 전문의와 상담한 결과, 최영희는 과대망상증 진단을 받았습니다. 하지만 대한민국 법은 그녀가 실제로 미친 것이 아니라 미친 척을 한다고 판단하고 국가보안법위반, 선동죄, 특수살인죄 등의 죄목을 붙여 사형선고를 내렸습니다. 정상이 아닌 것처럼 보이지만 지극히 정상이라는 것이었습니다. 전 판사의 판결문을 듣고 정상의 범주는 과연 어디까지일까, 그런 의문이 들었습니다. 어느 선까지가 정상이고 어느 선을 벗어나야 비정상일까. 사람을 죽이면 비정상일까? 그렇다면 전쟁 영웅들은 모두 미친 사람들입니다. 그리고 이런 생각도 들었습니다. 어쩌면 최영희는 손정아의 환생이 맞을지도 모른다. 단지 그녀가 정상이고, 우리 모두가 비정상이어서 우리는 그녀의 말을 믿지 않고, 그렇게 매도하는 것인지도 모른다고 말입니다.

사이.

권영실   진실은 밝혀져야 합니다. 허나 정상인들이 살아가는 이곳은… 밝혀지는 것이 진실이 되는 세상이 되어버렸습니다.

권영실, 뒤돌아 무대를 떠난다.
책상 위에 남겨진 "분홍나비 프로젝트"라고 적힌 서류 파일이 보인다.
그리고 그 위에 덩그러니 놓인 분홍나비 브로치.
순간, 분홍나비 브로치가 꿈틀대다 곧 나비의 형상이 되어 무대 위를 펄럭거리며 날아다닌다.

막 내린다.

극장 밖을 향한 활자들

이 주 영 _연극평론가

정범철의 희곡은 무대 위에 존재한다. 그의 작품은 지면에 안착된 언어들의 나열이라기보다는 무대적 상황을 상상케 하는 살아 숨 쉬는 활자들의 집합이다. 희곡은 문학의 3대 장르이지만 타 장르에 비해 노출 빈도와 학습량이 저조하기에 일반 독자들은 희곡 읽기에 종종 어려움을 겪곤 한다. 허나 정범철의 희곡은 눈으로 마주하는 대사를 거둬내고 그 자리에 일상의 생명력을 지닌 대사들과 연극적 상황을 전경화하여, 희곡 읽기에 익숙하지 않은 독자들조차도 흥미를 갖고 이내 연극 관객으로 전환시킨다. 그러하기에 정범철의 희곡을 읽는 독자는 단순히 희곡을 읽는 사람이 아닌, '독자-관객'이라 할 수 있다.

정범철의 희곡은 책상에 앉아 혹은 침대에 누워서 읽는 것이 불가능하다. 그의 작품들은 독자-관객들에게 넌지시 임무를 부여하여 수동적인 존재가 아닌 사유하고 행동하는 시대인으로 변화시킨다. 그러기 위해서 정범철의 희곡은 독자-관객을 무대에 세운다. 익숙하지 않아 처음에는 무대에서 우물

쭈물 할 수 있다. 그것도 잠시, 어느 순간부터 무대에 서 있는 독자·관객은 희곡 속 인물들과 호흡하고 그 과정에서 자연스럽게 작품의 메시지를 전달받는다. 이 메시지는 저 멀리에 있지 않다. 힘들게 먼 길을 돌고 돌아갈 필요도 없다. 그렇다고 작품이 제출한 사유의 지점에 마냥 쉽게 맞닿을 수 있다는 뜻은 아니다. 작품의 메시지를 충분히 전달받았다고 생각하는 찰나, 정범철의 희곡은 독자·관객들에게 새로운 길을 제시한다. 정범철 희곡 읽기의 완성을 위해 사유의 연속이 진행되어야 하기에 독자·관객은 끝까지 방심하지 말아야 한다.

정범철 희곡의 특징인 희곡의 연극성과 사유의 연속·지속성은 그의 두 번째 희곡집에 실린 다섯 편의 작품들에서도 유효하게 작동한다. 단, 첫 번째 희곡집에 실린 작품들이 배선애 평론가의 언급처럼 만화적 상상력에 기인하여 사회와 현실의 문제를 극화했다면 (배선애, 「만화적 상상력을 기반으로 한 현실 전복의 기획」, 『정범철 희곡집』1, 모시는사람들, 2017), 두 번째 희곡집에 실린 작품들은 사유의 스펙트럼을 넓혀 지금, 여기를 향한 진단을 명확하고 날카롭게 하고 있다.

괴물들의 사회

정범철 작가의 시각은 전적으로 극장 밖을 향해 있다. 연극의 임무이자 미덕 중 하나는 사회의 부조리와 폭력을 무대에 올려 이에 대한 해결 가능성의 길을 열어주는 것이다. 하여 연극의 토대인 희곡은 창작 시점부터 극장 밖을 주시할 수밖에 없다. 〈로봇걸〉(2016)은 제목만 보면 정범철 작가의 전작인 〈병신3단로봇〉(2011)에서 극대화된 '만화적 상상력'을 기대할 수 있다.

물론 소재적 측면에서 봤을 때는 전혀 틀린 말은 아니다. 허나, 이 작품은 만화적 상상력을 경유하여 사회의 폐부를 정확히 드러내는 데 작품으로서의 임무를 다하고 있다.

연극배우 유미리의 자살로 시작하는 〈로봇걸〉은 사회적 약자에게 가해진 거대한 폭력과 그 가해의 주체에 주목한다. 유미리의 꿈은 명료하다. 배우로서의 삶을 살아가는 것이다. 작품에서 '날개'로 상징되는 유미리의 꿈은 그러나 제대로 펴지 못한 채 추락하고 만다. 이 추락의 원인은 인간을 약자와 강자로 구분하고 이 차이를 차별로 작동시키는 괴물들에 의해서이다. 작품에서 이 괴물들은 유미리를 배우가 아닌 돈을 벌기 위한 목적으로 이용하는 기획사 사장, 유미리에게 성폭력을 가하는 정치인, 그리고 이들에게 기생하듯 살아가는 과학자로 그려진다. 이들은 자신들에게 주어진 사회적 임무와 역할에 충실하지 않고 오로지 강자라는 착각에 빠지거나, 혹은 그들에게 기생하여 약자를 착취할 뿐이다.

날개가 꺾여 추락한 유미리는 로봇으로 부활한다. 비록 로봇이기는 하지만 그녀의 꿈이 다시 실현될 수 있을 거란 기대를 해 본다. 보기 좋게 작품에서 해피엔딩의 동화적 세계는 거부당한다. 사회적 지위가 곧 권력이라 믿는 자들의 추악함은 여전히 유효하다. 작품은 로봇 조종이라는 장치를 걸어 가해자들의 변태적 광기를 이어나간다. 괴물들의 폭력과 그들 사이의 연대는 이처럼 지독하고 끔찍하다. 유미리의 연인이자 그녀의 억울함을 풀기 위해 괴물들과 수없이 부딪혔던 장태준의 추락은 소위 가진 자들이라 착각하고 있는 이들의 힘이 얼마나 강력한지를, 그리고 이들 사이의 연대가 얼마나 공고한지를 상징적으로 보여주는 장면이라 할 수 있다.

〈로봇걸〉은 괴물들이 만들어 놓은 암울한 현실 속에서 희망을 제시한다. 극장 밖 사람들이 모두 괴물은 아니다. 유미리, 장태준을 비롯하여 이 둘을 로봇으로 만든 강현석이라는 과학자는 괴물의 민낯을 드러내는 인물이다. 특히 강현석은 과학자로서의 윤리와 인간의 존엄을 지키려는 인물이기에 작품 속 암흑의 상황을 빛의 상황으로 이동시키기에 충분한 인물이다. 앞서 언급했듯이 정범철의 작품은 사유를 끄집어내는 힘이 있다. 작품의 엔딩에 이르러 강현석은 관객을 향해 이렇게 말한다.

"여러분의 리모컨은 누가 갖고 있나요?"

그의 질문에 독자-관객은 현실에 존재하는 괴물에 대해 생각해보게 된다. 누가 나를, 누가 우리를 조종하는지에 대하여.

〈다이나믹 영업 3팀〉(2011)은 공격의 대상 범위를 일상으로 가져와 사회 전반으로 넓혀나간다. 모 기업의 영업 3팀을 배경으로 하는 이 작품은 정도의 차이는 있을 수 있으나 〈로봇걸〉에서 보여준 인간 사이의 구분과 그 차이로 인해 발생하는 부조리를 그려낸다. 회사라는 조직인지라 등장인물들의 관계는 팀장, 대리, 인턴사원, 사무보조 계약직 사원 등으로 철저히 구분되어 있다. 이 구분은 작품에서 직장 내 지위로서의 의미뿐만 아니라 일종의 권력으로서 계급화되어 나타난다.

이들의 계급화는 갑질의 풍경을 만든다. 팀 내 최고의 지위를 이용하여 부하직원을 함부로 대하는 팀장 최미주, 직장에서 살아남기 위해 팀장의 갑질을 무비판적으로 받아들이는 노예화된 대리 박복만, 정사원으로의 승격을 위해 상무에게 기생하는 인턴사원 명인철. 이들 사이에 존재하는 것은 갑을 관계 그 이상도 그 이하도 아니다. 이들과는 다른 결을 보여주는 인물이자 작품에서 전적으로 온정적 인물을 담당하는 퇴직자 권태호 또한 어찌 보면 처음 보는 사람에게 나이와 같은 신상을 먼저 묻는 모습을 통해 갑을의 부조리까지는 아닐지라도 약하게나마 이들과 함께했던 시간과 사고 패턴을 감지할 수 있다.

피해자는 늘 그렇듯 이 갑을 관계에서 가장 밑바닥에 위치한 사무보조 계약직 김연지이다. 청년으로서의 꿈은 자본에 의해 무참히 짓밟혔고 이로 인해 현실과 타협할 수밖에 없었던 그녀다. 타협이 문제가 아니다. 고로 그녀가 그렇게 된 것은 그녀의 잘못은 아니다. 〈다이나믹 영업 3팀〉은 타협을 하게 만든 사회 구조를 공격한다. 이 공격 과정이 매끄럽다. 작품은 배경을 직장 내 술자리 상황으로 만들어 그 안에서 오고갈 수 있는 직장인들의 흔한 대화를 통해 정치, 경제, 사회, 교육 등 대한민국 사회 전반을 공격한다. 이때 작가 정범철은 영민한 선택을 하는데, 술자리라는 상황도 상황이지만 공격의 대상이 분명하여 다소 교조적인 방향으로 흐를 수 있는 이 장면을 상사의 험담으로 시작하여 대한민국에 퍼져 있는 공격 대상을 하나하나 술에 취한 인물들이 자연스럽게 툭 하고 내뱉게 한다. 흔한 직장인의 술자리 대화이지만 이 취중진담의 과정에서 김연지란 인물이 자신의 꿈을 반납할 수밖에 없었던 지금, 여기의 현실을 가감 없이 드러낸다. 이처럼 정범철의 희곡에서 공격 대상의 제한은 없다. 공격 대상 앞에 눈치 또한 보지도 않는다. 이후 이 공격의 통쾌함을 느낀 독자-관객의 몫은 희곡과 연대하여 공격을 지속시키는 것이다.

주변으로 밀려난 현실

작가 정범철의 시각은 중심에서 주변으로 이동한다. 〈로봇걸〉(2016), 〈다이나믹 영업 3팀〉(2011)이 서울 중심에서 이야기가 진행되었다면, 〈궁전의 여인들〉(2016), 〈여관별곡〉(2016) 이 두 작품은 서울 변두리로 이동하여 극이 진행된다. 희곡에서 공간의 이동은 생각보다 단순하지 않은 큰 작업이다. 공간은 인물, 그들의 사연(혹은 문제)과 함께한다. 서울 외곽으로 공간을 이동하는 과정에서 작품 속 인물들 또한 주변으로, 서울 외곽으로 밀려 나간다. 그리고 주변으로 밀려갈 수밖에 없었던 이들의 사연이 공간을 채운다.

〈궁전의 여인들〉은 서울 외곽에 위치한 궁전다방을 배경으로 한다. 궁전다방에 도착한 독자-관객들은 그곳에서 일하는 여인들의 사연을 듣게 된다. 싱글맘 김양, 괴물들에 의해 꿈을 포기한 이양, 가난 때문에 다방에서 아르바이트를 하는 박양, 베트남에서 만났던 한국인 남자친구를 찾기 위해 한국행을 택한 베트남인 흐양, 그리고 남편과 사별하고 고등학생 딸을 키우는 궁전다방의 주인 차마담 등 각자의 사연으로 인해 이들은 궁전다방에 모였다. 그녀들의 이야기는 경우에 따라서 신파로 갈 공산이 큰 사연들이다. 하지만 작품은 억지 감정을 이끌어내는 방식이 아닌, 인물들의 일상적인 대화를 통해 담담히 사연을 풀어낸다. 특히 이때 정범철 작가의 극작술이 돋보이는데, 이들의 사연을 질질 늘어놓을 수 없도록 극 전개를 짧은 호흡의 에피소드 방식으로 전개시킨다.

담백한 사연만큼 주변으로 밀려난 이들은 담백하게 삶을 살아간다. 흔히 다방에서 일하는 여성들을 표현할 때 나올 수 있는 스테레오 타입화 된 유형들이 있다. 〈궁전의 여인들〉은 이러한 정형화된 인물상을 걷어내고 오로지 이들의 인간다움에 집중한다. 작품은 이를 궁전다방이라는 공간의 정체성으로 풀어낸다.

"네, 그렇습니다. 90년대 들어서서 첨단 인테리어로 무장한 커피숍들이 생겨나면서 다방은 도심의 변두리와 중소도시 농어촌 지역으로 전전하게 됩니다. 결국 일부 다방들은 살기 위한 몸부림으로 '티켓다방'이란 퇴폐화의 길을 걷게 되기도 하구요. 우리 궁전다방도 변두리로 밀려나긴 했지만 마담 언니는 굳건히 다방의 정통성을 지키겠다는 다짐을 하고….."

비록 시대의 부침에 의해 주변으로 밀려났지만, 궁전다방은 다방으로서의 정통성을 지켜나가기 위해 노력하고 있다. 다방은 사람과 사람이 만나는 장소이다. 차를 마시고 이야기를 나누는 공간이 다방이다. 이 외에 이곳에서 어떤 것도 허용될 수 없다. 궁전다방은 시대와 타협하지 않는다. 오로지 다방의 본질에 집중할 뿐이다. 하지만 작품은 이 상황 앞에 오만하지 않고 정직하게 고백한다. 무대에서 자신들은 다방의 정통성을 지키고 있지만 이를 유지하는 게 생각보다 힘들다는 것을. 싱글맘 김양의 공간 이동-이민은 그래서 강력한 울림을 주고 또한 그래서 매우 아프다. 대한민국 사회에서 나은 미래를 찾을 수 없기에 아들과 함께 아프리카 가나로 떠나는 김양의 선택은 주변으로 밀려난 사람들이 정통성을 지키기 위해 매우 치열하게 버티고 있다는 사실을 말한다.

서울 변두리 어느 무인텔을 배경으로 한 〈여관별곡〉 또한 주변에 집중하는 작품이다. 허나 이 작품은 세 에피소드를 통해 그 양상을 다채롭게 보여준다. 〈궁전의 여인들〉의 여인들과 궤를 같이 하는 장필봉, 한상팔, 김동출은 각자의 사연에 의해 노숙자가 되었다. 한상팔과 김동출은 생일을 맞이한 장필봉을 위해 거리가 아닌 여관에서의 휴식을 선물한다. 작품은 비록 이들이 집을 잃고 거리에서 생활하고 있지만 그러한 환경에서도 인간으로서의 정과 의리를 지키며 살아가고 있음을 보여준다. 또한 본 에피소드의 중심인물이라 할 수 있는 장필봉은 IMF 시절 씨티폰 사업에 손을 댔다가 부도가 나서 노숙자로 전락한 인물인데, 아들과의 통화에서 아버지의 안부를 묻는 아들의 외침에 대답하지 못하는 장필봉의 모습은 주변으로 밀려난 자들의 소리 없는 아우성과 다름없다.

〈여관별곡〉에서 학교 폭력을 다룬 에피소드는 피해자를 객석에 놓음으로써 독자-관객 또한 언제든 가해자가 될 수 있음을 경고한다. 작품에서 다소 희극적으로 풀어낸 피해자의 사망 원인은 가해자의 사소한 행위로부터 비롯되었다. 허나, 이와 같은 판단은 철저하게 가해자 중심의 사고이다. 학교 폭력을 당하는 피해자의 입장에서 이 사소함은 큰 폭력으로, 더 나아가 죽음으로까지 몰고 갈 수 있는 것이다. 학교 폭력에서 경중은 없다. 폭력은 그 자체로 범죄이다. 작품은 사소한 것이라고 무지각적으로 판단하여 죽음으로 내몰릴 수 있는 폭력의 피해자가 독자-관객 곁에 언제든 존재할 수 있음을 분명히 한다.

〈여관별곡〉의 마지막 에피소드는 사이비 성직자의 성폭력을 다룬 작품이다. 〈로봇걸〉의 괴물들은 중심에만 존재하는 게 아니다. 이들은 중심과 주변을 가리지 않고 어디든 출몰하여 약자를 찾아내고 이들에게 폭력을 행사한다. 피해자들은 자신들의 피해 상황을 알릴 곳을 찾으려 한다. 주위를 둘러본다. 사람이 없다. 〈여관별곡〉의 배경을 무인텔로 설정한 작가 정범철의 시각은 이런 점에서 날카로우며 섬뜩하기까지 하다.

다시 쓰는 역사

정범철 작가의 창작 범위는 공간적인 중심과 주변을 지나 시간적인 확장으로서 역사로까지 이동한다. 이 확장 과정에서 작가 정범철은 대문자 역사와의 대결을 시도한다. 승자 중심, 남성 중심의 역사적 기록은 〈분홍나비 프로젝트〉(2018)에서 철저하게 거부당한다. 본 작품은 존재하되 존재하지 못했던 여성 독립운동가를 극의 중심에 세운다. 여기서 작품은 한 번 더 고민에 들어간다. 여성 독립운동가의 영웅담을 그리는 것은 대문자 역사의 기록 행위를 반복하는 것밖에 되지 않는다. 이에 〈분홍나비 프로젝트〉는 과거를 후경화하고 현재를 전경화하는 방식으로 앞의 우려를 극복한다.

공식 기록에서 존재를 인정받지 못한 여성 독립운동가의 삶을 이 작품에서는 지금, 여기의 탈북 여성 최영희로 환생시켜 드러낸다. 최영희란 인물은 독립군을 무참히 살해했던 간도특설대의 후손들을 제거하는 행위를 통해 교과서에 존재하지 않는 역사적 기록을 다시 쓴다. 허나 이 작업이 녹록치 않다. 당시 간도특설대의 친일파들이 현재엔 존재하지 않기 때문이다. 이에 최영희는 자신의 행동에 정당성을 찾기 위해 노력한다. 친일의 혜택은 그들의 후손들에 의해 현재의 대한민국 사회에 여전히 강력하게 작동되고 있다. 심지어 이 혜택은 남북을 가리지 않는다. 최영희는 자신들의 행동이 정당하다는 것을 열변을 토하며 역설한다. 자칫 그녀의 모습이 메가폰형 인물처럼 비춰질 수 있으나, 작품은 취조라는 장치를 걸어 최영희의 주장을 매끄럽게 독자-관객에게 전달한다. 검사의 질문에 반드시 그리고 구체적으로 반론을 제시하고 주장을 하는 상황을 이끌어낸다.

최영희는 현재의 친일파 후손들이 선조들의 친일의 대가로 누리는 지속적인 혜택을 "분홍나비 결사단"으로 차단하려 한다. 〈분홍나비 프로젝트〉는 이 제거 작업을 미완으로 마무리한다. 온당한 작품의 결말이다. 극장 밖의 이 작업은 완료형이 아닌 진행형이기 때문이다. 작품은 여기에서 더 나아가 경고를 잊지 않는다. 분홍나비 결사단의 대원들이 다 잡히지 않았다는 설정이다. 작품은 독자-관객들에게 결사단의 일원이 되기를 소망하는 마음으로 끝을 맺는다.

독자-관객의 임무

　정범철의 희곡은 우리 사회와 현실, 그리고 역사를 통해 이 시대에 희곡이 갖춰야 할 임무이자 미덕을 지켜나간다. 주지하듯 그의 희곡은 무대를 지향한다. 정범철의 희곡은 끊임없이 독자를 관객으로 변환시킨다. 활자로 채워진 희곡이라는 지면 상태는 그의 희곡에서만큼은 인물들이 사회와 현실의 문제를 갖고 행동하는 연극이 된다. 그러하기에 그의 희곡을 읽는 독자-관객은 행동할 수밖에 없다. 그런 점에서 정범철 희곡의 목표, 최종 도착점은 극장 밖이다. 이를 위해 독자-관객-무대의 연대는 필수적이다.

　정범철의 희곡은 주로 소외된 자, 주변으로 밀려난 자, 사회적 약자, 차별받는 여성 인물들을 극의 중심에 세운다. 이로써 작가 정범철의 시각, 독자-관객과의 연대를 통해 이루고자 하는 목표가 선명해진다. 이 과정에서 정범철의 희곡은 다행히 위선을 보이지 않는다. 정범철 작가는 그의 희곡에 등장하는 인물들의 삶이 나아질 거라는 막연하고 헛헛한 환상을 심어 놓지 않는다. 극장 밖은 여전히 문제적이다. 그렇기에 그의 작품을 다 읽은 순간, 희곡집을 덮는 순간, 독자-관객의 임무는 비로소 시작된다.

정범철 희곡집 2

등록 1994.7.1 제1-1071
1쇄 발행 2020년 11월 10일

지은이   정범철
펴낸이   박길수
편집장   소경희
편 집   조영준
관 리   위현정
디자인   이주향
마케팅   조영준
펴낸곳   도서출판 모시는사람들
        03147 서울시 종로구 삼일대로 457 (경운동 수운회관) 1207호
전 화   02-735-7173, 02-737-7173 / 팩스 02-730-7173
홈페이지 http://www.mosinsaram.com/

인 쇄   (주)성광인쇄(031-942-4814)
배 본   문화유통북스(031-937-6100)

값은 뒤표지에 있습니다.
ISBN   979-11-6629-003-9   03810

이 도서의 국립중앙도서관 출판예정도서목록(CIP)은 서지정보유통지원시스
템 홈페이지(http://seoji.nl.go.kr)와 국가자료공동목록시스템(http://www.
nl.go.kr/kolisnet)에서 이용하실 수 있습니다. (CIP제어번호: CIP2020038415)